2
転生魔王《てんせいまおう》の大誤算《だいごさ》
〜有能魔王軍の世界征服最短ルート〜
AWAMURA AKAMIT
あわむら赤
【イラスト】kaka

ちょっ! やだやだやだ 初めてがこんな雑なんて 絶対やだあ!
ケンゴー陛下のご乱心!?
朕《チン》アゲ1000%でうっかり大暴走!

クククク――
まったく愛《う》い奴らよ！

陛下のご寵愛を独占し・た・い♥
マモ代の『強欲』なる本心に大誤算!?

隠す必要などございません。
小官は己が美貌に絶大な自負を
抱いておりますれば。
どうぞ存分にご覧あれ。

陛下
かっけぇええええ
ぇぇえええぇえぇええぇえぇええ!!

顕現《サモン》
《王杖ダークリヴァイアサン》
さすが魔王様、やっぱり超最強!!
本気のケンゴーに魔将たち大興奮です

CONTENTS

The Great Miscalculation of THE DEVIL.

プロローグ
005

第一章
朕《チン》と女騎士
030

第二章
妾《わらわ》と守護聖獣
070

第三章
民心獲得合戦
117

第四章
セレモニー・ラプソディー
176

第五章
かくて魔王は苦渋とともに決断した
211

第六章
時満ちて卵割れ、天使は孵《かえ》り降臨す
255

第七章
不倶戴天
285

エピローグ
314

転生魔王の大誤算2
～有能魔王軍の世界征服最短ルート～

あわむら赤光

GA文庫

登場人物紹介
CHARACTER
[イラスト]kakao
ケンゴー
『歴代最高の魔王』と称される魔界最強の男。だが、その中身は人畜無害の高校生で怖そうな魔将たちに日々怯えている。せめて魔王らしくいようと心掛けた結果、勘違いや深読みが重なって臣下から絶大な忠誠を集めることに。
傲慢《ごうまん》の魔将 ルシ子
当代の『ルシフェル』を司る七大魔将の一人。ケンゴーとは乳兄弟の関係にある幼馴染。彼が「別世界の人族だった」という前世の記憶を持っていることを知っているが、それは二人だけの秘密。

憤怒《ふんぬ》の魔将　サ藤

当代の『サタン』を司る、怒らせてはいけない魔将。もう一つの顔を魔王は知らない。

強欲《ごうよく》の魔将　マモ代

当代の『マモン』を司る、独占欲が強い魔将。作戦会議でも司会進行役は自分のもの。

嫉妬《しっと》の魔将　レヴィ山

『レヴィアタン』を司る、良いとこ探しの魔将。魔王の一挙手一投足を好意的に解釈する。

色欲《しきよく》の魔将　アス美

『アスモデウス』を司る、あどけなくも艶めいた魔将。魔王の初々しさがお気に入り。

暴食《ぼうしょく》の魔将　ベル乃

『ベルゼブブ』を司る、いつもお腹を空かせた魔将。彼女に食べることを禁じてはならない。

怠惰《たいだ》の魔将　ベル原

『ベルフェゴール』を司る、深読みに長けた魔将。頭が回りすぎて魔王を拡大解釈しがち。

草食系男子高生の乾健剛《いぬいけんごう》は、魔王ケンゴーに転生してしまった。

そして、今日も今日とて頭を抱えていた。

「……ベル原《はら》よ。……説明してくれるか？」

「はい、陛下。ご下問とあれば、何なりと！　このベル原こそは、偉大なるケンゴー魔王陛下の知恵袋でございますれば！」

M字髭《ひげ》のダンディ中年、ベル原は優雅そのものの所作で一礼してみせると、小憎らしいほどの得意顔をキメてみせた。

この男、「怠惰」を司る七大魔将の一角――ベルフェゴール家の当主である。

魔界随一の智将と名高く、魔法の技術も極めて高い。

ケンゴーはあまりベル原の気分を害さないように（恐いし！）、かといってあまり舐《な》められないように（クーデターが起きても嫌だし！）、細心の注意を払いながら重ねて問う。

「……余がおまえになんと命じたか、憶《おぼ》えておるか？」

「もちろんでございまする。このベル原が陛下の勅命《ちょくめい》を違《たが》える、ましてお言葉を忘れるなどと、天地がひっくり返ってもあり得ぬことでございます」

ベル原は腰を折ったまま、仰々《ぎょうぎょう》しいほどの態度と口調で応答した。

「陛下はこう仰《おお》せになりました。人界征服のためこのベクターなる王都を、先のクラール砦同様、無血にて陥落せしめよと」

「……他《ほか》には？」

「攻め陥《お》とすに当たり、可能な限り苦痛を与えぬ方法を採れとも仰せになりました。我ら魔族が勝利すは必然。ならばそれくらいできて初めて、格の差を見せつけられるというものだと」

「……他には？」

「人族はたったの百年も生きられぬ、虫けらの如《ごと》き憐れな存在。せめて天寿を全うさせてやれとも仰せでした」

「……そうだ。……その通りだ」

ケンゴーは押し殺した声で言った。ひどい頭痛を堪《こら》えねばならなかった。

王都中央にある、商い市《バザー》が開催中の広場。

しかし閑散としたそこで、ケンゴーは頭を抱え、仰《の》け反《ぞ》り、

「それがなぜ、こんな惨状になっておるのだ！」

喉《のど》も裂けよとばかりに叫んだ。

その絶叫がどこまでも、どこまでも木霊《こだま》していく。

静まり返った王都の、まるで隅々まで行き渡るかのように。

そう——

喧騒《けんそう》に溢《あふ》れていなくてはおかしい一国の首都が、今は不気味な静寂に包まれていた。

猫の子一匹、鳴き声は聞こえなかった。

それどころか鳥一羽のさえずりさえ、虫一匹の気配さえなかった。

王都ベクター内にいる、生きとし生けるもの全てが、眠りについているからだった。

それも二度とは目覚めぬ、呪《のろ》いの眠りに！

「はい、陛下。それはもちろん、吾輩《わがはい》が得意とする睡眠魔法の仕業《しわざ》にございまする」

ベル原は腰を折ったまま、またドヤ顔になって答えた。

もしケンゴーがヘタレチキンではなかったら、反射的に拳《こぶし》を叩《たた》き込んでいたかもしれないほどウッゼエエエエエ表情だった。

その顔つきのまま、ベル原はとくとくと語ってみせる。

「城外より魔法を用い、都市内の人族をまとめて眠らせることで、一滴の流血も一切《いっさい》の苦痛もなくベクターを陥落いたしました。今ごろ全員が幸せな夢を見ながら、まどろんでいることでしょう。あらゆる労働から解放されて、この『怠惰《ベルフェゴール》』の魔将に感謝しておることでしょう。そい、い、い、い、い、い、い、い、い、して一週間も経たぬうちに、こやつら全員が天寿を全うする計算です。これぞまさしく陛下の御意《ぎょい》に添うた計略と、自負してございまする」

「添うてねえよ！　一個も添うてねえよ‼」

ケンゴーは思わず魔王然とした口調を忘れ、素に戻ってツッコんだ。

「またまたご冗談を」

ベル原が「陛下はギャグセンスも一流ですな」とばかり、満面に愛想《あいそ》笑いを浮かべた。

ム・カ・ツ・ク。

でもヘタレチキンのケンゴーは、怒るに怒れない。

（神様……俺《おれ》、何か悪いことしましたか……？）

遣る瀬《やせ》無さで全身をぷるぷるさせながら、再度ベル原にツッコむ。

「眠ったまま餓死や衰弱死するのを、天寿を全うするとは言わあああんっっっ」

その詠嘆がどこまでも、どこまでも、静寂の王都に木霊していった。

一方で、ベル原だ。

自分の武功を誇って隠さず、魔王陛下の褒詞《ほうし》をいただけると信じきり、ずっと得意げな態度をしていたのが、にわかにおろおろと狼狽《ろうばい》する。

まるで大人に叱られた子どもみたいに、泣き出す一歩手前の表情。

ケンゴーとしても抗議《ツッコミ》はしたが、頭ごなしに叱責《しっせき》したつもりはなかったのに。

ベル原は取りすがるように、

「陛下のご指摘はごもっともでございまする。しかしそもそもの話、人族どもが餓死や衰弱死をしたとして、つまるところ奈辺が問題となるのでしょうか……？」

「そそ、それはいつも言っておろうっ。人族はいずれは余の家畜、余の財産となるのだっ。それをあたら妄《みだ》りに害してはならんっ」

ケンゴーはめっちゃ早口になって弁明した。

今度はこっちが狼狽させられる番だった。

「お言葉ですが、我が君……。人族のたかが五万や十万人、死に絶えたとして、その程度のことを意に介されるケンゴー魔王陛下でしょうか？」

ベル原もまた的確にツッコみ返してくる。

「クラール砦を陥とした時に、三万の捕虜を気前よく解放した、御身《おんみ》の豪放磊落《ごうほうらいらく》を吾輩は忘れてはおりませぬ。それを千日後の布石となさしめた、御身の深謀遠慮を忘れてはおりませぬ。ならば、こたびも同じことではございませぬか。ベクターの民を皆殺しにすることで、見せしめとするのです。恐怖を形なき兵馬に仕立て上げるのです。さすらば次の城市《まち》を攻める時、人族どもはこぞって白旗を揚げること請け合いにございまする。楽をして勝てまする」

さすが魔界随一の知恵者、的確すぎてケンゴーは白目を剝《む》きそうになった。

あらかじめ言い訳を考えていなかったら、きっと論破されていただろう。

ケンゴーは冷や汗を隠すために、マントを翻《ひるがえ》して背を向けると、

「おまえの言はもっともである、ベル原」

魔王風をびゅんびゅん吹かせながら弁明をすることに。

「おおっ……では陛下！　吾輩の献策を採って、ベクターの民を皆殺――」

「だがなベル原！　こたびは余のワガママなのだ！　どうか許して欲しい！」

あくまで物騒な主張をしかけたベル原を、ケンゴーは大声で遮《さえぎ》る。

「ワガママ……と仰《おっしゃ》いますと？」

「この城市を見てみろ、ベル原。自然と調和のとれた、風光明媚《ふうこうめいび》な都であろう？」

ケンゴーはバサーッとマントを翻して体ごと腕を振り、ぐるり周囲を見回すように促した。

それでベル原も、初めて気づいたという表情になる。


クラール砦に次いで、魔王軍が侵略すると決めたこの王都ベクター。

魔界のすぐ隣、イコール、人界の端っこも端っこ。辺境部にあるということだ。

人口も六万程度。都なのに開発がろくに進んでおらず、自然がそのままの形で残りまくった、ド田舎《いなか》の町ということだ。

つまりは「調和がとれた」だの「風光明媚」だの、物は言いようでしかない。

「確かに、仰せの通りでございますな」

果たしてベル原は、わざとらしいほど首肯してみせた。物事の是非ならばともかく、魔王陛下《こじん》の感想ならばわざわざ否定しませんという、忠義の表れだった。

まだ説得できたわけではない。ケンゴーは油断せずベル原を振り返り、これでもかとアンニュイな声音《こわね》と表情を作って、

「で、あろう？　ゆえに余はこの緑豊かな都で、人族を飼育してみたかったのだ」

チラッ、チラッ、と臣下の顔色を窺《うかが》った。

果たして――

「なるほど、アクアリウムと同じ発想ですな！」

一を聞けば十を知る知恵者は、今度こそ膝《ひざ》を叩いた。

「並の者なら水槽に土や水草で生息空間《ビオトープ》を作り、色とりどりの魚を飼うのがせいぜいにございますが。さすが我が君ともなれば、王都一つが水槽代わりというわけですな！　いや、気宇《きう》壮大《そうだい》とはまさにこのこと‼」

それどころかケンゴーの嘘八百《いいわけ》がよほど気に入ったのか、妙に興奮した様子で賛同する。

さらには、その場にひざまずいて頭《こうべ》を垂れ、

「陛下のご胸中を察するに能《あた》わず、出過ぎたことを申し上げ、面目次第もございませぬ……」

「いや、よいのだ、ベル原。言ったであろう、余のワガママであると。物事の是非を論ずるならば、おまえの方が全くもって正しい。しかも王の不興を恐れず、正面から諫言《かんげん》をしてくれたおまえの忠節、このケンゴーにとっては千金に値するものである！」

「おお……おお……っ、我が君……っ。いと穹《たか》きケンゴー魔王陛下……！」

ベル原は感激頻《しき》りとなって、「吾輩にはもったいなきお言葉っ」と何度もくり返す。

そんな忠臣を、ケンゴーは両手をとって立たせる。

どうにか説得もできたし、気持ちに余裕がある。

「これからも頼むぞ？　余が誤った道を歩みかけた時は、おまえに諫止《かんし》して欲しい」

「お任せください、我が君！　このベル原——いえ、あなた様の知恵袋に」

今日一番のキメ顔になるダンディ中年。

こいつすぐ調子に乗るな！

†

不幸中の幸いというか、ベル原の睡眠魔法の術式はさほど複雑なものではなかった。

むしろ簡略な術式だからこそ、対象範囲を「都一つ」「六万人」にまで拡大するハードルが下がったといえよう。例えば要求される魔力の量がその分、少なくてすんだとか。

さすがは「怠惰」の魔将らしい機智である。

過日のクラール砦攻めの時に、サタン家の秘術たる戦略魔法を使ってみせた、サ藤《とう》の魔法技術もすごかったが。楽して多大な戦果を挙げる工夫だって、同じくらいすごいことだ。

（みんな、ホント有能なんだよなあ……。ただどいつもこいつも、想定の斜め下の事態をやらかすだけで……）

ケンゴーはトホホと肩を落としながら、被害者の一人一人に解呪魔法《ディスペル》をかけて、醒《さ》めない眠りの呪いを解いてやる。

ただ、被害者はすぐに覚醒《かくせい》するわけではなく、自然に目を覚ますのを待つ必要がある（叩き起こすなら話は違うが）。だから助けたお礼を言ってもらえたり、それでモチベを高めたりもできない。ただただ骨の折れる、ひたすら根気のいる作業である。

（もちろん、やりますよ。やらせていただきますとも。ベル原に命令したのは俺だし、その尻拭《しりぬぐ》いをするのも俺の責任だし）

内心ブツクサ愚痴《ぐち》り続けるケンゴー。

すぐ丘上に王城を望む中央広場に、昏々《こんこん》と眠り続けるベクター騎士と兵士たちが、大量に並べられている。数はおよそ二千。王都を守る防衛戦力の全てだ。ケンゴーが臣下を動員して、集めさせたのだ。

王都民六万を一遍《いっぺん》に解呪《かいじゅ》するのは、現実的ではない。その手段の有無が問題というより、下手に大勢を覚醒させると集団で抵抗されて、戦争の仕切り直しなんてことになりかねないからだ。せっかく無血開城できた意味がなくなるからだ。

ゆえにまずは戦闘員から、臣下たちに包囲させた状態で覚醒させて、制圧していく。騎士や兵士らの抵抗する意思さえ挫《くじ》いておけば、残る非戦闘員たちは推《お》して知るべし。どんどん雑に覚醒させていっても問題は起きないだろう。

責任を感じている様子のベル原にも、解呪を手伝わせていた。

ついでに他の七大魔将たちも魔王城から招集して、手伝わせていた。

あと見通しのいい広場に被害者を集めたことで、魔将たちがまーた斜め下の要らんことを始めても、すぐに露見するし制止できるので一石二鳥だった。

そして、ケンゴーの懸念は杞憂《きゆう》のままに終わる。

今日は誰も要らんことをせず、非常に大人しく精励してくれ――

「フッフ、このアタシ一人で軽く五十人は解呪できたわね！　さっすがアタシね！」

「やるじゃん、ルシ子《こ》。妬《や》けるぜ」

「そう言うレヴィ山《やま》は、如何《いか》ほど解呪できたのじゃ？」

「ざっと百人くらいかなー」

「っ⁉」

「なんじゃ、レヴィ山の方がたくさん解呪できておるではないか」

「ちちち違うわよ男を軽く五十人、解呪したって言ったのよ！　女も合わせたら二百人よ！」

「はてさて、女騎士や女兵士がそんなにおったかのう？」

「吾輩たち全員が解呪した数を確認すれば、答え合わせできるのではないか？」

「っ⁉　そ、そんなゲームの点数計算みたいな、せせこましい真似《まね》はやめなさいよ！」

「ちなみに吾輩は正真の二百人だ。こたびは吾輩に責があるゆえ、奮起いたした」

「ち、ちなみに僕は三百人がんばりました！」

「おー。さすがは術巧者のベル原とサ藤だなー。嫉妬《しっと》を禁じないぜ」

「ウソつきなさないよ、あんたたち！　そんなモリモリに数を盛って、恥ずかしくないわけ⁉」

「涙を拭《ふ》くのじゃ、ルシ子」

――相変わらず騒々しかったが、七大魔将《こいつら》からすればこんなのは大人しい大人しい。

差し当たって広場に集めた戦闘員二千人分の解呪は、十五分足らずで完遂した。

（やっぱり、みんなで手分けしたら早く終わるな）

一人で千人分の呪いを解いたケンゴーは、楽ができたと魔将たちに感謝する。

特に、涙目になって悔しがっている乳兄妹《ルシこ》には直接、「手伝ってくれて助かったよ」と、素の口調に戻って声をかける。すると、

「べべべ別にアンタのためじゃないわよ！」

ルシ子は急にツンとした態度になって、そっぽを向いた。

ケンゴーの応援要請でわざわざ来てくれて、ケンゴーの解呪作業に加勢してくれて、「じゃあいったい誰のためなんだよ」とツッコみたくなるが、まあこの素直じゃなさは彼女の平常運転である。今日も大胆に肌を見せ、おヘソも丸出しのブラジャー同然の上着。「傲慢《ごうまん》」を司る

ルシ子らしい挑発的なファッション。一見、取り付く島もない態度でいるがその実、極ミニのスカートから伸びた小悪魔チックな尻尾《しっぽ》はうれしそうに、左右にぴこぴこ揺れている。

ケンゴーが苦笑いしていると、

「お疲れ様でございました、我が陛下《マインカイザー》」

恭《うやうや》しい一礼とともに、横から声をかけられた。

すこぶるつきのナイスバディを女物の軍服でラッピングしたクールビューティーで、「強欲」を司る七大魔将の一角、マモ代《よ》だ。

「いや、それは余の台詞《せりふ》である。おまえこそ大儀であった」

とケンゴーは、手伝ってくれたマモ代の労をねぎらう。

ところがマモ代はあくまで主君を慰労せんとする態度を崩さず、慇懃《いんぎん》な所作で何やら小瓶《こびん》を捧げてくる。中身は「黒く粘つく炎」とでも形容すべき、謎《なぞ》の液体が揺蕩《たゆた》っている。

「む……。これは？」

「当家秘蔵の霊薬《エリクサ》でございます。疲労と魔力の瞬時回復、及び強壮効果がございます。どうぞグイとお召し上がりくださいませ」

「ほう。それはありがたく馳走になろう」

いつも気が利《き》く彼女の、忠義と献身にケンゴーは深い感謝を覚え——

「チッ。マモ代の奴《やつ》、またみみっちい点数稼ぎをっ」

「まあまあ、そう妬くなよルシ子」

「『嫉妬《レヴィ》』の魔将《やま》に窘《たしな》められては、形無《かたな》しじゃのう」

――外野がうるさかったが、気にせずマモ代から小瓶を受けとった。

蓋《ふた》を開けてグイといった。

それがこの直後に巻き起こる一連の、大きな事件の呼び水になるとも知らず。

いいいいいいいいいいいいいいいいいいいいいいいい、
ケンゴーは喉を鳴らして瓶の中身をあおる。

気味の悪い見た目に反して、意外や美味だった。炭酸こそ入ってないが、前世で飲んだコーラをどこか郷愁させる。またほどよい粘性があって、喉越しがえらく良い。

（これならいくらでも飲める！　飲めるぞ！）

ケンゴーは貪《むさぼ》るように飲み干した。

しかも飲めば飲むほど、腹の底辺り――イメージ的には「丹田《たんでん》」――が熱く滾《たぎ》ってくるようだ。力が湧《わ》き出し、漲《みなぎ》るようだ。

なるほど、疲労と魔力の回復と強壮。なるほど、秘蔵の霊薬。

「これは素晴らしいものだな、マモ代！　まだ他にも残っているなら、何本かだけでもわけてもらいたいものだ！」

「御意。たくさんございますので、後でお持ちいたします」

恭しく腰を折るマモ代。

ケンゴーはうれしくなった。この霊薬さえストックがあれば、いつか魔力不足の危機に陥《おちい》った時（具体的にどういうシチュエーションかは、自分でもわからないけど！）、窮地を脱することができるだろう。

疲れも吹き飛んだところで、ケンゴーは改めて広場に並べて横たえられた、ベクター騎士と守備兵たちを睥睨《へいげい》する。

「よし。この者どもを目覚めさせるがよい」

いつにない昂揚した気分で、マモ代に命じる。

そして、いつにないキザったらしい仕種で、指を鳴らす。

たちまちケンゴーの影の中から、同色の玉座が滲《にじ》み出るように出現する。

すわいったい何事かと、七大魔将の注目を集める――

「この時に見たケンゴーの奇行を、アタシは一生忘れないわ」

後にルシ子はそう述懐する。

ケンゴーはいつも羽織っているマントをわざわざターンするとともに脱ぎ捨てながら、同時に影色の玉座へ腰を下ろすというキザを通り越してウザいムーブをキメた。しかもマントを外した時にはもう、なぜか上半身裸になっていた。

美形が多い魔族の中で自慢できるほどは長くない足を見せつけるように組んで、美形が多い

どーん
…何こいつ…。

魔族の中で自慢できるほどは逞《たくま》しくない胸板をふんぞり返らせて、剝き出しの乳首をまるで強調するかのようなキモい着席ポーズをとった。

そうしてから、叩き起こされたベクター人たちに向かって言った。

「〝朕《オレ》〟はケンゴー。魔王ケンゴーである」

妖艶《ようえん》を通り越して粘着質な口調で、ネットリと宣言した。

まさに「異常」というしかない乳兄妹《ちきょうだい》の様子に、ルシ子の目が点になる。

人の気も知らずケンゴーは、ベクター騎士と兵士たちの前で暴走を続ける。

「〝朕《オレ》〟はひどく退屈しておる。ゆえにうぬら、余興を以《も》って〝朕《オレ》〟を悦《たの》しませるがよい」

唐突も唐突なことを、さも当然の話の流れのように言い出す。

ルシ子でさえ困惑頻りなのだから、ベクター人たちは堪《たま》ったものではないだろう。完全に不意討ちで眠らされ、寝ている間に広場へ集められ、目醒めた時には周囲を怖い魔族たちに取り囲まれていて、いきなり魔王を名乗る男に意味不明なことを言われるのだから。「は、魔王？」「魔王、なんで？」と、一人の例外なく当惑している。

そんな憐れな彼らに向かって、ケンゴーは無慈悲に命じた。

「うぬら、ちと殺し合え。無力無能な人族にできる余芸などたかが知れておろうが、せめて真剣で〝朕《オレ》〟の目を、絶叫で〝朕《オレ》〟の耳を、流血で〝朕《オレ》〟の喉を悦しませるがよい」

同時に指を鳴らして、二千人分の剣を召喚する。ベクター人たち全員の影から滲み出るように、漆黒《しっこく》の刃が顕《あらわ》れる。

　魔王の言葉と与えられた武器の意味を悟った人族たちを、一斉に蒼褪《あおざ》めさせる。

「ちょ、ちょっ、ちょぉっっっ」事ここに至ってルシ子も慌《あわ》てた。「ちょっとケンゴー！　アンタ、何を考えてるわけ？　いつものあんたらしくないじゃん！」

　ケンゴーの正体は、魔王らしからぬヘタレチキン。でもだからこそ、魔界の誰よりも優しい心根を持っていることを──ルシ子だけは──知っている。

　そんなケンゴーが人族を殺し合わせる残虐《ざんぎやく》ショーを所望《しよもう》するなどと、信じられない思いだ。

「フッ……。ルシ子こそ何をバカなことを申しておるのだ？　〝朕《オレ》〟は〝朕《オレ》〟。永久不滅にして不変の魔王ケンゴーよ」

「バカ言ってんのはどっちよおおおおおおお⁉」

　もうホンッッッット信じられない！　と頭を抱えるルシ子。

　一方、他の七大魔将たちもざわついていた。暴走状態のケンゴーを目の当《ま》たり《あ》にして、普段の彼とのギャップにやはり驚きを隠せない様子で──

「ほほう！　今日の我が君は、いつになく男前であらせられるな」

「ああ、嫉妬を禁じ得ないぜ」

「いつものケンゴー様もカッコイイですが、痺《しび》れるほど酷薄で残忍なケンゴー様もイイです！」

「しかも殿方の色気に溢れておるのう。妾《わらわ》の子宮が疼《うず》いてやまぬのう」

「……お腹空《なかす》いた」

大評判だった。

(ど・い・つもっ、こ・い・つもっ!)

どうやら頭が正常なのは自分だけらしい。ルシ子は悟り、強硬手段に打って出る。

別に人族同士で殺し合うことになろうがなんとも思わない。だが、本当に被害者が出てしまったら、この乳兄妹はきっと後で悔やむ。だから心を鬼し、ケンゴーの暴走を止める。こっそり人差し指の先に魔力を集め、得意絶頂哄笑《こうしょう》中の彼の顔面へ狙《ねら》いを付ける。

「〝朕《オレ》〟の名において確約しよう。最後の百人まで生き残った者たちには、褒美《ほうび》をとらす。さあ、殺し合え。同胞の腸《はらわた》を掻《か》っ捌《さば》き、血を啜《すす》れ。どうした。早くしろ。これ以上、〝朕《オレ》〟を退屈させるな。それとも人族対魔族の戦いを望むか? その場合、うぬらは一人として生き残ることはできぬだろうが、それでも——」

「我にまつろえ、邪悪!」

ルシ子は呪文《じゆもん》を唱えると、構えた右人差し指の先から一条の閃光《せんこう》を撃ち放つ。

狙い過たず、ケンゴーの顔面に命中! 彼の目を烈光で灼《や》いた。

「ギャアアアアアアアアアアアアアム」

調子に乗りまくり、油断しまくっていたケンゴーは、不意討ちをモロに浴びて玉座ごともんどりうった。その玉座は影の中へ溶けるように沈んで消え、ケンゴーは苦悶《くもん》で地面をゴロゴロとのたうち回る。

魔族という種は総じて、光属性が苦手。それはこれこの通り、歴代最強魔王とて例外ではない。そしてルシファー家の直系たちは、魔族にもかかわらず例外的に光属性を得意とするのだ。魔界でも王家に次いで、最古最大の家格を誇る権門なのは伊達《だて》じゃないのだ。

「目がっ、目があああああああっっっ」

「さあ、どんどん行くわよ！」

ルシ子はまた指先に魔力を集め、追撃を構える。閃光で目を眩《くら》ませるだけの魔法だが、その眩《まぶ》しさも度を超えれば、昏倒しかねないくらいのショックを与えることができる。これでケンゴーが正気に戻ってくれればよし。ダメならビシビシ行くつもりだ。

が――

「乱心したかや、ルシ子！」

「貴様、乳兄妹面《づら》して我が陛下《マインカイザー》にすり寄っていながら、その実、大逆を企《たくら》んでいたか！」

「お、怒りますよっ。こ、殺しますよっ」

主君をいきなり攻撃したルシ子のことを、他の魔将たちは当然の如く看過しなかった。怒気と殺気を膨れ上がらせてこちらをにらみ、魔力を昂《たかぶ》らせて臨戦態勢をとる。

「うっさいわね！　ケンゴーがどう見たって正常《マトモ》じゃないから、『もしかして寝惚《ねぼ》けてんの？』って、おつむをノックしてあげただけでしょ！　あんたたちこそそんなこともわかんないで、忠臣面なんて千年早いわよ！」

一対六だが、ルシ子は怯《ひる》まない。ケンゴーの暴走を止めるためだ、ここは譲れない。来るなら来いやと啖呵《たんか》を切る。

「ほざけ、佞臣《ねいしん》！」

「言うに事を欠いて、我らの忠義を批判するか！」

「ぼ、僕よりケンゴー様のことを尊敬してる人なんか、絶対にいないのに！　もう怒りました、ぼ、ぼぼぼ僕、本当に怒りましたからね⁉」

売り言葉に買い言葉で、サ藤たちが一斉に得意の攻撃魔法を構えた。

ルシ子か、あるいはサ藤たちか、どちらかが先に撃った瞬間、七大魔将同士による血みどろの死闘が勃発する。一触即発、それも蚊帳《かや》の外のはずのベクター兵たちが腰を抜かすほどの危険な空気の中――

「ま、待て……おまえたち……」

まさに鶴の一声、ケンゴーのうめき声が弱々しく響いた。

それでサ藤たちはたちまち訓練された猟犬の如く、一斉に戦闘準備をキャンセル。直立不動の姿勢になる。

ルシ子もまた安堵《あんど》していた。一対六の戦いをせずにすんだからではない。乳兄妹が正気を取り戻してくれたのだと、声を聞いただけでわかっていたからだ。

一方、ケンゴーは皆の視線が殺到する中、ばつ悪げに立ち上がり、いそいそと脱ぎ捨てたマントをひろい、居住まいを正す。それから顔面蒼白《そうはく》で、

（……俺……いま何か、しでかしちゃいました？）

ルシ子の方へとアイコンタクトを送ってくる。

（今世紀最高に、しでかしたわね）

ルシ子もまた乳兄妹ならではの以心伝心で、目配せを返す。

（というか、まさか自分が暴走してたの、憶えてないわけ？）

と――ルシ子の案ずるような視線を向けられ、ケンゴーは内心で頭を抱えた。

憶えているか否《いな》かと問われれば、バッチリ憶えていた。

しかし、ヘタレチキンの自分がどうして、あんな凶行に走ったのかがわからない。自分で自分が信じられない。ベクター騎士や兵士たちがこちらへ向ける、怯《おび》え混じりの視線が痛い。ぼく、わるいまおうじゃないのに！

（なあ、ルシ子……なんで俺、あんな真似をしでかしたの？）

（アンタがわからないのにアタシがわかるわけないでしょ！）

（デスヨネー）

（つーか、なんか悪いものでも食べたんじゃないのぉ？）

(悪いものってなんだよ。いつそんなもん食べたっていうんだよ)

揶揄《やゆ》するようなルシ子の眼差《まなざ》しに、渋い顔でアイコンタクトを返し——

二人で同時に、はたと気づいた。

全く同時に注目した。

地面に転がる空瓶に。マモ代が献上してくれた、霊薬が入っていたそれに。

ケンゴーはすぐさま諮《はか》る。

「マモ代よ」

「はい、我が陛下《マインカイザー》」

「おまえが先ほどくれた霊薬、よもやと思うが副作用の類はあるまいな?」

「ございます」

(あるんかい!)

「しかし、あくまで些末《さまつ》な副作用でございます」

「ふ、ふむ。と言うと?」

「あの霊薬を飲むと、発作のように人格が凶暴化するのでございます」

(とんでもねえ副作用じゃねえか! ちっとも些末じゃねえじゃねえか!)

ケンゴーは抗議の言葉を危うく呑《の》み込む。

どころかまたも丹田が熱くなり、薬の副作用で暴走状態になりかけるのをギリギリで抑える。

（ぐぉぉ……俺にとって魔王風を吹かすのは、ヘタレチキンだってバレないための演技だけでいいんだよ！　ガチの魔王ムーブなんて誰もやりたくないんだよ！）

（ほーん。あんたの中じゃさっきのイケイケが、魔王らしい魔王のイメージなんだ）

ルシ子の白い目が痛い！

しかもマモ代まで人の気も知らず、したり顔になって、

「我ら七大魔将をして恐怖で支配なされる我が陛下《マインカイザー》が、その裡《うら》に凶猛極まる魔王の本性を秘めておられるのは、周知のこと」

「歴代最強の魔王たるケンゴー様が、史上最悪最凶なのは当然のことですよね！」

「然《しか》り、然り」

「ならば、薬を飲んでも飲まなくとも同じこと」

「妾にとっても眼福というか、主殿《あるじどの》の男振りがますます上がるだけのことじゃなあ」

「……お腹空いた」

「それをわざわざ副作用だなんて呼ぶほどのもんでもねえな」

「道理、道理」

人の気も知らず、魔将たちも得心顔になった。

（冗談じゃねえよ！　ううぅマモ代の奴め～～～っ。悪意がなかったとはいえ、とんでもないもん飲ませてくれたな～～～っ）

ケンゴーは思わず仰け反りそうになる。

しかし、マモ代に文句を言うわけにもいかない。

もし言ったが最後――


「ハテ？　発作のように人格が凶暴化したとして、何か不都合がございますか、我が陛下《マインカイザー》？」

「まさか本当の陛下は、凶悪な人格をしていらっしゃらないとでも？」

「実はヘタレチキンだったとでも？」


――なんてことになって、舐められてしまう。最悪、クーデターを起こされてしまう。

それだけは避けねばならない！

「ち、ちなみにマモ代、副作用の効果はどれくらい続くのだ……？」

一時間？　一日？　まさか一週間!?

「はい、我が陛下《マインカイザー》。個人差はございますが、およそ一か月ほどかと」

（そんなに長いんかよ！　効能と全然釣り合ってねえわ！）

追加の献上品は辞退しようと固く決意する。

一方、解毒剤ならば、あるなら欲しい。欲しいが、無心するわけにもいかない。

したが最後――

「ハテ？　副作用とも呼べぬ代物を、わざわざ解毒する必要がございますか、我が陛下《マインカイザー》？」

「まさか本当の陛下は凶悪な人格をしていらっしゃらないので、お困りだとでも？」

「わざわざ解毒剤とは、ヘタレチキンすぎませんか？」


――なんてことになって（略）。

ケンゴーは思わずがっくり肩を落としそうになる。

（マジかよ……。一か月もの間、この発作とつき合っていかないといけないのかよ……）

（げ、元気出しなさいよ。アタシもなるべくフォローしてあげるから）

アイコンタクトしてくるルシ子の優しさが、いつになく沁《し》みる！

ケンゴーは嘆息一つ、気を取り直した。とにかく一か月、どうにかやりすごすしかない。この王都の統治を確立するのもまだこれからの話だし、苦労の種が一つ増えた（しかもよけいなやつ！）かと思うと、頭が痛いけれど。

（神様……俺、何か悪いことしましたか……）

己《おのれ》の不運と不幸を、嘆かずにはいられなかったけれど。

第一章　朕《チン》と女騎士

翌日。

ケンゴーは午前のうちから、アス美《み》にじゃれつかれていた。

「のう、主殿《あるじどの》～♥　今日こそ遊んでたもれ、妾《わらわ》は退屈じゃ～♥」

声音《こわね》もおねだりの内容も、いとけない童女のそれ。

しかし、鼻にかかった甘い口調は、妖艶《ようえん》なオトナの女のそれ。

「色欲」を司るアスモデウス家の当主は、見た目こそロリそのものだが、実年齢は二百歳を超える魔女なのだ。起伏の乏しい幼い肢体《したい》に、ぶかぶかのドレスをぎりぎり引っかけたような、見えそうで見えない服装は今日もバッチリ背徳的にキマっていた。

「アス美は暇かもしれぬが、余は公務が忙しいのだ……」

ケンゴーは困り声になって諭す。

魔王城は最上階、歴代君主の執務室。

庶民ならベッドと勘違いしそうなほど大きく豪華な長ソファに、ケンゴーは腰かけ、書類へ目を通していた。自分の右膝《ひざ》を、寝転がったアス美が枕《まくら》にする分には好きにさせていた。

「王都の民六万の解呪《かいじゅ》作戦は順調とのことだが、ベル原《はら》一人に監督を任すわけにはいくまい。午後からは陣中見舞いを兼ねて、余も作業に加わるつもりだ。その前に、昼はベクターの代表たちと会食する予定である。当然、事前準備も必要となる」

「主殿のイケズ、イケズ～♥」

アス美がケンゴーの膝へ頬《ほお》ずりして、子どもみたいにダダをこねるのと、恋人みたいに甘えかかるのとを、同時に器用にしてみせる。

「許せ、アス美。会食に間に合うようにと、せっかくマモ代《よ》が急ぎ資料を作ってくれたのだ。早く読まねば、あやつにも申し訳が立つまい」

「いいや、主殿！　畏《かしこ》くも魔王たる御身《おんみ》がマモ代風情《ふぜい》を相手に、申し訳が立つも立たぬもありますまいぞ。ルシ子《こ》の言ではないが、あの女はせせこましい点数稼ぎを図っておるのじゃ。それをいちいちありがたがっておられては、あの強欲女の思うツボぞ。逆にパシらせてゆかれよ。都合の良い女扱いして、骨の髄までしゃぶってやるのじゃ。巧《たく》みにあしらうのじゃ」

「ハイハイ。忠言、痛み入るぞ」

書類からは目を離さず、ケンゴーはアス美をあしらい続ける。

記載されているのは、マモ代が配下を使って調査し、一晩でまとめ上げてくれた、ベクターの国勢にまつわる資料だった。王家の名簿、主だった文武の官の一覧、騎士団を取り巻く情勢、国庫の蓄えや財務状況、直近十年における農作物の収穫高や産業の推移、宗教勢力の影響、人口や民の暮らしぶり、土着の文化、文明、エトセトラ、エトセトラ。

なるべく早く読み終わりたかったが、ケンゴーのおつむではパンクしそうだった。昼の会食までに最低限、憶《おぼ》えておくべきことだけ流し読みすることにした。

それでも途中、目が疲れて眉間《みけん》を揉《も》みながら、

「まさに微に入り細を穿《うが》つというか……さすがはマモ代よな。よくぞ一日で調べ上げたものだ。仕事が早いし、徹底的だ」

「ぬうう、マモ代ばっかり褒《ほ》められおって、ずるいぞ！　たまには妾のことも褒めてたも～」

「わかった、わかった。アス美は今日も可愛《かわい》いな」

「そんな雑な褒め方で喜ぶのはルシ子くらいじゃ！　妾はチョロい女ではないぞ」

アス美が不貞腐《ふてくさ》れて抗議する。

途端、

「どぁ～るぇ～がチョロい女ですって～～～～～～～～？」

噂《うわさ》をすればなんとやらだった。

ヘタレ――もとい紳士として幼女との密室二人きりは避け、開け放しておいたドアの外、いつの間にかルシ子がいた。仁王立《におうだ》ちして腕組みし、アス美のことをにらんでいた。ズゴゴゴゴ……と怒りの炎を全身から立ち昇らせていた。

そんな殺気混じりの視線を突き刺され、

「おう、ルシ子か。待っておったぞ」

しかし、アス美はけろりとして言った。

「何が待ってたよ、ウソ仰《おつしや》い！　アタシの陰口叩《たた》いてたのを、誤魔化《ごまか》そうったって無駄だわ！」

「いやいや、それが誠なのじゃ――」

ルシ子の激しい剣幕を物ともせず、アス美は真顔で虚言を吐きまくる。

「――実は主殿が『おしりぴょこぴょこ』病に罹患《りかん》あそばされてな。こうやって膝の上から押さえておかなくては、上体ごと御尻《みしり》がぴょこぴょこと暴れて、主殿も執務にならんのじゃ。ルシ子も早うこちらへ参って、一緒に膝を押さえてたもれ」

「何よ！　そういうことなら早く言いなさいよ！」

ルシ子は盛大に鼻を鳴らすと、肩を怒らせたままズカズカとやってきて、ごろんとソファに横たわる。さも不機嫌そうにケンゴーの左膝を枕にする。

「おしり？　ぴょこぴょこ病？　なんじゃあ仕方ないわね！　嫌々だけど、こっちの膝はアタシが押さえておいてあげるわ、ホンッと嫌々だけど！」

ルシ子はそう言いながらアス美の真似《まね》をして、ケンゴーの膝へ幸せそうに頬ずりを始める。

「うむ。妾一人では、主殿の右膝を押さえるのが限界であったからな。ルシ子が来てくれなければ、大変なことになっておった。魔界の未来が危なかった」

「フンッ、感謝しなさいよね！　このアタシがいないと、あんたたちは全然ダメなんだから！」

「うむうむ。ルシ子のチョロさにはいつも感謝しておるぞ」

「ハァッ⁉　あんた今またチョロいっつった⁉」

「余の膝でケンカをするな二人とも‼」

これでは書類に目を通すどころではないと、ケンゴーは抗議させられる。

（……いや、ちょうど疲れてたしな。一旦《いったん》、休憩を挟むか）

軽く指先を振って術式を編むと、念動魔法を用いる。書類の束《たば》がまるで見えない手で運ばれていくように、執務机の上へ移動する。

それから、膝枕を満喫しきっている様子のルシ子へ視線を落とし、

「ところでルシ子はどんな用件で参ったのだ？」

まさか地獄耳で、アス美の陰口が聞こえたからではあるまい。

「べべべ別に用事なんかないわよ！　霊薬の副作用、大丈夫かなって、そんなの全然気になってなんかないんだからね！」

（あ、ずっと心配してくれてたのか……）

ルシ子は素直じゃなかったが、ケンゴーはうれしくなって口元が緩む。

「理性を強く保っていれば、どうも大丈夫っぽいんだよな。一晩経《た》ったけど、あれから一度も発作は出てないし」

アス美がいるにもかかわらず、つい二人きりの時みたいな、素の口調に戻って話す。

「さんきゅな、ルシ子」

「だから、べべ別に心配なんかしてないって言ってるでしょ！」

「俺《おれ》も勝手にお礼を言ってるだけだから」

「あっそ！　殊勝なことね！　ようやくアタシの偉大さが理解できたのかしらね！」

照れ隠しだろう、ルシ子はむくれ顔になって、そっぽを向く。

その弾《はず》みで、彼女の長い髪がサラサラと後ろへ流れ、形の良い耳が覗《のぞ》く。

ケンゴーはひどく微笑《ほほえ》ましい気分で、乳兄妹《ちきょうだい》の耳へ指先でなぞるように触れる。

不意打ちだったか、ルシ子が「ひぁっ⁉」と可愛い悲鳴を上げる。

一方――

「むー。妾を無視してイチャつくとは、主殿もひどいお方じゃ」

アス美が本物の子どもみたいな、ふくれっ面《つら》になった。

「むー。そりゃあルシ子が可愛いのはわかるがの。妾は放置プレイは嫌いじゃ。如何《いか》に『色欲《アスモデウス》』の魔将家の女が業《ごう》深い性癖をしてようと、限度があるのじゃ」

すっかり拗《す》ねてしまったように、そのふくらんだ頬を膝にこすりつけてきた。

「す、すまなかったアス美！」

「い、イチャイチャなんかしてないわよバカ！」

実際、二人の世界を作ってしまったばつの悪さも手伝って、すぐさまケンゴーは許しを請い、ルシ子は天邪鬼《あまのじやく》な台詞《せりふ》を叫ぶ。

「むー。謝罪もツンデレも要らぬゆえ、妾の機嫌をとってたもー」

「ぐ、具体的にはどうしろというのだ」

「妾も交ぜて欲しいのじゃ。どうせなら三人で遊びたいのじゃ」

「わ、わかった。休憩がてら、少しだけつき合おう」

「さすがは主殿じゃ！　寛大にして慈悲深いのう！」

アス美がけろりと機嫌を直す。

ケンゴーとしては上手《うま》く乗せられた気がしないでもないが、まあ少しくらいなら構わないか。

「で？　三人で何をするワケ？　札遊《カード》び？　双六遊《ダイス》び？」

「そうじゃのう。妾が近ごろ考案したゲームなどはどうかのう」

「ほう。それはどのようなゲームなのだ？」

「その名もズバリ――『乳比べ』じゃ！」

「しないわよ、そんな頭の悪そうな名前のゲーム！」

「ルールは単純、妾らの乳房の感触を主殿にご堪能いただき、どちらがよりお好みか、判定していただくという勝負じゃ」

「すまない余は公務が忙しいのだ！」

ルシ子と一緒になって、ケンゴーは辞退の旨を伝える。

しかし、アス美にとっては予想内のことだったのだろう。

「なんじゃなんじゃ、当代の『傲慢《ルシファー》』の魔将殿は、ゲームをやる前から逃げの一手か。そんなに妾に敗北するのが恐いか」

と、敢《あ》えてルシ子一人に絞って挑発する。

憎たらしい表情を作り、小馬鹿《こばか》にして鼻を鳴らす。

たちまちルシ子の額にぶっとい青筋が浮かんだ。

「別にアンタなんか恐くないわよ！　そういう問題じゃないって言ってんのよ！」

「口ではなんとでも言えるからの～。アスモデウスの総領たる妾と違って、ルシ子は色気の欠片《かけら》もないし、きっとおっぱいも男みたいにガチムチなんじゃろうの～」

「そこまで言うなら勝負してやろうじゃないの！」

アス美のミエミエの挑発に乗ってしまう、安っすい傲慢《プライド》の魔将さん。

いきなりケンゴーの左手を「むんずっ」とつかんで引っ張ると、自分の胸に押し当てる。

「んほおおおおおおおおおおおおおおおおおおおお⁉」

ケンゴーは叫ばずにいられなかった。

それくらいルシ子のおっぱいの感触は素晴らしかった。ふかふかだった。大きいのはブラ同然の服の上から見ればわかるが、この柔らかさは想像では永遠にわからなかっただろう。叶《かな》うことなら一生モミモミしていかった。

「くくっ、妾も負けんぞ」

アス美がケンゴーの右手を「むんずっ」とつかんで引っ張ると、彼女の胸に押し当てる。

「ひぎいいいいいいいいいいいいいいいいいいい!?」

ケンゴーは叫ばずにいられなかった。

それくらいアス美のおっぱいの感触は素晴らしかった。ぷりぷりだった。大きさこそ女児のようにささやかだが、その分、弾力に富んだ柔肉がぎゅっと詰まっているようだった。叶うことなら一生モミモミしていかった。

「さあ、主殿？　ご判定や如何に？」

「絶対アタシのが気持ちいいよね!?」

二人がケンゴーの膝を枕にしたまま、上目遣《うわめづか》い――というには、ルシ子のそれは鬼気迫る目つきで――訊《き》いてくる。

だが、ケンゴーに答える余裕などなかった。彼の中で「プツン」と切れていたのである。昨日からずっと強く保っていた、理性という名の糸が。素晴らしいおっぱいを二つもモミモミしたことで、性欲という名の本能に負けて。

瞬間、ケンゴーは暴走した。

霊薬の副作用による発作が起きてしまった。

「この時のアタシ自身の軽率さとケンゴーから受けた恥辱《ちじょく》を、アタシは一生忘れないわ」

後にルシ子はそう述懐する。

彼女とアス美のおっぱい攻勢に挟まれ、**童貞丸出しで**たじたじになっていたケンゴーの表情が、突如として変化した。危険で物騒な笑みを口元に刻んだ。

「クククククククク――」

吊《つ》り上がったその口から漏《も》れる忍び笑いのトーンもまた、糸を引くように粘着質なものに変わっていった。

何よりもケンゴーの手つきが、別人のもののように豹変《ひょうへん》した。ルシ子とアス美に無理やりにおっぱいを揉まされているのではなく、自主的に、積極果敢に揉みしだいてきたのだ！

「――ククククク、まったく愛《う》い奴《やつ》らよな。ルシ子、アス美、魔界に咲き誇る華々の中でも特に妍《けん》を競ううぬらが、そろってこの〝朕《オレ》〟に手折られたいと申すか」

「ちょっとケンゴー⁉」

「主殿⁉」

ルシ子もアス美も仰天するが、凶暴化したケンゴーはおかまいなし。二人の首に腕を回すようにして強引《ごういん》に抱き寄せ、伸ばした手でさらに激しく胸元《むなもと》をまさぐる。

（ここここいつヘタレチキンのくせにぃ⁉）

ルシ子は狼狽《ろうばい》した。自分の乳房を揉むケンゴーの手つきが、やたら手慣れたものだったからだ。時に激しく、時に優しく緩急をつけ、また中指の爪《つめ》で服の上から乳首をカリカリと刺激し、乳輪をなぞるように弄《もてあそ》ぶ。ルシ子は未知の感触——というか快感——に襲われ、見る見る顔を紅潮させていく。

「〝朕《オレ》〟の判定を下す——『甲乙《こうおつ》つけがたし』だ。うぬらの乳房はともに極上であると、この〝朕《オレ》〟のお墨付きを与える。子々孫々まで語り継ぐことを許す」

本人は妖艶なつもりなのかもしれないが、ニチャアとした口調で断言するケンゴー。

魔法の仕業《しわざ》かいつの間にか上半身まで裸になった、〝朕《オレ》〟様テンションアゲアゲ全開状態である。略して朕《ちん》アゲ一〇〇〇％モードである。

さらにルシ子の鎖骨を舐《ねぶ》り回し、アス美のうなじにキスの雨を降らせる。

同時に左手はルシ子の真っ白な太ももを這《は》い回り、右手はアス美の下腹部へすべり込ませる。

「さて、前戯はもうよかろう。そろそろ本気を出そうか？」

普段のヘタレチキンぶりからは想像もつかない、一匹の淫獣がそこにいた！

そんな異常状態のケンゴーに愛撫《あいぶ》され、

「あ〜〜〜〜〜〜〜れ〜〜〜〜〜〜〜〜〜」

アス美の悲鳴は白々しかった。

「ちょっ、まっ、ケンゴー⁉　我を忘れて迫ったアタシも悪かったけど、アンタも正気に戻ってってば！　やだやだやだ初めてがこんなアス美と一緒だとか、そんな雑なの絶対やだぁ！」

ルシ子は本気で悲鳴を上げた。

その間もケンゴーの両手は、二人の衣服を剝《は》ぎ取りにかかる。

ルシ子は顔真《ま》っ赤《か》で抵抗しながら、

「アス美！　協力してこいつどうにかするわよ！」

「無駄じゃ、ルシ子。本気になった魔王陛下に抗える者が、いったいどこにおろうや？　妾らはこのまま手籠《てご》めにされるしかないヨヨヨ」

「本音は⁉」

「3P《さんぴー》じゃ、3P《さんぴー》じゃ。主殿とルシ子とくんずほぐれつ、念願の3P《さんぴー》じゃ♪」

「こいつ今ぜんぜん正気じゃないのに、あんたはそれでいいわけ⁉」

「アス美はねぇ、とりあえず体でつながっておけばぁ、心は後からついてくると思うのぉ★」

「エゲつないことを可愛く言ってんじゃないわよおおおおおおおおっっっ」

ダメだ、こいつら。どっちも早くなんとかしないと。

ルシ子は貞操の危機を覚えた。実際　アス美までどさくさに紛《まぎ》れ、ルシ子の太ももの内側を愛撫しようと手を伸ばしてくるではないか。ケンゴーの魔手をガードする傍《かたわ》ら、そっちの対応も余儀なくされる。二人がかりのセクハラ攻撃を、それぞれ片手一本で凌《しの》ぐのは至難だった。

「いい加減にしなさいよ、あんたらああああああああああっ」

絶叫とともに、全身から莫大《ばくだい》な魔力を放出するルシ子。

その勢いで、腰まで伸びた髪がうねり、比喩《ひゆ》抜きに怒髪天を衝《つ》く。

と同時に、ルシファー家十八番《おはこ》の閃光《せんこう》魔法が炸裂《さくれつ》した。

「めめ目がああああああああああああああああっ」

「ま、眩《まぶ》しやっ!!」

ルシ子が全身から放った烈光を直視し、ケンゴーとアス美が両手で顔を覆って悶絶《もんぜつ》する。

油断――というか性欲に目がくらんでいた――ケンゴーとアス美ではひとたまりもなかった。

「ふぅふぅ、なんとか乙女《おとめ》は守れたわね……」

壁際まで退避したルシ子は、顎下《あごした》の汗を拭《ぬぐ》う。

一方、ケンゴーはまだ床の上で、アス美と一緒にのたうち回っていた。

まさしく地獄絵図だった。


――五分後。

「た、助かった、ルシ子……っ。おかげで正気に戻れた……っ」

ケンゴーはか細い声で礼を言った。

まだ目がチカチカしていたが、直に治癒魔法が効いてくるはずだ。アス美の方も先に治癒してやっていた。しかし、精神的ショックが抜けない様子で、「ルシ子をからかいすぎたのじゃ……。もう懲り懲りなのじゃ……」などと独白しながら、フラフラ帰っていった。

なので、ルシ子と執務室で二人きりだ。

ソファに隣り合って腰かけた乳兄妹が、口では「べべべ別にあんたなんか助けたわけじゃないわよっ。自分の貞操を自分で守っただけよっ」などと否定しつつも、「でも気持ちがいいから、あんたの感謝は受けとってあげる！」などとニマニマ頰を緩ませていた。

普段だったらケンゴーも「この女、マジ面倒臭い」とか「でもそこが可愛い」だとか思う余裕があるのだが、今は無理。すっかりしょげ返って肩を落とし、

「……本当にスマン。なんて謝っていいか正直、思いつかない。穴があったら入りたい」

「そ、そこまで頭を下げる必要ないでしょ！　マモ代の薬のせいじゃない！　アンタが気にする必要はないわよ！」

「そういうわけにはいかんだろ……」

ルシ子が止めてくれなかったら、本当に貞操を奪っていたかもしれないのだ。しかも、こんな不本意な形で。もし本当にそうなっていたら、ケンゴーは後悔の海に身を投げて、再び浮び上がることはできなかっただろう。

「このアタシが気にしてないって言ってんだから、アンタもしなくていいのよ！　わかった⁉」

ルシ子は腰を上げると、仁王立ちになってぴしゃりと言った。

彼女らしい「傲慢《ごうまん》」な物言いに、しかしケンゴーは少し救われる。

でも、あくまで少しだ。良心の呵責《かしゃく》がなくなったわけではない。

うなだれ、ウジウジしていると、

「あ〜〜〜も〜〜〜〜、このヘタレチキンは〜〜〜〜〜〜〜〜〜〜っ」

ルシ子が歯がゆくて仕方ないとばかりに、自分の頭をかきむしる。

かと思えばキッとこちらをにらんで、

「手、出して」

「は？」

「いいから右手を出しなさいよ！」

居丈高《いたけだか》に命令されて、ケンゴーは怪訝《けげん》に思いつつも、言われるままに右手を差し出す。

それをルシ子がいきなり「むんずっ」とつかむと——あろうことか——ケンゴーに彼女の乳房をわしづかみにさせる。服の上からでも指先が沈み込んでしまうほど、おっきくて柔ぁらか〜い魅惑のおっぱい。その官能的な感触を真正面から堪能させてくれる。

「バッッッ、なに考えてんだよルシ子⁉」

ケンゴーはあられもない悲鳴を上げた。

「また暴走しておまえに襲いかかったらどうすんだよ！」

再び理性がプッツンしてしまわないよう、必死に意思の力を動員した。

そんなケンゴーの慌《あわ》てぶりと、ルシ子の態度は正反対だった。

「暴走すればいいじゃない」

仁王立ちになったまま、堂々と自分の胸をケンゴーに揉ませ、毅然《きぜん》と言い放つ。

「あんたが暴走したら、またアタシが止めてあげる。取り返しのつかないことをしでかす前に、何度だって正気に戻してあげる。だからあんたは何も不安に思うことはないわ」

「ルシ子……」

ケンゴーは声を震わせながら、彼女の名を呼んだ。

込み上げるものがあった。思わず目頭が熱くなった。

それくらい、この乳兄妹の強い想《おも》いに打たれていた。

「……ありがとう」

と感謝の言葉が、さっきよりも自然に口をついて出る。

「……どういたしまして」

とルシ子も、珍しく素直に受けとる。

でも、ガラじゃないのはわかっているのだろう。ルシ子は口元を苦笑いで歪《ゆが》めた。

それに釣られて、ケンゴーもようやく笑うことができる。

「止めてくれるのは助かるけど、毎回閃光魔法《ピカピカ》はきついな」

「火炎魔法《メラメラ》じゃないだけ感謝しなさいよ」

軽口を叩き合う心のゆとりができる。

二人で一頻《ひとしき》り笑い合った後、

「ところで、ルシ子さん」

「何よ、改まって」

「ちょっと言い出しづらいんですが……」

「ハァ？　男でしょ、はっきりしなさいよ」

「では思いきってお訊《たず》ねしますが――これ、いつまで揉んでてよろしいんでしょうか？」

うれしくないと言えば嘘《うそ》になるけど、ヘタレチキンには刺激が強すぎッス。

「もっかい閃光魔法《ピカピカ》いっとく？」

「うわああぁだから下手に出て訊いたのにぃ！」

ルシ子の胸から手を離し、ケンゴーはその場ジャンピング土下座をキメた。

離す時に、名残《なごり》惜しさを感じる暇《いとま》もなかった。

†

そんな一悶着《ひともんちゃく》もあって、会食の時間はあっという間に来てしまった。

場所は魔王城、「竜魚遊覧の庭《プレジャーシードラゴン》」。

普請《ふしん》に千年もの歳月をかけられたこの城は、偉大な造園師たちの趣向と魔法技術を凝らした中庭を、いくつも有している。中でも「竜魚遊覧の庭《プレジャーシードラゴン》」は、特に手のかかった一つである。

空間そのものを歪曲《わいきょく》させ、本来は城内に収まるはずのないサイズの広大な人造湖を用意し、さらに様々な景観奇観を持つ島を浮かべる。湖には骸骨化《アンデッド》した竜魚《シードラゴン》がいて、寝食を忘れて回遊している。そして、そのシードラゴンの背中へ三階建ての屋形船を載せて、来賓は豪華遊覧と食事を同時に楽しめるという寸法だ。

本日の来賓は三名。ベクターの代表団であり、全員が騎士だった。

また現在、王国内で最も地位の高い者たちでもあった。

(同じ征服するでも、恐怖による支配なんて絶対嫌だからな。夢に見て魘《うな》されるからな。まずは代表たちと仲良くなって、魔界の一地方に組み込まれた方が暮らしは豊かになる、民も幸せになるってアピールしまくらないと。もちろん他《ほか》の魔族たちの手前、家畜とか奴隷って呼んじゃうこともあるけど、あくまで便宜上だから。無下に扱わないから。その辺りもよくよく理解してもらって、代表たちから今度は民を説き伏せてくれるように、しっかりコンセンサスをとらないとな)

ケンゴーはそんな思惑を持って、会食に当たる。

ルシ子ともう一人を伴い、屋形船の屋上テラスにて代表団を迎える。

歳《とし》も性別もバラバラな三人の騎士たち。完全非武装で、外交用の礼服を着ていた。

ケンゴーは彼らに向かい、

「よく来てくれた、ベクターの勇敢なる騎士諸君！　本日は諸君らを歓迎し、一席設けさせてもらった」

めっちゃくちゃ愛想笑《あいそ》いを浮かべ（得意だし！）、両手を広げて歓迎の意を示す。

フレンドリーさをアピールするため、敢えて用意させた円卓の、席を勧める。

ところが――

「わ、我々は立ったままで結構っ」

「しょ、食事も必要ないっ」

「というか、殺すならばいっそひと思いに殺せっ」

「そんな胡散《うさん》臭い笑顔になって、いったい何を企《たくら》んでいるのだ魔王！」

ベクター騎士たちは、恐ろしく非友好的な態度だった。

それでいて、見ていて可哀想《かわいそう》になるほど震えていた。

理由は明白――昨日、発作を起こしたケンゴーが、散々ビビらせてしまったからに違いない。

「き、昨日のことは忘れて欲しい……」

ケンゴーは笑顔を引きつらせながら、お願いした。

「信じてもらえないかもしれないが、余は余の臣民に対しては、非常に優しく温厚な魔王なのだ。ベクターの民が臣従を誓ってくれれば、そなたらの生命は元より、幸福で健康的な暮らしを約束しよう。少なくとも逃げ出した国王たちよりは、遥《はる》かにマシな治世を敷く自負がある」

そこまで説明して一旦、口を閉ざし、相手の反応を窺《うかが》う。

果たして――ベクター騎士たち三名は、皆一様に唇を噛《か》んでいた。

恐怖を一時的に忘れるほどの、激しい悔しさと憤りを堪《こら》えていた。

(無理もない……)

ケンゴーは内心、深く同情する。


マモ代の調査報告書のおかげで、彼らが置かれている状況は理解していた。

本来この場にいるべき「ベクターの代表」は、国王ないし主要な王族、もしくは枢要《すうよう》な地位を占める大貴族たちであるはずだ。

しかし彼らは現在、全員が全員とも王国内にいないのだ。

ベクターは最も魔界に近い小国である。そして、クラール砦の攻防戦における魔族の恐ろしさ(要するにサ藤《とう》の超高速兵糧攻め)を知ったこの国の重鎮たちは、ベクター一国の力では到底魔王軍に敵《かな》わないことを悟った。

だから民を捨て、自分たちだけ逃げたのだ。もっと安全な国へと、親族を連れて亡命していったのだ。今まで散々、民から血税を吸い上げておきながら! 自ら尊貴を謳う者たちが負うべき義務《ノブレス・オブリージュ》を果たさなかったのだ!

取り残された民や兵、またこの三人らを含む騎士たちの、胸中を察するに余りあった。

「余は諸君ら三名に、並々ならぬ敬意を抱いておる」

全き本音でケンゴーは言った。なぜなら、この三人はただ騎士というだけではなく、それぞれ伯爵家長女と子爵家次男、男爵家当主だからである。他の腰抜け貴族たち同様、亡命すればよかったものを、民を護るために残り、また代表団として「怖ろしい」魔王のところへ赴《おもむ》く勇気と矜持《きょうじ》――すなわちノブレス・オブリージュの体現者たちだからである。

「余はこれでも勇士の扱いは心得ておるつもりだ。いきなり取って食ったりなどはせん。だから、せめて席に着いてはくれまいか？」

「……わかりました」

歳若い女騎士が応答し、青年騎士と中年騎士が首肯した。

国によって貴族社会の在り方は様々だそうだが、ベクターでは男爵家当主よりも伯爵家長女の方が格上だと、マモ代の資料にあった。

また地球の軍隊と違い、この異世界《フォーミラマ》では女性兵士が珍しくない。女騎士も同様で、且《か》つ男より格下に扱われることもないという。因習的には、人族国家はまだまだ男尊女卑が強いらしいが、軍隊はあくまで実力主義。これも資料に書かれていた。

だから席も、ケンゴーの左隣から女騎士、青年騎士、中年騎士（男爵家当主）の順に腰かける。これが三人の格付けでもある。

なお、ケンゴーの右隣にはルシ子、さらに隣には随伴を頼んだベル乃《の》が座っている。

こちらの彼女はベルゼブブ家の当主で、「暴食」を司る魔将。

童顔だが美人だし、おっぱいもお尻もお身長もおっきい、食っちゃ寝て食っちゃ寝て、さぞやすすく育ったんやろなあ、と想像させる乙女だ。

今もケンゴーが、ベクター騎士たちを必死に宥《なだ》めすかしている裏で、とっくに食事を始めていた。こっちのやりとりなんか興味ゼロ、緊張感ゼロで、黙々とモリモリと食っていた。

(いや、いいんだけどね？　こいつがいれば場が和むと思ったし、こいつがずっと食ってれば、騎士の皆さんも食事に手をつけやすいだろうと思って、連れてきたんだしね？)

これもベル乃に与えた任務みたいなものだ。さすがベル乃さんは役目に忠実だ。ははは。

「さあ、諸君らも遠慮なく。魔界の料理は、意外や人界の料理とさほど変わらぬのだ。時折、目を疑いたくなるようなキテレツ料理があるが、本日のメニューからは除外しているので安心してくれたまえ。もちろん、毒など入っておらぬぞ」

円卓には既に前菜が並んでおり、ケンゴーは冗談混じりに勧める。

この後も一階の厨房から、続々と皿が運ばれてくる手筈《てはず》である(続々と来ないと、ベル乃がハラペコバーサーカーになる……)。

「毒など最初から疑っておりません。御身らがその気になれば、我ら人族などどうとでもなるのですから」

女騎士がまだ緊張を隠せぬ様子ながら、道理のわかった受け答えをした。

彼女は名を、トリシャ・フラムラムという。

歳はまだ十九。戦いの邪魔にならぬようにか短く刈りそろえた金髪の、だけどうなじの辺りで尻尾《しっぽ》のように括《くく》った一房だけ伸ばしているのがオシャレな、凛々《りり》しい顔つきの美人だった。

「魔王陛下、いくつかの質問をお許し願えますでしょうか？」

トリシャはワインへ申し訳程度に口をつけるだけで、食事には手をつけなかった。

ただし、非友好的な態度を続行しているわけではない。現に他の騎士二名は上品に、前菜を口に運んでいる。要するにこれは役割分担で、会談は主にトリシャが行う、他の二人が雰囲気を壊さないように努める、そういうことだろう。貴族階級の嗜《たしな》みだろう。

ちなみにこちら側の随伴者もまた、会談はケンゴーに任せて、黙々と食べ続けている。

そう、ベル乃ならそれもデフォだったが、ルシ子まで素知らぬ顔のまま、一切《いっさい》口を挟もうとしないのだ。

「傲慢」を司る魔将たる彼女は、無意味にお高く留まった台詞を、ついつい口走ってしまう性分だ。下手をすればトリシャらを不快にさせ、せっかくの会食の場をぶち壊してしまいかねない。だから最初から、お口にチャックしてくれているのである。

別に事前に取り決めたわけでも、殊更《ことさら》に役割分担をしたわけでもないが、魔王としていたらぬケンゴーのために、この乳兄妹がさりげなくサポートしてくれるのは、今日に始まったことではない。


「もちろんだとも、トリシャ卿。いくつかなどと言わず、いくらでも聞いて欲しい。そなたらのために、この後も時間はたっぷりと空《あ》けておる」

「ありがとうございます、魔王陛下。それでは遠慮なく質問をさせていただきます。先ほど陛下は我々が臣従すれば、幸福で健康的な暮らしを約束くださると仰《おっしゃ》いました。そのために、具体的にどのような政策を実施していただけるのでしょうか？」

トリシャの口調や姿勢は礼節に適ったものだった。

しかしこちらに向ける目は、未《いま》だ冷ややかなものだった。

疑っているのだろう。ケンゴーが昨日の発作の時みたいなノリで、「魔法で貴様らの肉体を休みたくとも休めず、寝たくとも寝られず、死にたくとも死ねぬ、究極の健康体に改造してやろう！　そして貴様らは生涯を〝朕《オレ》〟に捧げ、不眠不休でこの地に〝朕《オレ》〟の巨大宮殿を造るのだ！　さあ、泣いて喜ぶがいい！　魔王のために馬車馬の如《ごと》く働く以上の幸せなど、貴様らにありはすまいからなグハハハ！」などと言い出さないか、懸念しているのだろう。

（最初にして重要な質問だな）

トリシャを、引いてはベクターの民を安堵《あんど》させるためにも、真摯《しんし》に答えなくはいけない。

ケンゴーは真剣な顔をして――懐《ふところ》からカンニングペーパーを取り出した。

そして、恥じることなく読み上げる。

「えー、我々の調査によればー、ベクターは近年、天候不良が続きー、慢性的な食糧不足に陥《おちい》っているとのことー。なのでまず余としてはー、充分量の食糧を魔界よりー、供給する所存であるー。さらに加えてー、魔界の高度な魔法技術を持つー、農業の専門家を派遣しー、ベクターの食糧問題を根本からー、改革していく予定であるー」

難しい言葉が羅列されたカンペを、つっかえつっかえ一生懸命に。

ケンゴーは政治がわからぬ。

そりゃあそうだ。前世ではただの高校生。現世でも先代皇帝《パッパ》の意向で、帝王学を学ぶ機会が乏しかった。なので政治に精通した大臣らに命じて、「ベクター王国繁栄計画」を至急用意させたのだ。

「そ、それは誠ですか、魔王陛下⁉」

「無論、誠である。………………………………多分」

自信のなさを最後、ポロッと出してしまうケンゴー。

いや、約束の履行ということならば、自分の権限においてやり遂げてみせる。ただ、この措置で本当にベクターの民が幸せになれるのか、的外れではないのか、余計なお世話ではないのか、その辺の政治的判断がつかないだけだ。

「ありがたいっ……いえ、ありがとうございます！　魔王陛下！」

果たしてトリシャは喜色満面で感謝を告げた。

他の騎士二人も一緒だ。どこかまだよそよそしかった態度が、かなり軟化した。

（的外れじゃなかった……！）

ケンゴーはすっかり気を良くし、調子に乗ってカンペの続きを読む。

「また農業に限らずー、多岐に亘《わた》る魔界の魔法技術をー、ベクターの有志に学んでもらうための教育機関をー、一年以内に開設する用意もあるー。人族は魔力が乏しくー、扱える魔法の種類にも限度はあるがー、それでも日々の暮らしの利便性にー、劇的向上が見込めるであろうー」

「おおおお……っ」

「そこまでしていただけるのですか⁉」

「我らは敗戦国なのに⁉　本当に⁉」

「さらにはー、人界の医療技術は低くー、病気や怪我《けが》での死亡率やー、出産における母子の安全性が確立されていないことなどー、目に余るものがあるためー、治癒魔法の使い手を各市町村へ常駐させることでー、早急に改善を目指すものであるー」

「素晴らしい！」

「それらが叶うなら、ベクターはどれだけ栄えることか！」

「ああっ、ああっ……なんと感謝すれば……っ」

代表団三名が、今にも手を取り合わん勢いで喜びを表す。

またトリシャは席を立つや、ケンゴーに真《ま》っ直《す》ぐ向き直って、

「お許しください、ケンゴー陛下。私は御身のことを誤解しておりました。陛下は決して邪知《じゃち》暴虐《ぼうぎゃく》の魔王でも悪逆非道の征服者でもなく、我がベクターにとって救世主となろうお方に違いありません！」

誠実に謝罪を口にし、感謝とともに深く頭を下げた。

対して、ケンゴーもすっくと立ち上がり、

「ファファファ、救世主はいささか大げさだが……しかし、わかってもらえればよいのだ、トリシャ卿。どうか頭を上げて欲しい」

握手を求めて右腕を差し出した。

その手をトリシャも、しっかりとつかむ。

（ふううううう、一時はどうなるかと思ったけど、信用してもらえてよかった！）

ケンゴーは胸を撫《な》でおろす想いだった。

しかし、決して自分の手柄ではないことは、よくよく理解している。

もしベル原が無血で王都を陥《お》としたのではなかったら、こうもすんなりとはいかなかっただ

ろう。同胞を殺《あや》められた怒りがベクター人のしこりとなって、ケンゴーがどれだけ善政を約束したところで、簡単には受け容れてもらえなかっただろう。

また政策の具体案を作成してくれた大臣らにも、後で褒美《ほうび》を出してやりたい。

（まあ、最初はメチャクチャ反対されたけどなあ……）

やれ敗戦国を、どうしてそこまで優遇してやらねばならないのか、だとか。

やれ人族風情には、草でも食わせておけば充分だ、とか。

それをケンゴーが例によって、もっともらしい理由を並べて説き伏せた。

「人族の国家群は、我が国に比べて遥かに後進国である。それは裏を返せば、いくらでも成長できる余地を秘めているということである。ゆえに彼奴らの国を征服後、あたかもダイヤの原石を磨くが如く強力に支援をし、高度な発展を促すのだ。さすらば繁殖力の旺盛な彼奴らのこと、人口を倍々に増やしていくだろうこと疑いない。わかるか？　奴隷が、家畜が、すなわち余の資産が、止め処《とど》を知らず増殖していくということだぞ？　この意味を理解できぬおまえたちではあるまい？」

という具合にだ。説得できるか冷や冷やものだったが、幸い上手くいった。

「肝《きも》に銘《めい》じよ。余の占領政策は『産めよ、殖やせよ』――これを基本方針に置く」

というケンゴーが必死に捻《ひね》り出した大義名分に従って、以後も占領地政策を立案してくれることになった。

「そなたらにも伝えておこう」

回想を終えたケンゴーは、トリシャと握手をしたまま告げた。

「『産めよ、殖やせよ』――これが余の統治における理念である」

右手と右手をつないで離さないまま、その彼女の手の甲を、左手で撫でさすった。

トリシャはぎょっとなったが構わない。女騎士だけあって日々剣を振っているのだろう彼女の掌《てのひら》は、肉刺《まめ》だらけで硬い感触がした。しかし手の甲の方はスベスベだった。さすがは貴族のご令嬢、肌の手入れが行き届いていた。撫でていて飽きがこなかった。

「け、ケンゴー陛下？　これは……どういう……？」

「聞こえなかったか、トリシャ卿――」

乙女の柔肌をいきなり無遠慮に撫でまわされ、戸惑いを隠せない様子のトリシャに対し、ケンゴーは**口の端を吊り上げて笑う**。

「――『産めよ、殖やせよ』だ。その善き統治のめでたき嚆矢《こうし》に、〝朕《オレ》〟とうぬで子作りしようではないか」

女騎士の肢体を力強く抱き寄せ、その耳元に唇を寄せると粘着質な口調でネチャアと囁《ささや》く。

「おお、それがよい。うぬも名案だと思わんか？　魔王たる〝朕《オレ》〟とベクター代表たるうぬの間に成した子となれば、両族の融和の象徴としてこの上あるまい？」

「ちょ、陛下⁉　魔王陛下っっっ⁉」

「これも貴人の義務と、うぬも理解せよ。大人しく股を開き、〝朕《オレ》〟の胤《たね》を受け入れよ。そして〝朕《オレ》〟の子を孕《はら》むがよい」

「イヤアアアアアアアアアアアアアアアッ!!」

もっともらしい理屈を並べ立て、キスを迫り、押し倒そうとするケンゴー。

貴族令嬢として貞淑に育てられたのだろう、トリシャは絹を裂くような悲鳴を上げると、思いきり突き飛ばして魔王の抱擁から逃れる。

しかしケンゴーは気にも留めず、粘っこい忍び笑いを続ける。

「ククク……獲物は活きが良いほど狩猟も悦《たの》しい。気の強い女は、〝朕《オレ》〟は嫌いではない」

舌舐《な》めずりをしながら指を鳴らす。


「この時のケンゴーの悪趣味を、アタシは一生忘れないわ」

後にルシ子はそう述懐する。

指を鳴らして影から同色の玉座を召喚したケンゴーは、ターンしながらマントを脱ぎ捨てつつ着席するという、ウザいポーズを再びキメる。本人だけはカッコイイと思ってるんだろうなと、ルシ子は白眼視する。

そして、例によってケンゴーの上着まで脱げていて、男の生乳首を強調するようにふんぞり返った姿勢で座る、朕《ちん》アゲ一〇〇〇%モード。「傲慢《ルシこ》」のお株を奪うほどの尊大なドヤ顔で、もう一度指を鳴らす。

すると――トリシャの足元に広がる彼女の影が蠢《うごめ》いた。

否《いな》、そう見えたのはルシ子の錯覚で、影の中から同色の生き物が飛び出してきたのだ。

アメーバを彷彿《ほうふつ》させる巨大な原生生物がうじゅるうじゅると、トリシャの両脚にまとわりつくと、さらに腰、上体と順に全身へからみついていく。

あまりのおぞましさにトリシャも髪を振り乱して絶叫。同行した二人の騎士たちが気色ばむ。

「いきなり怪物をけしかけてくるとは如何なる仕儀だ、魔王！」

「話し合いの場を設けるとは、やはり虚偽だったか！」

思わず佩刀《はいとう》へ手を伸ばしかけて、自分たちが丸腰で会談に臨んだことを思い出し、後悔したように歯噛みする。

「騒ぐな。そいつは人に危害を与えん――」

対してケンゴーは邪悪に、陰湿にほくそ笑んだ。

「――そいつは〝朕《オレ》〟が即興で創作した、『服だけを溶かすスライム』なのだからな」

「いい加減にしなさい、このすけべ魔王！」

もう見ていられず、ルシ子は怒声とともにツッコんだ。

右手の巨大ハリセンが唸《うな》り、ケンゴーの頭頂を「スパーン！」と軽快に打ち鳴らした。

「……ハッツッ。俺はいったい何を⁉」

その一発でケンゴーは我に返る。

同時にスライムも、うじゅるうじゅると影の中へ還っていく。

「こんな恥辱で私を嬲《なぶ》るくらいなら、いっそ殺せえええええええええ」

礼服を溶かされたトリシャは胸元や下腹部を腕で隠し、半泣きになって叫ぶ。

しかし「人に危害を与えない」という触れ込み通り、その真っ白な素肌には傷一つついていないようだ。朕の暴走を止めるのが先か、女騎士をスライムから助けるのが先か、しばし様子見していたルシ子だが、どうやら判断は間違っていなかった。

シーツを召喚してトリシャの上から投げかけてやると、ケンゴーに詰め寄る。

「『いったい何を⁉』じゃないわよバカ。霊薬の発作だとわかっていても、さすがに呆《あき》れたわ。よくもまあ『服だけを溶かすスライム』だとか、そんな下品なモノを思いつくわね！」

「俺の前世じゃスライムといえば、わりと定番なんだが……」

「あんたの前世、いったいどんな世界なのよ……」

きっと想像もつかないような変態《HENTAI》ワールドに違いないと、ルシ子は重ねて呆れる。

一方でケンゴーである。

「とにかく止めてくれて助かった……。あれ以上、暴走していたらきっと『服を溶かすスライム』だけじゃすまなかった……」

拭っても拭ってもまだ止まらない、滝のような冷や汗をかきながら礼を言う。

ルシ子が構えたままの巨大なハリセンに、自然と目が行く。

数時間前の話である——

「あんたが暴走したら、またアタシが止めてあげる」

そうルシ子が言ってくれた。乳兄妹のありがたみを噛みしめ、感激させられた。

ただ毎回、毎回、閃光魔法で制止されたのでは身が——ではなく目が保《も》たない。

そこでケンゴーは思い立った。即興で錬成魔法を駆使すること小一時間、ごく簡単なマジックアイテムを作成。それがこの巨大ハリセンだった。

「ナニコレ？」

と最初訊ねてきたルシ子に、ケンゴーは大真面目《おおまじめ》に答えた。

「鎮静魔法を込めたマジックハリセンだ。こいつで俺の頭を叩いてくれれば、すぐに発作が収まるはずだ。また何かしでかす前に遠慮なくツッコんでくれ」

「い、嫌よそんなの！　お断りよ！」

「なんでだよ！　止めてくれるって言ったじゃんか！」

てっきり二つ返事で了承してくれると思ったのに。ルシ子に強い拒否を示され、ケンゴーは面食らう。

「もっと他の方法を考えなさいよ、バカケンゴー！」

「だからなんでだよ、頑固ルシ子！」

「だって……好きな人の頭を叩くなんて絶対ヤだもんっ」

「会食まで時間がないんだ！　他に思いつかないんだ！　それに、こんなのおまえ以外に頼めないんだ！」

だって他の七大魔将《れんちゅう》に頼んだら、力加減というものを知らず、叩いたケンゴーの頭を砕いてしまいかねない。

「そ、そこまで言うなら……別にいいけどぉ」

「ありがとう、ルシ子！　おまだけが頼りだ！　持つべきものは、理解のある乳兄妹だ！」

――という経緯《いきさつ》があったのだ。

そして、ルシ子はケンゴーのオーダーに完璧《かんぺき》に応《こた》えてくれた。マジックハリセンを使いこなしてくれた。多少の痛みは覚悟していたのだが、いっそ気持ちいいぐらいだった。スナップの利《き》いた絶妙な力加減だった。これはヘタレチキン的には非常にポイントが高い。

（ハリセンでのツッコミには、愛がなければならないと俺は思う！　さもなきゃハリセンなんてただの凶器だからな！　その点、ルシ子のツッコミはもう期待以上だった‼　普段は素直じゃないおまえが表に出さない深い愛情や絆《きずな》、いたわりの心さえ感じ――）

（もういいから！　そんなに目で訴えなくても伝わったから！）

ルシ子はツンとそっぽを向く。そのくせ口元はニマニマとほころんでいる。

それから半ば照れ隠し、半ば本題とばかりにベクター代表団を指差し、

(アタシのことはいいから、あっちをなんとかしなさいよ)

(うっ……)

まだ本当に一難去ったわけではない現実を突きつけられ、ケンゴーは渋面《じゅうめん》となる。

恐る恐るトリシャへと目を向ける。

「この魔王！　いや外道ッ‼」

彼女はシーツを掻《か》き抱くようにして素肌を隠しながら、金切り声で批難してきた。

「正直スミマセンでしたあああああああああああああっっっっっ」

ケンゴーは自分が魔王なのも忘れて土下座しようとしたが、そんな程度では到底許してくれそうにない。怒りと羞恥で顔を真っ赤に染め、震え、涙目でこちらをにらんでくるトリシャの剣幕は、当然のこととはいえ凄《すさ》まじいものがあった。

彼女が帯同した二人の騎士達も同様で、

「正体を現したな、悪逆非道な征服者め！」

「先ほどの甘言の数々も我らを謀《たばか》るつもりなのだろう、邪知暴虐の魔王め！」

「私たちを――人族を弄ぶのは、そんなに楽しいですか、魔王陛下！」

「違うのだ……誤解なのだ……」

ケンゴーは弁明しようとするが、まるで耳を貸してはもらえない。

そりゃそうだ。今この状況で何を訴えようが、説得力ゼロだ。

「これが魔界流の歓待というわけですか」

「ハハッ、のこのことやってきた我らが愚かだったというわけですな！」

「帰らせていただく！　確かに貴様らに比べれば、我らは無力かもしれんっ。だが人族にだとて矜持はあるのだ！」

トリシャら代表団はすっかり肩を怒らせて、屋上テラスを出ていった。

「………………失望しました」

「ぐはぁっ」

最後、女騎士の残した重い台詞と虚《うつ》ろな表情が痛くて、ケンゴーは吐血しそうになった。

しかも間の悪いことに、笑顔満開のメイド魔族たちが入れ替わりに、ちょうどできたばかりの料理をジャンジャカ持ってくる。

「さあ、お待たせいたしました——って、あらン？」

「来賓の皆様は、お手洗いでしょうか？」

ケンゴーはションボリしたまま、やや素の口調に戻って力なく答える。

「皆さんお帰りとのことなんで、丁重に送っていって差し上げて……」

「畏まりました、陛下」

「で、ですけどー、この料理の山は如何《いかが》いたしましょうか……？」

「せっかく作ってもらって悪いけど、下げちゃって……。あ、いや、ベル乃が食うか。全部、並べちゃって」

「……さすがは陛下。気が利く。優しい。好き」

今まで一言もしゃべらず、食うのに専念していたベル乃が調子のいいことを言う。

かと思えばいきなり、見上げるようなその長身が、すっくと立ちあがる。

ケンゴーは仰天した。

ルシ子も呆気《あっけ》にとられていた。

メイドたちはあたかも天変地異を前にしたように、恐れおののいていた。

ベル乃が料理の並ぶテーブルを前にして席を立つなど、それほどあり得ない事態だからだ。

いったい何事かと皆で注目していると、ベル乃は傍《そば》までやってくる。

「……でも、陛下。浮気《うわき》はほどほどにしないとダメ。わたし、怒るよ？」

「は？」

ますます呆気にとられたケンゴーの顔へ、ベル乃も顔を寄せてくると、

「かぷ」

「ファッ⁉」

いきなり耳たぶを――敏感な性感帯《ところ》を甘噛みされて、ケンゴーは情けない悲鳴を上げた。

「……ご馳走様」

「いきなりナニやってんのよ、あんたはー!?」

たちまちルシ子が嫉妬《しっと》丸出しで、ベル乃の頭にハリセンでツッコむ。

しかし、魔界で一番頑健な肉体を持つと言われるベル乃は、痛痒《つうよう》を感じた様子もなく、のしのしとテーブルに戻り、平然と食事を再開した。

「ホント何……?」

ケンゴーは甘噛みされた耳たぶをさすりながら、ベル乃の奇行に困惑する。

トリシャらに失望されたショックなんか、吹き飛んでしまった。

実はベル乃も、ケンゴーがトリシャを押し倒したことで嫉妬心がムクムクしていたのだとか、自分アピール兼マーキングをしにきたのだとか、そんな心情に気づくのはさすがに難しかった。

はむっ♥

第二章　妾《わらわ》と守護聖獣

しかし、ケンゴーはヘタレチキンである。

何か一つ失敗すると、時間が経《た》つごとに「ああすればよかった」「こうすべきだった」と、ウジウジ思い悩む性分である。

（神様……俺《おれ》、何か悪いことしましたか……？）

トリシャら代表団との会談が決裂に終わった数時間後、ケンゴーは玉座で頭を抱えていた。

魔王城は、「御前会議の間」。

七大魔将と謁見《えっけん》をするため専用の、小ぢんまりとした会議室。気の置けない相手とだったら、さぞやアットホームな空間にできるだろう。

しかし、内装調度はどれもこれも超一流品で、特に中央にドデンと置かれた長机はベルゼバー産の百年物の魔黒檀《まこくたん》を用い、匠《たくみ》が芸術的な透かし彫りを施した逸品だ。

「あ、あのあの、ケンゴー様っ……。僕、小耳に挟んだんですけど……」

その机をともに囲む一人――見るからに気の弱そうな少年が、おずおずと声を上げた。

「憤怒《ふんぬ》」を司る魔将で、魔界屈指の術巧者としても知られる、サ藤《とう》である。

いつも通りのおどおどとした態度で、言っていいものかどうか迷いながら、言葉を選びながら、訊《たず》ねてくる。

「べ、ベクターの代表団が、畏《おそ》れ多くもケンゴー様のご歓待を受けておきながら、ぶっ、ぶっ、無礼千万にも途中退室したって話、本当なんでしょうか？　も、もし本当だったとしたら……いや、もちろん、あり得ないことだと思うんですけどっ。人族風情《ふぜい》がケンゴー様と謁見できる究極至高の栄誉を賜《たまわ》りながら、まさか途中退室なんて悪い冗談だと思うんですけどっ。もし億が一にも事実だとしたら…………僕、**ちょっと許せないなあ**。今すぐ王都に行って、**焦熱地獄に**変えてきちゃうなあ」

それこそ悪い冗談だよね？

ケンゴーは震え声で答える。

「会談が途中で打ちきられたのは事実である。しかし、余に落ち度があったのだ。仕方のなきことゆえ、決して人族を罰してはならぬ」

するとマモ代《よ》が、

「はい、我が陛下《マインカイザー》。しかし無謬《むびゅう》の存在であらせられる、いと穹《たか》きケンゴー魔王陛下に落ち度がおありだったなどとは、小官は到底思えませぬ。畏れ多くも我が陛下《マインカイザー》が、人族風情にご寵愛《ちょうあい》を賜ろうという慈善行為に対して、拒絶をした女の方の頭がおかしいのです。この強欲めが同じ機会に恵まれようものなら、涙を流して歓喜したでありましょうに」

「出たな、マモ代のさりげない点数稼ぎが」

「巧《うま》いよねえ。妬《や》けるねえ」

「だが妾《わらわ》も同意じゃ。一度で良いから国家公式の場で、主殿《あるじどの》に公然凌辱《りょうじょく》されるプレイを楽しんでみたいものよな」

「そんな一度は永遠に来なくていいわよ！」

「……お腹空《なかす》いた」

と他《ほか》の五将も平常運転、ワイワイにぎやかだった。

落ち込んでいるのはケンゴー一人だった。

吹かせる魔王風もいつもより弱々しいためか、サ藤が見るに見かねた様子で、

「あ、あのあの、ケンゴー様っ……。お困りでしたら、僕がお役に立てると思うんですっ」

「具体的には……？」

「洗脳魔法で頭のおかしい女の頭を正常に直してきます！」

「ごめん、いまツッコむ元気ない」

サ藤に期待するだけ無駄だったと、ケンゴーは嘆息する。

ルシ子《こ》に次いで少壮の魔将はガーンとショックを受けた様子で、そこへさらにベル原《はら》が追い打ちをかける。

「先日、吾輩《わがはい》が教えた言葉を、サ藤はもう忘れたのかね？」

「と仰《おつしや》いますと、な、なんでしょうか、ベル原さんっ」

「今上陛下は洗脳魔法の類を、お好みあそばさない。なぜなら魔法によって人族の心を一時的に操《あやつ》っても、いつか同じ魔法で解呪《かいじゅ》されてしまう恐れがあるからだ」

「この僕の洗脳魔法ですよ？　人族風情に解呪できるとでも？　お、怒りますよ？」

「人族一般にはそうであろうよ。しかし目障りな勇者どもの中に、特に解呪に秀でた者がいたとしたら？　あるいは『純潔』なり『分別』なり高位の天使がしゃしゃり出てくる可能性は？絶対にないと言いきれるか？」

「うっ……そ、それは……っ」

「であればこそ洗脳魔法には安易に頼られぬ、陛下の深謀遠慮よ。わかるか、サ藤？　陛下は な、巧《たく》みな話術を以《も》って人族どもの心の弱さを攻め、甘言を以って誑《たぶら》かし、心酔させようというご計画なのよ。それが地道に思えて、しかし世界征服に最も早い近道ということよ」

「う、うむっ、ベル原の申す通りである」

得意げにぺらぺらと語り聞かせるベル原に、ケンゴーは相槌《あいづち》を打った。

（そんなことミリも考えてないけど、もうそういうことにしとこう。洗脳魔法とか外道なもん、永遠に禁止にしときたいし）

内心そう考えた。

しかし、ベル原は人の気も知らず、なお得意絶頂の表情で進言してくる。

「そのことを踏まえた上で――我が君、このベル原の脳漿《のうしょう》に妙策がございまする」

「ほ、ほう。期待してよいのだな?」

「もちろんでございます」

ベル原は自信たっぷりにほくそ笑むと、会議机の上に一本の小瓶《こびん》を出した。

中には怪しげなピンク色の液体が入っていた。

「そ、それはなんだ……?」

マモ代が献上した霊薬の副作用で、ナウでひどい目に遭っているケンゴーは反射的に警戒。

ベル原は急にゲス顔になって説明を始めた。

「配下に調合させた、強力な媚薬《びやく》でございます。これを一服、盛ったが最後、処女であろうと淫婦に変わり、どんなに貞淑な女でもたちまちにして心と股を開門させ、乳房は疼《うず》いてやまず、秘所は大洪水! 男に吸って吸ってと哀願すること請け合いの代物にて」

オヤジのオゲレットークを臆面もなくするベル原に、ルシ子が「うわあ」とドン引きする。

「……そんなもので余にどうしろと?」

「件《くだん》の女騎士に盛るのです、陛下。今度こそ仲良くなれましょうぞクックックー」

ベル原に期待するだけ無駄だったと、ケンゴーは嘆息する。

そのドヤ顔にどうツッコもうかと思案した矢先、アス美《み》が疑念を呈した。

「待ちやれ、ベル原。それでは洗脳魔法を使うのと、何も変わらぬのではないか?」

「ククク、如何《いか》にもアス美らしい早計だな」

ベル原はウッザいしたり顔になって、不必要にアス美を煽《あお》った。

「……あ？」

「凄《すご》むな、凄むな。よく考えてみよ。仮に薬の効果を解毒されたとして、なんの問題がある？事の最中にスンとなるだけの話であろうが。日を改めて機会を窺《うかが》い、また盛ればよいだけのこと。そして、女騎士が一度でもこの媚薬がもたらす快楽を知れば、もう逃げられまいよ。たとえ薬の作用とわかっていても、めくるめく一夜の記憶を忘れられず、二度、三度とあちらの方から求めてくるであろうよ。その人として自然な欲求は、魔法では解呪できん」

「なるほど、確かに妙策だ。おまえさんの脳漿には、いつもながら嫉妬《しっと》を禁じ得ないぜ」

レヴィ山《やま》が手を叩《たた》いて絶賛した。

ベル原がますます鼻高々となって、M字髭をしごいた。

一方、さっき煽られたアス美は収まらない。

「そのベル原らしい品のない策、妾は反対じゃな」

「はぁん？　『色欲《アスモデウス》』の魔将がそれを言うか？」

「主殿には相応《ふさわ》しゅうないと申しておるのじゃ！」

「そうよ、そうよ！　よく言ったわ、アス美！」

「どこが妙策か、相手は人族なのだぞ？　畏《かしこ》くも我が陛下《マインカイザー》に、発情した豚を抱けと申すに等しい下策よ。貴様ら、恥を知れ」

「……お腹空いた」

七将中、過半数を占める女性陣から一斉ブーイングが湧《わ》き起こる。

「ぬぅ……一理あるか」

「ま、ましてですよ？　もし人族風情がケンゴー様の寵姫面《ちょうきづら》を始めたらと思うと、ぼ、僕、きっと激怒しちゃいますっ」

「てゆーかオレちゃんなら、嫉妬する前に殺《や》っちゃうと思うわ。そん時は」

ベル原も案外あっさりと非を認め、サ藤とレヴィ山も続いた。

否決の流れに、ケンゴーとしてもホッと一安心である。

だが、一難去ってまた一難。

イニシアティブをにぎらなくては気がすまない「強欲」さんが、新たな議題を切り出した。

「たかがサルどもの懐柔にこれ以上、我が陛下《マインカイザー》がお心を痛める必要もありますまい。それよりも喫緊の問題がございます」

（どなたのせいで、俺が難儀してると思ってるんですかね！）

しかし、マモ代の霊薬のせいだとツッコむわけにもいかず、代わりに訊ねる。

「ほう。おまえをして喫緊とまで言わしむるとは……いったい何事だ、マモ代？」

「守護聖獣についてでございます」

マモ代の口から、ま―た耳慣れない単語が出た。しかし、

「ああ、そういえばそれも対処せねばのう」

「オレちゃん、すっかり失念してたぜ」

「口の端に上らせるのも畏れ多いことだが、先代陛下の気まぐれで人界征服は長いこと中断しておったからな」

皆、守護聖獣とやらがなんなのか、知ってて当然という口ぶりで話し合う。

（マズイ……話についていけない……）

内心、蒼褪《あおざ》めるケンゴー。この場をどう凌《しの》ぐべきか、頭をフル回転させる。

ケース一、知ったかぶりをする。

例えばこう――

「ああ！　あの守護聖獣であるか！」

「はい、陛下。その守護聖獣でございます」

「もちろん余も知っておるが……具体的には、どの守護聖獣であったかな？」

「は？　具体的も何も守護聖獣といえば、例の守護聖獣に決まっておりましょう」

「そ、そうか……。例の守護聖獣であったか……」

「ふふふ、おかしな陛下でいらっしゃいますな」

「ファファファ」

——ダメだ、上手《うま》く誤魔化《ごまか》せる未来が見えない。


ケース二、知らないと正直に話す。

例えばこう——

「すまぬ。余は守護聖獣とやらを知らぬ」

「なっっっっっ、なんですってえええええええええええええええええ⁉」

「まさか守護聖獣を知らぬとは、そんな無知な魔族が存在するのか！！！？？？？」

「見損ないました、ケンゴー様！」

「今まで黙って臣従してきましたが、今日これ限りにさせてもらいます」

「表に出ろよ。クーデターと洒落《しゃれ》込もうぜ」

——ダメだ、明るい未来が見えない。


（どっちにしても詰んでるじゃん、俺……）

その場で顔を覆って泣きたくなるケンゴー。だが、嘆いていたって事態は好転しない。

（そうだ、こんな時こそルシ子に助けを求めよう！）

ケンゴーは迷いなく乳兄妹《ちきょうだい》とアイコンタクトをとる。

（おまえ、守護聖獣って知ってる？）

（ああ！　あの守護聖獣ね！　もちろん、知ってるわよ。知ってる、知ってる）

（どの守護聖獣だよおおお⁉　つか、おまえも知らねえんじゃねえかよおおおおおおっ）

相も変わらず「傲慢《ごうまん》」の魔将ムーブをキメる見栄っ張りに、ガンを飛ばしてツッコむ。

でも、おかげでケンゴーも決心がついた。人の振り見て我が振り直せだ。どうせ暗い未来が待っているなら、知ったかぶりなどやめよう。一同に向かって告げる。

「すまぬな。余はその守護聖獣とやらを知らぬ」

玉座の肘《ひじ》掛けに頰杖《ほおづえ》をつき、片頰を歪《ゆが》め、尊大極まる口調と表情を作る。魔王風をびゅんびゅん吹かして「無知ですが何か？」と居直る。超カッコ悪いが致し方なし！　せめて舐《な》められないようにしないと、権威が失墜してクーデター（略）。

（いいよ。来るなら来いよ。でもお手柔らかにお願いします）

と、内心ビックビクで待つことしばし——

「アッハハ、我が君がご存じないのはしゃーないですよー」

「然《しか》り、然り。人界など所詮《しょせん》は穢土《えど》、まつろわぬ化外《けがい》の地じゃからのう」

「天空を翔ける鵬《おおとり》の如《ごと》きケンゴー魔王陛下が、辺土の些末事《さまつごと》などに囚《とら》われぬのは当然のこと」

「つまり、このアタシが知らないのも当然ってわけね！」

「ルシ子は知っとけよ」

「……お腹空いた」

「と、とにかく、人界のことなんかは都度、僕たちにご下問くだされればいいんですっ」

「そう。そのためにこのベル原なり、マモ代なりがおるのですから」

――と意外や意外、悪くない反応が返ってきた。

「しっかし、さすが我が君だよ。泰然自若《たいぜんじじゃく》ってか、器が違うよなー。妬けるぜ」

「たとえどんな問題が発生しようとも、地力で軽々と捻《ね》じ伏せることが可能ゆえの、自信の表れであらせような」

「ぼ、僕なんて人界征服再開って聞いて、一か月くらいずっと予習してましたっ」

「くく、サ藤は存外に気が小さいのう。主殿を見習うべきじゃのう」

（おまえら、俺のことが好きすぎない……？）

悪くないどころか好反応すぎて、ケンゴーは若干《じゃっかん》引いた。

ともあれ、今は話を進めるべきだ。お言葉に甘えてマモ代に教えてもらう。

「守護聖獣とは、なかなかに侮《あなど》れぬ力を持つ天界生まれの怪物です。陰険な天帝が、人界の各国につき一体ずつ配置した、防衛機能とも言い換えられましょう」

「むう……。しかし、マモ代よ。ベクター王国はこれこの通り、ベル原が既に攻め落とした。にもかかわらず、守護聖獣とやらは影も形も見せなかったではないか。防衛機能というなら、欠陥があるのではないか？」

「それが天帝の性悪なところなのじゃ、主殿」

「オレちゃんたち臣民想《おも》いの我が君と違って、天帝は人族に信仰を強要するくせに、現世利益《げんぜりやく》はあるべきじゃないって考える、詐欺師みたいな奴《やつ》なんですよ」

「で、ですから、人族の国家は人族が自力で守るのが当然って、天帝は考えてるんですっ」

「気まぐれで人族の祈りに応《こた》え、加護を授《さず》けることもありますが、まあ滅多になきことです」

「要するにもったいぶってるってわけね！　ダッサ！」

「……お腹空いた」

「しかし、ならば守護聖獣を配置する意味はどこにある？」

「はい、我が陛下《マインカイザー》。甚《はなは》だ度し難《がた》いことですが、天帝に人族を助ける気はさらさらなくとも、魔族が勢力を伸ばすことは気に食わないのですよ」

「ゆえに守護聖獣も、人族の努力虚《むな》しく国が滅びたその後に、のこのこと現れるのです」

「ただ妾らを撃退するためにの」

（マジかよ、ひってー話だな）

　ケンゴーは内心、呆《あき》れずにいられなかった。

　前世で普通の高校生だった彼は、未《いま》だに我が身を人族に置き換えて考えてしまう癖《くせ》がある。

　自分の祖国を守ってくれるわけでもなく、滅びた後に重い腰を上げる守護獣など、唾棄《だき》の対象でしかない。仇を討ってくれるといえば聞こえはいいが、到底信仰しようとは思わない。

声に不機嫌ささえ滲《にじ》ませて、

「あいわかった。で、その守護聖獣とやらがのこのこやってくるのはいつだ？」

「過去の統計的に早くて一週間、遅くとも一か月でございます、我が陛下《マインカイザー》」

「ファファ、大した重役出勤であるな」

「妾ら魔王軍が国を滅ぼさぬ限り、何百年でも何千年でも地下で眠り続けるのが守護聖獣じゃ」

「それくらい深い眠りから目覚めるには、そりゃ時間がかかるってわけですよ」

「と、とはいえ、悠長に構えるのはよくないことだと思います！」

「サ藤の言や良し！　早急に討伐の手筈《てはず》を整えるべきかと」

「そんなん、このアタシがちょっと行ってぶっ飛ばしてくればいいんじゃないの！」

「ルシ子は無視して、まずはこれをご覧ください、我が陛下《マインカイザー》」

マモ代が指揮鞭《しきべん》を振って術式を構築し、会議机の上に立体映像を作り出す。

一角獣《ユニコーン》を象《かたど》った、紋章だ。

最近どこかで見たなと思えば、ベクターの国旗に描かれているものだった。

「人族どもが用いる国章には、その国の守護聖獣が祀《まつ》られております」

「なるほど、ベクターならばユニコーンが配置されておるというわけか」

これはわかりやすくてケンゴーも助かる。一方で新たな疑問も湧く。

「しかしユニコーンなど、他にいくらでもおるのではないか？　いや、稀少なのではあろうが、その気になって探せば、見つけられなくもないレベルであろう?」

約半年前、自分が戴冠《たいかん》した時のことを思い出す。

各家の大魔族がこぞって祝いの品を献上してくれたのだが、その中にユニコーンの角を千本も進呈してくれた者がいた。この異世界《フォーミラマ》の事情にまだまだ通じていないケンゴーだが、そのエピソードを鑑《かんが》みれば、ユニコーンとやらはマモ代が目くじらを立てるほどの怪物とは思えない。

というか、難敵じゃない方がヘタレチキン的にはうれしい。

「我が君の仰《おお》せの通りにございます」

「しかしながら守護聖獣ユニコーンは、先ほどマモ代が申し上げた通り、天界の産」

「この地上に繁殖しておるユニコーンどもとは、似て非なる生き物なのじゃ」

「いわば、ユニコーンの神祖《モデル》とでも申しましょうか。天帝が己《おのれ》に似せて常人族を創り出したのと同様、地上のユニコーンは守護聖獣の粗悪な模造品、量産品というわけです」

「なるほど、得心がいったわ」

ファファファ、ファファファファ、魔王然と笑いながらケンゴー膝《ひざ》を叩く。

(なにそいつ、めっちゃ強そうじゃん。恐《こわ》そうじゃん)

内心は真《ま》っ青《さお》になっている。そして——

「我が陛下《マインカイザー》にもご納得いただけたところで、本題に入らせていただきます」

マモ代が場を仕切った。

それが合図。

魔将たちの瞳《ひとみ》がギラリと光るや、

「ゆ、ユニコーン退治、ぼぼぼぼ僕にやらせてはいただけませんかっ」

「妾に命じていただければ、軽く縊《くび》り殺してみせましょうぞ」

「アンタがどうしてもって言うなら、このアタシが退治してあげてもいいけどぉ?」

「こやつらは口ばかりで頼りになりません。ここはぜひ、小官にご用命を」

「吾輩に一角獣撃滅の秘策アリ!」

「たまにはオレちゃんが、みんなを嫉妬させる方に回りたいんですが、どうですかね?」

「……お腹空いた」

七大魔将全員(ひたすら食ってる一名を除く)が一斉に、我こそはと名乗り出る。

魔王陛下の勅命を求めて、やかましいくらい手を挙げまくる。

ケンゴーのお役に立ちたい一心で、自己アピールを大声で叫ぶ。

(だ、誰を選んでも角が立つぞコレェ……)

その忠誠心が重すぎるというか逆に困るというか、ひどいプレッシャーを感じるケンゴー。

遺恨を残さない方法は一つしかないだろう。

すなわち、最も任務に適した一人を選んでアサインし、周囲を納得させること。

「ち、ちなみにそのユニコーンの神祖とやらは、どんな特性を持っておるのだ……?」

そのヒントを得るために、少しでも情報を集めようとするチキン魔王。

「はい、陛下」

「そもそもユニコーンは角に宿した高い魔力で、自己や他者の肉体を癒《いや》すのに長けた瑞獣です」

「が、守護聖獣はさらに極端に——それこそ八つ裂きにしたところで、たちまちのうちに完全蘇生してしまうほどの治癒能力を有しておるかと」

「そ、そうか。ならば圧倒的な破壊力を以って、再生する暇《いとま》もなく仕留めるのが肝要か」

「さすがのご賢察にございます」

「す、すごいです、ケンゴー様！」

歯の浮くようなお世辞はやめて！

ケンゴーは白目を剝《む》きながらも、いま得た情報から候補を絞る。

「そういう話であれば、ベル乃《の》などは適任に思えるが、どうか？」

一人だけ我関せずの態度で、会議机に並べまくった料理を貪《むさぼ》るのに忙しい「暴食」の魔将へ、チラッチラッと目配せする。

ベル乃は魔界最硬の肉体と同様に、魔界最強の膂力《りよりよく》を持っているという。

先日、〝赤の勇者〟アレスの撃退を頼んだ時も、小指一本でボテクリ回すという離れ業《わざ》をやってのけたほどだ。だったら、このベル乃が本気でユニコーンを殴れば——守護聖獣だかなんだか知らないが――一撃粉砕できるのではなかろうか。
　ケンゴーはそう考えたのだ。

　一方、他の六将は「なんですとぉ!?」とばかりの堪《たま》らぬ様子で、殺気と嫉妬塗《まみ》れの視線をベル乃へ殺到させる。

　殺伐とした空気の中、しかしベル乃はマイペースに食事を続けながら、

「……わたし、行きたくない」

「言うと思ったよ！」

「……お腹空くから、嫌《や》」

「わかってるよ！　そこをまげて頼んでるんだよ！」

「……たとえ陛下のお願いでも、嫌《や》なものは嫌《や》」

「もしやっつけてくれたら、余の直轄領で獲れる黄金の鴨を――」

「……それはもうこの間、食べさせてもらった」

「黄金の鮭を――」

「……それももう陛下に食べさせてもらった」

　取りつく島がなさすぎる！

　君もう「怠惰《ベルフェゴール》」の魔将さんちの方のベル乃ちゃんになったら!?

ケンゴーが頭を抱えていると、

「我が陛下《マインカイザー》、こんな食うしか取り柄《とえ》のない豚女に、重大な役目を賜る必要などございません！」

「ぼ、僕だって《無間地獄迷宮《メイズインアビス》》を使えば、焼き滅ぼすくらいできます！」

「じゃあアタシは魔法なしでぶち殺してみせるわ！」

「では吾輩は、吐息一つで氷漬けにしてみせましょうぞ」

「っ⁉　ま、魔法なしって言ったのは、にらんだだけで殺せるって意味よ！」

「ルシ子の寝言はさておき、我がマモン家には秘蔵の弓――《一角獣殺し《モノケロススレイヤー》》がございます」

「オレちゃんは大した芸も持ってませんけどね。でも、役に立つ男ですよ？」

他の者たちがまたアピール合戦を始める。

腰を浮かせ、会議机に身を乗り出し、ケンゴーの視界からベル乃を遮《さえぎ》るようにする。

（俺はいったい誰を選べばいいんだ……）

渋面《じゆうめん》を作らされるケンゴー。

だが懊悩《おうのう》する時間は短かった。

そう、救済はすぐに訪れたのだ。アス美という、可憐《かれん》な童女の姿をした救済が。

ケンゴーのすぐ傍《そば》までトコトコやってくると、ぶかぶかの胸元《むなもと》から取り出した扇子《せんす》を広げ、口元を隠し、いたずらっぽい表情と口調で耳打ちしてくる。

（な、何用か、アス美よ）

（うむ。今朝方《けさがた》、主殿に押し倒され、婦女子の一番大事な部分をこれでもかと弄《もてあそ》ばれた責任を、そういえばまだとっていただいておらなんだと、思い出したのじゃ）

（ファッ⁉）

救済とか勘違いだった。可憐な童女の姿をした脅迫だった。

（妾としてはお嫁にもらっていただくのが一番良いが、まあ孕《はら》まされたわけでもなし、それはさすがに重すぎようか。ルシ子に恨まれるのも嫌じゃしのう。何かちょうどよい落としどころはないものか——はてさて、主殿はどうお考えじゃ？）

敏感な性感帯を、甘い吐息でコショコショとくすぐるような、アス美のささやき。

だがケンゴーはそれどころじゃない。婉曲的な脅し文句を聞かされて、冷や汗が止まらない。

ケンゴーの頰をダラダラと流れ落ちるその汗を、アス美は扇子で隠した舌で、ペロリと一舐め。邪《よこしま》な笑みを薄っすらと湛《たた》え、

（さあ、ご決断を。主殿？）

「こたびはアス美に一任する！」

ケンゴーは冷や汗を止める、たった一つの冴《さ》えた決定を宣言した。

たちまち皆が唖然《あぜん》、愕然《がくぜん》となる。

そんな凍り付いた空気の中、アス美は扇子をパタンと閉じると、

「主殿の勅命、しかとこのアス美が賜った」

優雅を通り越して妖艶《ようえん》に一礼した。

一方、他の面々は当然、承服できない。

「なんでアタシじゃなくてそいつなのよおおおおおおおお!?」

「どうかご再考を、我が陛下《マインカイザー》！」

「つーかアス美は我が君に何を吹き込んだってばよ」

「ひ、卑怯《ひきょう》ですよ！　お、怒りますよ！」

「この佞臣《ねいしん》めがッ」

まさに批難轟々《ごうごう》、口々にわめき散らす。

その矛先はほとんどアス美一人に向けられたものだったが、むしろ胸を痛めて卒倒しそうなのはケンゴーの方で、当人はどこ吹く風だった。

「辛《つ》れえのう。主殿のご寵愛を受けるの、まじ辛《つ》れえのう。大変な責務を伴うことよのう」

優越感たっぷりに、ころころと笑っていた。

「…………」

「……………」

「………………」

それで他の魔将たちが、悔しさと殺意を漲《みなぎ》らせながら、無言でアス美に凄む。

「御前会議は以上であるッ！　皆、大儀であった!!」

ケンゴーはめっちゃ早口になって言うと、そそくさと退散。

自分はアス美のようには肝《きも》が太くないのだ。

これ以上この場にいたら、胃に穴が開いてしまう！

†

そして、守護聖獣ユニコーンが目覚めたのは、八日後のことだった。

王都ベクターから東へ離れること、およそ五十キロ。地元民がジュマーエと呼ぶ山中に、巨大な魔力が爆発的に出現する。

遠く魔王城から察知できるほどで、早速アス美が討伐のために出陣。

ケンゴーは他の六将とともに「御前会議の間」に集まり、その戦いぶりを観覧する。

マモ代が得意の探知魔法と幻影魔法を組み合わせ、現地映像を用意する。会議机の天板いっぱいに映し出す。

「ほう……こやつが守護聖獣か」

アップにされた馬面を、ケンゴーは玉座に腰かけたまま睥睨《へいげい》する。

その姿はまんま想像通りというか、白馬の額から長くて鋭い角が生えただけの代物。

まあ、どこか高貴に見えるといえば見えるか。さすがは天界の産か。

しかし映像を注視しているうちに、違和感もまたじわじわと湧いてくる。

「……デカくね？」

つい素の口調になって独白するケンゴー。

ジュマーエに出現したユニコーンは、王都を目指し、連なる山々を移動中だった。

道なき山林を、かきわけるように闊歩《かっぽ》していた。

その体高は周囲の木々よりも高く、首から上がにょっきり森の空へ覗《のぞ》いていた。

ケンゴーのよく知る馬とはスケール感が違いすぎて、騙《だま》し絵を見ているような気分になる。

まったく、とんでもない巨体である。神獣というよりもはや怪獣である。

そのくせモンスター映画のような、重い足音は全く聞こえてこない。

「音声はカットしているのか、マモ代？」

「はい、我が陛下《マインカイザー》。いいえ、そのようなことは決して」

言った傍から、ユニコーンが行く手を塞《ふさ》ぐ邪魔な大木を蹴散《けち》らし、倒木の際の凄《すさ》まじい音が聞こえてくる。

「ふむ……。しかし、この巨体で足音も立てずに闊歩するとは、いささか奇妙に思えるが――いや待て。そういうことか？」

ケンゴーは「眼」を凝らして、会議机に映る一角獣を精査する。

通常、強い魔力の持ち主は、それが体の裡《うち》から外へ漏《も》れ出ているものだ。また戦闘ともなれば、血脈の如く全身へ巡らせて肉体強化につなげるものだ。しかしこの守護聖獣は、魔力が全身を巡っているというよりは、魔力そのもので全身ができているように見える。

「さすがは陛下、ご明察です」

「守護聖獣の肉体は、ほぼ魔力で構成されております。ゆえに彼奴らめは体重もほぼなく、当然、足音も静かなものです」

「い、以前、僕も調べたんですけど、体のサイズも伸縮自在にできるそうですっ」

「ちょっと便利そうで嫉妬しますよね。とはいえ限度があるんですが、今のデカさが多分上限で、下限は指先大くらいじゃないですかね」

「なるほど、地上の生き物ではないな。不気味、極まる」

よく言えば神秘的かもしれないが、これから臣下が戦う相手だと思うと、やはり薄気味の悪さが勝る。ケンゴーは一層、ユニコーンの映像に注視し、

(アス美の奴、大丈夫なんだろうな……。脅されるままに行かせちゃったけど……)

だんだんと不安になってくる。

その内心を読んだわけでもなかろうが、サ藤が不満たらたらで、

「アス美さん、本当に勝てるんですかね？　勝てなかったら魔王軍の面汚《つら》しですよ。僕、本気で怒っちゃいますよ」

「むう。サ藤も不安か」

「め、メチャクチャ不安ですよ、ケンゴー様！　だってアス美さんは七大魔将《ぼくたち》の中で一番、弱いんですよ？」

「……え？」

そんなのきいてない。

「……誠か？」

「ぶっちぎりで一番弱いかと」

「特に攻撃力の貧弱さは、擁護不能にございますな」

「まあまあ。アス美のいいところは、戦闘能力以外にたくさんありますんで」

アス美はアカンと、マモ代とベル原まで同意した。

レヴィ山でさえ嫉妬してなかった。

「だから言ったでしょ、このアタシを指名なさいって！」

ルシ子にここぞとばかりにツッコまれる。

他の者たちは、さすが口にするのは憚《はばか》っていたが、顔に同じことが書いてあった。

（またもや俺、ミスキャストを選んじゃったの……？　最適どころか最悪だったの……？）

アス美に脅迫された時以上に、冷や汗が止まらなくなるケンゴー。

（てか、そうならそうと言ってよおおおおおアス美いいいいいいいいいいいっ。なんで自信満々に脅迫してくるんだよオオオオオオオオオオオっっっ）

後悔のあまり、頭を抱えるケンゴー。

しかし、アス美一人に責任転嫁もできない。そんな恥知らずではいられない。

(……いざとなったら、助けに行こう。……それしかない)

怖いけど！　嫌だけど！　他に責任をとる方法なんか知らないから！

ただ――これは決してビビリではないが――アス美がピンチになる前から駆けつけるわけにはいかない。たとえ最弱かもしれなくとも彼女は魔将であり、アスモデウス家の当主なのだ。相応の「面子《メンツ》」というものがあり、それに泥を塗るのは魔王のやることではない。下手な優しさは彼女のためにならない。真の思い遣《や》りではない。

(まずは信じて見守ろう)

帝王学なんか叩き込まれていなくても、ケンゴーはそれくらいはわきまえていた。

映像の中、巨大なユニコーンが遮る木々を薙《な》ぎ倒しながら、まるで平野を征《ゆ》くが如く闊歩する――その足が、いきなり止まった。

谷を降り、山間の少し開けたところに、湖があった。

村が一つ入りそうな程度の、小さな湖だ。静寂《しじま》を湛えた、美しい湖だ。

その真ん中に、アス美が立っていた。

幼い二本の足で水面を踏みしめ、待ち構えていた。

『妾はアス美。ケンゴー魔王陛下の直臣にして、淫猥を是とし、情欲を弄ぶ魔将軍よ。ぬしとも遊んでやるゆえ――かかって参れ』

いくさの前、名乗りを上げるは大魔族の矜持《きようじ》。物言わぬ畜生相手でも、律義に慣習を果たしたアス美は、畳んだ扇子を色っぽい仕種《しぐさ》で突きつけ、クイクイと煽る。

そのジェスチャーを解したか、ユニコーンの青い瞳が真紅《しんく》に染まった。

それまでまとっていた、どこか気高い空気などかなぐり捨て、嘶《いなな》きを上げるとともに猛々しく突進を開始する。力強く地面を蹴る四つの蹄《ひづめ》が、やがて一歩ごとに浮き上がり、湖面スレスレ、何もないはずの虚空を蹴って進み始める。その巨体が宙を翔《か》け――否《いな》、駈《か》ける。

さらに頭をやや落とし、角の角度を水平に槍《やり》騎兵の如く突っ込んでいくユニコーン！　ただしその規格外の巨体があれば、人間大でしかないアス美を蹴散らすのに、角を槍にする必要はないだろう。過剰にもすぎるだろう。

対し、アス美はおどけた口調で、

『恐《こ》わや、恐《こ》わや』

と、畳んだ扇子をどこか淫靡《いんび》な手つきで振り、印を切る。

その魔導で術式が完成し、迎撃のための魔法が発動する。

アス美の周囲八か所で、爆音とともに水柱が噴き上がる。

八本の水柱はまるで生き物のように躍り、うねり、やがて鎌首をもたげると、あたかも八匹の大蛇――あるいは竜――と化して、八方からユニコーンへ襲いかかる。

「おおっ！」

フルＣＧ映画ばりの迫力に、魔王城から観戦するケンゴーは感嘆の声を漏らす。

同時に自分の「眼」は、アス美の用いた水竜魔法を構成する、術式の精緻《せいち》さや魔力の横溢《おういつ》をしかと捉《とら》えている。

（やるじゃんか、アス美！）

七大魔将最弱？　攻撃力貧弱？　いったいこれのどこが！

ケンゴーは手に汗をにぎり、アス美を称賛する。

だが——守護聖獣《ユニコーン》も然《さ》るものだった。

八方より迫る水の竜を見ても、全く動じた様子がない。回避しようともせず、突撃の進路も変更しない。当然、八竜の攻撃をまともに受ける。

水の竜どもがその顎門《あぎと》で食いつき、食い破り、ユニコーンの巨体を穿《うが》ち、貫き、八か所に大きな風穴を空《あ》ける。

だが、それだけだ。一瞬後にはユニコーンの肉体は、元通りに再生していた。

強い魔力を宿した一角が、神々《こうごう》しくも輝いていた。

「やはり、アス美では攻撃力不足ですな」

「言わんこっちゃないですな」

「こ、こんな真《ま》っ直《す》ぐ突っ込むしか能のない雑魚《ざこ》、ぼ、僕ならもう秒殺してましたよ」

「アタシだったら瞬殺ね！」

魔将たちの何気ない言葉が、ケンゴーの胸をブスブスと貫く。それこそアス美の八竜より攻撃力高い。

「まあまあ、僚将《なかま》なんだから応援しようぜ」

「……お腹空いた」

レヴィ山の軽薄なフォローや、ベル乃の無関心発言でさえ、今は沁《し》みてしょうがない。

（アス美いいいいいっ。頼むぞ、アス美いいいいいいいいっっ。がんばえええええ、がんばええええええええっっっ）

ケンゴーはこれほど真剣に誰かを応援したのは、前世現世を問わず初めてだった。


「ま、滅せぬわな」

アス美は広げた扇子で口元を隠すと、ころころと笑った。極まった回復力で水八竜の猛攻を凌がれても、ユニコーンの巨体がもう目と鼻の先に迫っても、余裕の笑みは崩れない。

周囲には濛々《もうもう》たる霧が、にわかに立ち込めていた。水でできた竜どもが守護聖獣に衝突した瞬間、大量の水滴を撒《ま》き散らした結果だ。

「くくく……」

忍び笑いを漏らすアス美の姿が、濃霧にどろりと溶け込んでいく。

一瞬遅れて守護聖獣の蹄が、アス美のいた辺りを蹴り払うが、豪快な空振り。

くつくつと嘲笑《あざわら》うアス美の幼い声が、四方八方、あちこちで木霊《こだま》する。

だがやはり、声はすれど姿は見えずのまま。

完全にアス美を見失ったユニコーンは、突進を止めて、頻《しき》りに首を左右にする。「眼」で「耳」で「鼻」で「肌」で――原始魔法とも呼ばれる超感覚で、濃霧の中に溶けたアス美の行方《ゆくえ》を探り続ける。

しかし、「眼」を凝らそうとも濃霧以外の何も見えず、「耳」を澄まそうともアス美の嘲笑《ちょうしょう》はあちらこちらから聞こえて惑わされるばかり。むせ返るほどに強烈な、甘く妖《あや》しい香りがいつの間にか辺りに充満し、「鼻」はバカになってしまった。「肌」が訴えるのは、毛並みがしとどに濡《ぬ》れる不快感のみ。

一向にアス美を見つけられず、守護聖獣ともあろうものがまるで野生の畜生の如く、湖上を所在なくうろうろする。

「くくっ……どうした、どうした？　そちらから来ぬなら、妾から遠慮なく攻めるぞ？」

アス美の揶揄《やゆ》が右に左にそこかしこで響くや、水の八竜どもが攻撃を再開する。

八方からユニコーンを襲い、散々に打ちのめす。

無敵に近似した治癒能力を持つユニコーンは、そのたびに肉体を再生させるだけで、やはり全く通用しない。

しかし、今度は八竜も攻撃の手を緩めない。ユニコーンの巨軀《きょく》を叩き、削り、貫き続ける。

そのたびに激しい衝撃で水滴が飛散し、霧がますます濃くなっていく。

アス美の気配がますます曖昧《あいまい》になっていく。

「アス美め、巧く手玉にとっておるではないか。まったく見事というしかないな」

魔王城から観戦を続けるケンゴーは、臣下たちに同意を求める。

お願いだからウンって言って！　と内心必死である。

「ま、まままあじゃない。まままあっ」

傲慢《プライド》の塊《かたまり》のルシ子さんには聞いてない！

「幻影魔法は小官も得意としておりますが、アス美のそれも高い次元にありましょうな」

そう、それ！　そういうのを聞きたかったよマモ代！

「強《し》いて言えば、同じ幻影魔法でも小官は嘘《うそ》を真《まこと》と見せかけるのに秀で、アス美は隠蔽《いんぺい》や翻弄《ほんろう》に長じると言えましょうか」

「ほうほう、そういうものか」

ケンゴーはすっかりご機嫌で相槌を打つ。

さらにはベル原も解説に加わり、

「アスモデウス家の直系は、男子ならば炎魔法、女子ならば水魔法に優れます。アス美が湖で待ち伏せたのは、周到というよりは定石も定石でございますが、しかしすなわち、ああ見えて慢心はしておらぬ証左かと」

「うちのレヴィアタンも本来は水魔法の家系ですがね。アス美の腕前には脱帽ですよ。嫉妬を禁じ得ませんよ」

「ほうほう、然様《さよう》か。これは余も大船に乗った気分でいられるな。湖だけに」

ケンゴーはますます上機嫌になって、しょーもないダジャレまで披露する。

人は自分が信じたい話を信じてしまう生き物なのだ！

「で、でも結局、攻撃力が低いことには変わりがないと思うんですっ」

だからサ藤の冷静なツッコミはスルー！

水八竜がどれだけ攻め続けたところで、暖簾《のれん》に腕押し状態な現地映像も見えない、見えない。

「なーんか地味な戦いよねえ。どっちも守りが得意なのはいいけど、攻め手に欠けるってか、観てて眠くなるってか」

（そんなサッカーファンみたいな感想は今、要らないからルシ子！）

言っても伝わらないだろう比喩《ひゆ》で、ツッコみそうになるケンゴー。

「……例えばであるが、あの角自体を破壊するというのはナシなのか？　余の『眼』には、治癒魔法の媒体を果たしているように見えるが」

「破壊してもやはり、平然と再生される可能性はございますが」

「あるいは本当に急所ならば、ユニコーンもそこだけは懸命に庇《かば》う可能性も」

「で、でも、少なくとも試してみる価値はあるって、僕も思いますっ」

「そうであろう？　しかしアス美は、先ほどから一度も狙《ねら》っておらぬようだが……」

「あいつが抜けてて、気づいてないんじゃないの？」

「それか、なんか妬けるような策を企《たくら》んでるか、ですかねー」

「……お腹空いた」

「アス美は粗忽《そこつ》にはほど遠い女だと、余は信じたいものだがな……」

魔王然と偉そうな口調で論評しつつ、内心はハラハラで見守るケンゴー。

映像の中、アス美を捜してうろうろとしていたユニコーンが、やがて足を止めた。

水八竜の猛攻を浴びても、肉体を再生するだけで平然とした態度だが、敵魔族の行方が見つからないことには業を煮やしたらしい。

馬首を伸ばし、額の角を高く掲げるようにする。

その角にさらなる魔力が集まり、ますます眩《まばゆ》い輝きを放つ。

「む……」

「あやつ、何を始めるつもりだ？」

魔将たちが「眼」を凝らし、守護聖獣が高めた魔力の用途を確かめようとする。

チキンなケンゴーなど真っ先にそうしている。

「より一層、強力な治癒魔法を使うため、集中しておるようだが……」

「仰せの通りかと、我が君」

「小官らの『眼』にもそう映っておりますが……」

マモ代らの歯切れが悪い。相手の意図まで測りかねているからだろう。

今でさえユニコーンの再生能力は、水八竜が与えるダメージ量を凌駕《りょうが》しているというのに、これ以上いったい何を治癒しようというのか？

答えはほどなく判明した。

守護聖獣の額の角が、一際《ひときわ》烈《はげ》しい光をカッと閃《ひらめ》かせた。

かと思えば、ユニコーンを起点に周囲の濃霧が、まるで外へ外へと押しのけられるように、晴れ渡っていくではないか。しかも、その勢いと範囲は留まることを知らなかった。広い湖をあれほど濛々と覆っていた霧が、嘘のように消えてなくなってしまった。

「ナニアレ。こいつ、天候操作魔法まで使えたわけ？」

「で、でもユニコーンですよ？」

「神祖とはいえ、使えるもんかあ？　さすがに嫉妬しちゃうだろ」

「それに吾輩の『眼』には、あくまで治癒魔法を行使したように見えた」

「……お腹空いた」

起こった現象を理解できず、魔将たちが頻りに首を傾《かし》げる。

その一方でケンゴーだけは、脳裏に一つの推測を思い浮かべていた。

（これ……もしかして俺の解呪魔法と似たような原理か？）

解呪魔法《ディスペル》を究めた彼は、奥義ともいうべき真理に辿《たど》り着き、新技術を編み出した。

それは魔法の術式を一つの小宇宙と認識し、且《か》つ自分に都合よく脳内解釈することで、その世界《ゾーン》に入り込み、同時に自分ルールを設定し、強引《ごういん》に破壊してしまうという荒業《あらわざ》だ。

真正面から解呪にとりかかれば百年かかってしまうような複雑怪奇な超高等魔法でさえ、ケンゴーの奥義を用いれば分単位でディスペルできる。

対し、その能力を治癒魔法《ヒーリング》に特化させたユニコーンはどうか？

恐らくは湖一帯を「一つの肉体」と己に都合よく捉え、また濃霧を「状態異常《バッドステータス》」と脳内解釈して、強引にヒールしてしまったのではないか。そうして霧を払ったのではないか。

仮にケンゴーだったらアス美が用いた「濃霧の幻惑」をもっとスマートに、もっともっと時間をかけずに解呪することができた。

しかし、このユニコーンもまたケンゴーの領域に、片足とはいわずとも指先くらいは突っ込むことができているように思えた。

――と。

術巧者のサ藤たちでさえ分析できず、ケンゴーにだけ推理できたのは、解呪のスペシャリストとして磨き抜いた「眼」と、一つの奥義に至った視野の持ち主だからである。

とはいえ、天候が晴れたことにより戦況がどう変わるかは、誰の目にも明白であった。

濃霧を利用し、巧みな幻影魔法を駆使していたアス美の姿が、露《あら》わになっていた。

飛翔魔法により湖上空へ留まり、苛《いら》ついた様子で扇子を広げたり畳んだりと忙《せわ》しなかった。

そして、ユニコーンが突撃を再開する。

力強く宙を駈け、頭上のアス美へと猛スピードで突進する。

「ピンチじゃないのよ！」

ユニコーンのことを「攻め手に欠ける」とディスっていたルシ子が、盛大に掌《てのひら》を返した。

映像の中、アス美の表情も余裕がないものに見える。

腹立たしげに扇子を振り、水竜どもに攻撃を命令。八匹全てが湖から首を伸ばし、馳せるユニコーンに追いすがろうとする。しかし、ユニコーンの突進速度の方が遥《はる》かに速かった。容易《たやす》く振り切られてしまった。

さらには！　守護聖獣は魔力でできたその体のサイズを、嘶きとともに急激に変化させた。

巨体でアス美を轢《ひ》き潰《つぶ》そうとするのはやめ、なんと指先大まで小さくなったのだ。頭を下げて、角の先端をアス美の胸へ向けて、まっしぐら。あたかも銃弾を彷彿《ほうふつ》させる突撃姿——ケンゴーの目にはそう映った。

この異世界《フォーミラマ》に小火器の概念はないが、超高速且つ超小型の攻撃手段は、単純に軌道を見切るのが至難だろう。ましてそれが不意討ちともなれば。

戦闘時の常識として、アス美とて魔力で動体視力を強化しているはずだ。しかし、それでも咄嗟《とっさ》に反応することはできなかったか？　生ける銃弾となって突進してくるユニコーンの姿を、アス美は捉えられていないように見えた。視線があらぬ方へ向けられたままのように見えた。

「あ、アス美いいいぃぃいいいいい⁉」

ケンゴーの悲鳴が「御前会議の間」に響く。

ルシ子やレヴィ山の顔も強張《こわば》る。

しかし会議机の天板に映る光景は、現実は、どこまでも無慈悲で。

無防備、無抵抗なままのアス美の胸へ、ミニマムサイズのユニコーンという凶弾が、吸い込まれるように——

†

守護聖獣は、天界の産である。

すなわち天帝聖下が、御自ら創り給うた生体兵器である。

天使たちとの一番の差異は、人ではなく獣に似ていることで、ゆえに理性よりも本能に忠実。ただし、決して知能が低いわけではない。

守護聖獣ユニコーンもまた同様だった。

本能のままに魔族を滅ぼさずにはいられず、しかし戦いぶりは愚直というわけではない。治癒の秘蹟《ひせき》（天界の者は魔法と呼ばず秘蹟と呼び、魔力ではなく神聖力の呼称を用いる！）を応用し、濃霧に潜んだアス美とやらを首尾よく発見する。バカの一つ覚えで突進するのではなく、一工夫を加えて奇襲をする。そのくらいの芸当はできるのだ。

指先大まで縮小したユニコーンはアス美に反応する余地すら与えず、彼女のいとけない胸をその角で貫いた。鮮血が噴き、赤い霧となって散った。さらには、超スピードで突撃したユニコーンはアス美の体を鋭く貫通しただけでなく、命中時に激しい衝撃を発生させた。アス美の小さな体は後方へと吹き飛び、湖の畔へと墜落していった。

ユニコーンはそれを見届けると、勝ち誇って嘶く。

と同時に体のサイズをまた膨張させ、やや小柄な白馬くらいの体格に。

天より地上へと駈け下り、墜落したアス美を追った。

「……く……っ。殺……せ……っ」

アス美は地面に横たわったまま、貫かれた胸元からなお鮮血を溢《あふ》れさせていた。口元からは激しく喀血《かっけつ》し、まともにしゃべることもできない様子だった。

その弱々しい姿と、いっそ一思いに殺《や》れという気丈な懇願《こんがん》が、なんとも健気《けなげ》を誘う。魔族を殺すという以外のもう一つの本能がむくりともたげ、いとけない少女の顔をまじまじと見入る。

「どう……した……？　妾の、負け……じゃ」

一向にとどめを刺そうとしないユニコーンに、アス美が訝《いぶか》しんだ。

ユニコーンは答える代わりに長い舌を伸ばすと、童女の口元を汚す血をぺろりと舐めとった。

さらにアス美の幼い頬やおでこ、果ては華奢《きゃしゃ》な全身という全身をくまなく舐め回す。

「？　？　？」

アス美は当惑頻りの様子だったが、この傷の深さでは何もできはしない。なすがままとなった幼女を、ベクターの守護聖獣はずっとぺろぺろし続ける。

彼を源流《モデル》に創られた地上の模造品《ユニコーン》どもは、乙女《おとめ》を好み、処女にのみ背中へ跨《またが》ることを許すと言われている。

しかしそれは完全な俗説で、正確ではない。

正味の話、ユニコーンが好むのは、年端《としは》も行かない少女なのである。

すると自然、処女の割合がほとんどになるというだけのことで、真実からわずかに逸《そ》れた誤解が生まれ、間違った伝承が地上に流布したわけだ。

そして神祖たる彼は、模造品どもを遥かに超える紳士であった。

ロリコーンだった。

ゆえにアス美ほどの極上の幼女を前に本能を抑えられず、無心で舌を動かした。

ぺろぺろぺろぺろぺろぺろぺろぺろぺろぺろ――

†

「……こやつ、いったい何をしておるのだ……？」

ケンゴーは呆れ口調で周囲に諮《はか》る。

魔王城、会議机の天板に映し出された、不可解且つ気味の悪い光景に、困惑を隠せない。

ユニコーンが、天帝の配置した守護聖獣ともあろうものが、奇行に走っていた。

湖の畔に降り立ち、長い舌を口から伸ばすや、何もない地面を一心不乱にぺろぺろ舐め回し続けているのである。

「……もしかして、土って美味《おい》しい？」

「頼むから真似《まね》してくれるなよ、ベル乃」

たまに「お腹空いた」以外の台詞《せりふ》を言えば、これである。

ケンゴーは頭痛を堪《こら》えながら、他の者たちに諮る。

「申し訳ございませぬ、我が陛下《マインカイザー》。小官にもいささか判じ難く」

「確かユニコーンには幼女を見境なく舐め回す習性があったはずですが、しかしこれは……」

「もしベル原の言う通りなら、オレちゃんたちには見えないさぞや可愛《かわい》いロリっ子が、こいつにだけは見えてるんでしょうね。いや妬けるな！」

レヴィ山がツボったのかゲラゲラ笑っていた。

「な、なんにしたって今は戦闘中ですよっ。僕たち魔族を侮るにもほどがありますよっ」

サ藤だけ癇癪《かんしゃく》を起こした様子で、子どもっぽく頬をふくらませていた。


どうしてこんなことになったのか？　時間はしばしを遡る。

生ける銃弾と化したユニコーンの突撃は、しかし、成功しなかった。

アス美の胸にあわや命中すると思ったその瞬間、「色欲」の魔将はヒョイと事も無げにかわしてみせたのだ。それまで逼迫《ひっぱく》した様子だった顔つきまで、ガラリと変わっていた。してやったり顔でユニコーンを嘲弄《ちょうろう》していた。

つまりは窮地を演じた、お芝居にすぎなかったのだ！

対照的に、ユニコーンの奇行はそこから繰り広げられた。

せっかくの伸縮自在の肉体を利用した奇襲も、アス美には全く通用しなかったというのに、なぜか勝ち誇ったように嘶いた。それから体のサイズを小柄な馬程度に変えると、まるで見えない何かを追っかけるように湖の畔へ降下していった。本来追うべきアス美はといえば、ユニコーンの遥か背後でお腹を抱えて嘲笑していたのに。

そして仕舞いには、この「イマジナリー幼女ペロリスト」事案である。

ユニコーンの神祖には、何もない地面を舐め回す習性でもあるのだろうか？

「もしやですが陛下、アス美の誘惑魔法《テンプテーション》の仕業《しわざ》かもしれませぬ」

「『色欲《アスモデウス》』の魔将の真骨頂か！　なるほど、妬けるほどの手際だぜ」

ベル原が軍師ぶって解説し、レヴィ山が絶賛した。

つまりはアス美は魔法を以ってユニコーンの脳（あるいは精神）を侵し、偽《いつわ》りのペロリズムに夢中にさせているというわけだ。

（俺もその可能性は考えたけど……）

しかしケンゴーにはどうにも納得がいかない。

「誘惑魔法というが、アス美は如何なる魔導を用い、術式を構築したのだ？」

「なんも見当たらないんですけどぉ？」

マモ代とルシ子が反論する。術式なしに魔法を行使することなど、何人にも不可能なこと。

実際にケンゴーの「眼」でも痕跡一つ発見できなかった。

ケンゴーは解呪魔法の第一人者。

まあヘタレチキンなので、己の実力を低めに見積もる悪癖はある。しかしそれでも、「これは絶対にできる」というラインはある。

例えば、「自分の『眼』で見て、解析できないほどの複雑な術式」が実在するかと問われれば、あってもおかしくないと考える。ヘタレなので。

しかし、「自分の『眼』をして、そもそも見ることもできないような術式」が実在するかと問われれば、これはさすがに絶対ないと思えるのだ。

果たして――ベル原はM字髭を得意げにしごきながら推測を述べた。

「アス美は匂《にお》いを魔導に用いたのではないか？」

聞いたマモ代とルシ子が瞠目《どうもく》する。

ケンゴーも思わず膝を叩く。

「恐らく現地にはアス美の発した妖しい匂いが、むせ返るほどの甘さで立ち込めておるはずだ。しかし、魔王城から観戦する吾輩らにはわからない。マモ代の作った映像は精巧なものだが、匂いまでは届けてくれんからな」

「さすがはベル原だ。見事な洞察である」

「妬けるぜ！」

ケンゴーは手放しで称賛し、レヴィ山が尻馬《しりうま》に乗った。

この推測はまずもって正しい。術式の痕跡が見当たらないのも当然だった。

そして種明かしをされれば、なんのことはない。ケンゴーがもし現地にいれば、「鼻」で嗅ぎ当ててみせただろう。術式の構成だって一発で理解できたことだろう。

（でも、勉強になるなあ）

ベル原の智謀に感謝しつつ、頭のメモに書き留めるケンゴー。

彼はヘタレチキンだからこそ、どれだけ解呪魔法を究めてもまだ増長しない。長生きしたい一心で、貪欲に知識や技術を吸収し続ける。

またその間にも、アス美は守護聖獣を相手に勝利を収めようとしていた。

未だ地面をぺろぺろしているユニコーンを上空から蔑《さげす》むように睥睨すると、よくよく魔力を練り上げ、その場で扇子を振り上げる。

「ざぁこ♥」

と、軽《かろ》やかに振り下ろす。

それが切断魔法の術式を構築する魔導。地面相手のペロリズムに夢中になっているユニコーンは、無防備無抵抗のままその角を不可視の刃に根元から両断された。

アス美の誘惑魔法はさすが強力なもので、急所を断たれてもなおユニコーンに痛みを感じた様子はない。恍惚《こうこつ》として地面をぺろぺろし続ける。

さらにアス美の操る水竜に真上から叩き潰され、その衝撃で跡形もなく吹き飛ぶ。角を失った今、再生も蘇生もできなかった。

それでも最期のその一瞬まで、夢見心地であったろうが。

結局――終わってみればアス美の完勝。

戦闘開始から決着まで、ずっと守護聖獣を手玉にとり、翻弄し続けた。

観戦するこちらの視線に気づいているのだろう。アス美は主君たるケンゴーに向けて、艶然《えんぜん》と一礼してみせた。

「さすがはアス美だ！　素晴らしい戦いぶりだった！」

ケンゴーは惜しみのない拍手を送る。

「アス美にしては、まあまあ素晴らしかったんじゃない！　アタシだったら圧勝してたけど！」

（水を差すようなこと言うなよルシ子ぉ）

ケンゴーは一転、半眼にさせられる。

ところが、

「小官の採点するところ、せいぜい六十七点というところですな。さほど褒《ほ》められた戦いぶりではなかったかと愚考いたします」

「まあまあ、我が君は褒め上手でいらっしゃるから」

「ふはは、レヴィ山がそれを言うか？　しかし確かに、陛下は臣下想いであらせられるしな」

「つ、次の機会は僕にご用命くだされば、本当に素晴らしい戦いぶりをご覧にいれますっ」

などなど、ルシ子の自分アゲは平常運転というものだったが、他の魔将たちまでアス美にダメ出しをする始末。

「さ、然様であるか。し、しかし、皆チト採点が辛《から》いのではないか?」

守護聖獣に圧倒したじゃん、別に最弱には見えなかったじゃん、と内心思いつつケンゴーはアス美をフォローする。

ところが、

「一口に守護聖獣と言っても、ピンキリですからな」

「然り。蓋《ふた》を開けてみれば、大した相手でもございませんでした」

「この程度の奴にいちいち策を弄《ろう》してる辺りが、アス美の底も知れるってわけ!」

「こ、これくらいはできて、当然ですよねっ」

「……お腹空いた」

魔将たちは「またまたご冗談を」という態度だった。

「オレちゃんたち、我が君のお側に仕える七大魔将ですから」

レヴィ山でさえ嫉妬していなかった。

全員が全員、強者の風格をごく自然と漂わせていた。

ケンゴーは生唾を飲み込む。

そして、改めて心に誓うのであった。

(こ、こいつらに謀反気を抱かせないよう、注意しよう!)

†

「くくく、主殿にどんなご褒美《ほうび》をねだろうかのう。楽しみじゃのう」

湖の上空で、アス美は扇子を口元に当て、ころころと笑った。

なお、マモ代の探知魔法の気配は既に消え失せ、ケンゴーらの目はなくなっているが、それでも口元を隠すのは婦女子の嗜《たしな》みというものである。

守護聖獣を相手取り、かすり傷一つ負わず勝ってのけた「色欲」の魔将は、鼻歌混じりに南の空へ飛んでいく。瞬間移動魔法は敢《あ》えて使わず、余韻に浸りながら魔王城への帰路に就く。

「存外に初心《うぶ》な主殿じゃ、いきなり過激なご褒美をねだっては、困らせてしまうというもの。まずは『あまあま』くらいの無難な要求から始めて、妾とイチャつく心理的ハードルをトロかしていき、ゆくゆくは『ドロドロ』の関係になれるよう、じっくり攻略するのが手管《てくだ》というものよ。さて、こたびの落としどころはどれくらいか。接吻はまだ早かろうか。健全な添い寝くらいがよかろうか。はてさて想像するだけで濡れてくることよ。それに昨今の主殿ならば、わんちゃん間違いが起こる可能性もあるやもしれぬの♪」

浮かれるあまりに、独り言が止まらない。

もはや討ち取ったユニコーンのことなど、意識の片隅にも残っていない。

その彼女も飛び去り、人里離れた山間の湖は再び静謐《せいひつ》に包まれた。

ゆえに、アス美は気づかなかった。

切り落とした角が、ゴロンと置き去りにされたままであったことを。

突如として地中から伸びた不気味な手が、その角をつかみとったことを。

聖遺物《レリキアエ》に分類されようそれが、地中深くへ持ち去られたことを。

「——様に、急ぎお届けせねばな」

くぐもった呟《つぶや》きだけが、その場に残されたことを。

翌朝。守護聖獣という問題が一つ片付き、ケンゴーは心地よい目覚めを迎えた。

魔王城の最上階にある寝室。ウルトラキングサイズベッドの上で大きなあくびをして、朝の空気を吸い込む。女官たちが毎朝取り換えてくれる花瓶《かびん》から、漂ってくる香りを堪能する。

「おはようございます、陛下♥」

「よくお休みでいらっしゃいましたね、陛下♥」

「へーいか♥」

その女官たちが笑顔で、優しく呼び起こしてくれる。

三人とも美しく、いつも通り自分好みのメイド姿で――

（――って、んんん⁉）

ケンゴーは上体を跳ね起こした。

驚きの光景を目の当《ま》たりにして、一発で目が覚めたのだ。

いつもメイド姿で起こしてくれる女官たちが、今朝《けさ》はそろって水着姿だったのだ。

しかも布地面積のかなりキワドい、煽情的《せんじょうてき》なデザインの。

「そ、その格好は、いったいどういうことだ⁉」

「はい、陛下♥」

「アス美《み》様にアドバイスをいただいたのです、陛下♥」

「へーいか♥」

「どんなアドバイスをもらったら仕事着が水着になるのだっ⁉」

「最近の陛下はすこぶるワイルドでいらっしゃるから、こういう格好で親しくお側仕えすれば、いよいよ私どもをお手付きにしていただけるに違いないと、アス美様が♥」

「もちろん、どんな美女の色香にも惑わされない、普段のストイックな陛下もとてもステキですわ。ですが私どもだって、陛下の逞《たくま》しい腕に抱かれたいというのが本音ですもの♥」

「ワイルドなところ見せて欲しいですぅ、へーいか♥」

「アス美の奴《やつ》め、余計なことを！」

ケンゴーはベッドの上で頭を抱える。霊薬の副作用でベクターの女騎士トリシャにセクハラ三昧《ざんまい》をやらかして以来、もう二度と発作を起こさぬよう努力しているというのに。毎日、朝から晩まで気を張り続けているというのに。

（アス美のせいで、その努力が水泡に帰すじゃん！）

恨めしいなんてものじゃない。ただでさえ自分にとって、毎朝の「目覚まし美女♥」は悩ましい。そこへさらに「えっちな水着サービス」がトッピングされてしまっては、理性を保つのが難しいではないか！

アス美はいったいどういうつもりで、女官たちを唆《そそのか》したのか？

心当たりはありすぎた――

昨日、アス美が凱旋した時のことだ。

皆もいる「御前会議の間」でのことだ。

「陛下の敵を討ち果たした妾《わらわ》に、ご褒美《ほうび》をたもれ」

幼い顔つきの彼女に似つかわしい無邪気な笑顔で、アス美が「ごほーび、ごほーび♪」とくり返し要求した。

無論、ケンゴーとてアス美の武功に報いることは、やぶさかではない。しかし、

「ご褒美に一晩、妾を抱っこして、添い寝してたもれ」

などと言い出すので、この「色欲」の魔将さんたら始末に負えない。

どう返事しようかと内心唸《うな》っていると――

「はぁあああ⁉　いくら武勲を立てたからって、そんなフシダラな要求、通るわけがないでしょ、エロ美！」

ルシ子《こ》がいきなりキレ散らかした。ケンゴーがアイコンタクトで助けを求めたわけでもないのに。

一方、アス美は邪気のない表情のまま反論した。

「別にフシダラでもなんでもないわ。世の父娘《ちちこ》でもフッーにやっておることじゃ」

「アンタがケンゴーの娘って歳《とし》か!!」

「とにかく主殿《あるじどの》に抱っこしてもらうだけの他愛無い要求じゃ、そこまで妬《や》くことも独占欲を剝《む》き出しにすることもあるいまい、ルシ子?」

「べべべべべべべ別に剝き出してないしっっっ」

「ならばよいではないか。何の問題がある?」

「ぐっ……」

アス美が一本とったとばかり意地悪にほくそ笑み、ルシ子が悔しげに押し黙る。

さらにアス美は畳みかけるように、一同に向かって宣言した。

「主殿と同衾《どうきん》できるドサクサに、淫らな行為に及ぶような真似《まね》は絶対にせん。妾の方から誘惑するのも慎む。ここにおる全員に誓ってな」

そこまで言うなら、アス美の言葉に嘘《うそ》はないだろう。

この場でいう誓いとは、「もし偽《いつわ》りだったら、ここにいる全員に寄ってたかって打ち滅ぼされても仕方がない」という、それほど重いものだからだ。

「無論、主殿の方から積極的に伽《とぎ》をご所望《しょもう》とあれば、妾はアスモデウスの名に懸けてお応《こた》えする所存じゃが。くくっ、その場合は主らも文句はなかろう?」

「ハン！　ケンゴーがアンタみたいなチンチクリン、相手にするわけないでしょ！」

「ルシ子の申す通りじゃ。主殿は、いと穹《たか》き孤高の王。妾にいとけないご褒美をくださることはあれど、妾の色香に眩《くら》むことなどあり得ぬ。うむ、やはり問題はないな」

「ぐぅぅっ……」

アス美が一本とったとばかり邪悪にほくそ笑み、ルシ子が悔しさ丸出しで押し黙る。

「というわけじゃ、主殿。ごほーび、ごほーび♪」

(抱っこだけとはいえな……)

また一転、無邪気な表情に戻ったアス美にねだられ、ケンゴーは弱り果てる。

ヘタレチキンな自分にとっては、「一晩美少女を抱っこ♥」だけでもハードルが高い。他愛無いことだなんて達観できない。とはいえ頑張ってくれたアス美のことを思えばまあ、ギリありというか、応えてやりたい気持ちはある。

でも今は霊薬の発作が起きるのでムリー！　ムーーーリーーー!!

(なんと誤魔化《ごまか》すべきか……)

背中の汗が止まらなくなるケンゴー。

ルシ子がじっと目配せしてきて、

(言っとくけど一晩中、傍《そば》でハリセン持って見張るなんて、いくらなんでも無理だからねっ)

(デスヨネー)

常識的に考えてムーーーリーーー!!

(上手《う ま》い言い訳を考える時間が欲しかったけど……やむを得ないっ)

ケンゴーは腹を括《くく》る。

ウォッホン、ヲッホン、魔王然としたエラソーな咳払《せきばら》いを挟み、

「ところで——褒美といえば、まだベル原《はら》にも授《さず》けていなかったな。命令の解釈に多少の行き違いはあったが、無血で王都ベクターを陥落せしめた手腕は、さすがは魔界随一の智将たるおまえの面目躍如であった」

「もったいなきお言葉でございます、陛下。しかし吾輩《わがはい》はアス美と違い、褒賞にがっついてはおりませぬ。英明なるケンゴー魔王陛下におかれましては、然《しか》るべき時に然るべきものを頂戴できることと、絶対の信頼を抱いておりますゆえ」

ベル原はM字髭《ひげ》をしごきながら、アス美へ当てこするようにネチネチと言った。

アス美が凄《すご》い顔でにらんでいた。

ケンゴーは慌《あわ》てて両者を執り成し、

「うむ、ベル原の申す通りだ。おまえの武功には必ず報いよう。無論、アス美にもだ。そのような他愛のない願いでよいのならば、喜んで叶《かな》えてやろう。ただし——今はその『然るべき時』ではない」

「つまりは、我が君に何かお考えがあるってことですね?」

レヴィ山《やま》の軽薄な合いの手に、ケンゴーは重々しく首肯する。

「その通りだ。ベル原やアス美のおかげで、ベクターの国土は征服できた。しかし未《いま》だ人心はまつろわず、支配できたとは言い難《がた》い。ゆえに完璧《かんぺき》な統治が確立された暁には改めて、その過程において功があった者全員に、報いることを余は約束しよう」

ケンゴーはさも寛大そうに両腕を広げる大げさなジェスチャーで、エラソーに宣言した。

今日イチ、魔王風を吹かせた。

（く、苦しいか……？　しょうがないじゃん考える時間なかったし）

内心では震えながら一同の顔色を窺《うかが》う。ケンゴー自身の理屈からすれば、それだけ時間稼ぎできれば霊薬の副作用が抜けるし、アス美を抱っこしても発作を起こさずにすむだろう。しかし、皆がそれで納得できるかといえば別の話だ。果たして――

「なるほどですよ！　さすがはケンゴー様だ、嫉妬《しっと》するほど人使いが巧《たく》みでいらっしゃる」

「ああ、レヴィ山の言う通りだな」

（は⁉　えっ⁉）

（何が⁉　どこがっ⁉）

「つまりは王都を陥《お》とした程度で慢心せず、ベクターの民の尽《ことごと》くが我が陛下《マインカイザー》に心酔し、自ら進んで家畜の首輪をつけるようになるべく、小官らに知恵を絞って画策せよと。あらゆる努力を惜しむなと」

「ベル原さんとアス美さんだけじゃなくて、僕たちにもお役に立てるチャンスをくださったんですね、ケンゴー様は！」

「『怠惰』の吾輩とて城を陥としてそれで終わりだなどと、高みの見物を決め込む気はないよ。もっともっと献策し――完全支配が成った暁には、勲功一等を勝ち取ってみせよう」

「じゃあアタシは勲功零《ゼロ》等ゲットね！」

「それは『全く役に立たなかったで賞』か、ルシ子……？」

「……お腹空《なかす》いた」

「とにかくアタシが一番ゲーーーーーーット！」

「い、いえ、それは僕が――」

「いや小官が――」

「ハハッ。どいつもこいつも、途端に目をギラつかせやがって。これが我が君の狙《ねら》いだったわけですね？　さすがすぎてオレちゃん、嫉妬を禁じ得ませんよ」

「〝深い〟」

七大魔将たちがワイワイガヤガヤ、勝手に解釈して勝手に盛り上がる。

（セ、セーーーーーーーーーーーフ！）

でもケンゴーからすれば、窮地を凌《しの》げるならなんでもよかった。

そう、凌げたと思ったのだ。添い寝抱っこを先送りにされたアス美も、ちょっとむくれてはいたが何も抗議はしてこなかったので。

——という一幕が、昨日あったのである。

（けどアス美め、実は根に持っていたな〜〜〜〜〜〜〜〜〜っ）

ベッドの上でケンゴーはますます頭を抱えていた。

だからこそアス美は女官たちに、「水着姿で迫ったらワンチャン」などと唆したのだろう。

洒落《しゃれ》で収まる程度の意趣返し、イタズラ心といえばそうだけど！

ヘタレチキンには充分クリティカルだから！

「さあ、陛下。お着換えの時間ですわよ♥」

女官たちがベッドに上がってきた。いつもならそんな非礼、絶対にしないのに。

「今日もお手伝い差し上げますね♥」

四つん這《ば》いになり、獲物を追い詰める雌豹《めひょう》の如《ごと》く、じりじりと迫ってくる。

「へーいか♥」

水着姿でそれをやられると、胸の谷間がバッチリ見えて、目のやり場に困る！

ケンゴーはもはやたじたじだったが、三人に三方から迫られているので逃げ場がない。

ついには包囲の輪が閉じ、女官たちがぴったりと寄り添ってくる。

いつもよりずっと薄い布一枚に包まれただけの、柔らかい双丘を押し当ててくる。

「き、着替えと言いつつ、余の服を持っておらぬではないか、おまえたち！」

「まあ！　心外ですわ、陛下（ふにん）」

「お召し物を着るためには、まず寝巻を脱いでいただかないと（ふにん）」

「へーいか（ふにん）」

女官たちはそう言って、ケンゴーが着ている寝巻を脱がしにかかった。

「アーーーーーーーーーーーーーーーッ」

これ以上は理性が保たない。発作が起きてしまう。

そう感じたケンゴーは最後の手段――瞬間移動魔法による逃亡を図ったのであった。

†

そんな予期せぬトラブルも、大小問わず、ケンゴーにとっては日常茶飯事というもの。

あまりかかずらってはいられない。魔王のお仕事は待ってくれない。

ベクターの民意を得、可能な限り穏便に支配体制を確立するため、日夜奔走した。

そして、一週間がすぎ――

王都ベクターの目抜き通り。石畳で舗装されているのはここだけ、しかも整備が甘くてあちこちデコボコという、辺境小国の哀しさを物語る道の上を巨大な車輪が罷《まか》り通る。

ド派手な山車《だし》が、ゆっくりと進んでいく。

太鼓や笛を打ち鳴らし、お祭り騒ぎで通行人の目を集める。

山車を牽《ひ》くのは魔界産のマンティコア。獅子《しし》の胴体に老人の顔を持つ魔物だが、今はこれでもかという満面の笑みで、安全無害アピールをさせている。

鼓笛手やその他、山車に乗っている二十人ほどは全員、魔族たちだ。

さらにはその中心、櫓《やぐら》の上に立ち、絶賛街宣中なのがケンゴーとルシ子だった。

「ごきげんよう、ベクターの諸君！　余はケンゴー！　魔王ケンゴーである！」

「アタシはルシ子！　七大魔将最強っ、『傲慢《ごうまん》』のルシ子よ！」

「旧王族は卑怯《ひきょう》にも諸君らを見捨て、他国へと亡命した！」

「代わりにアタシたち魔族が、このベクターの新しい統治者となったってわけ！」

「そのことは諸君らにも、もう憶《おぼ》えてもらえただろうか？」

「早く理解して、現実を受け容れなさいよ！　その方がアンタたちのためよ？」

「余は本日も諸君らを慰撫《いぶ》するため、魔王城よりやってきた次第である！」

「このアタシにたっぷりと感謝しなさいよね！」

「というか、名前だけでも憶えていってもらいたいッ！」

魔力で拡声し、メインストリートの隅々にまで挨拶《あいさつ》を行き渡らせる。

すると街の子どもたちが、歓声とともに山車へ近づいてきて、

「魔王様、ぎぶみー！」

「ぎぶみー、ちょこれーとやあ！」

覚えたての言葉をたどたどしく、だが元気よく口々に叫ぶ。

「うむうむ、素直な童《わらし》たちだ！　きっと将来、魔界でも一目置かれる人物になるであろう！」

「このアタシみたいなね！」

ケンゴーはテキトーにチョーシのいいことを言いつつ、櫓の基底部に立つマモ代《よ》へ目配せ。

それでマモ代が「始めろ」と周囲へ命じる。

山車に乗っていた、如何《いか》にも人好きのする顔つきのおじいちゃん、おばあちゃん――に見える、実年齢様々な魔族たち――が、寄ってきた子どもたちへ笑顔でチョコレートを配る。

受けとった子どもたちが、負けないくらいの笑顔で頬張《ほおば》る。

(お。昨日より少し子どもの数が増えたか？)

(そうね。リピーターも多いみたいだし)

(でも欲を言うと、もっと増えて欲しいんだけどな……)

ルシ子と一緒に櫓の上から確認し、ケンゴーはやきもきとした。

どうやって人心をつかむか？

過日、ケンゴーは七大魔将たちに諮《はか》り、それぞれに意見させた。

「我が君に反抗的な人族を片っ端から殺していったら、ベクターの国民は百パーセント、我が君に従順な人族だけになると思うんですよ」

「か、各家庭から一人ずつ、人質を出させるというのはどうでしょうかっ」

「フン。愚かだな、貴様らは。我が陛下《マインカイザー》がそんな乱暴なやり口を、お好みになるものか。小官ならばもっとスマートな手段を選ぶ。時間はかかるがな」

「マモ代のくせに大口叩《たた》いたわね！」

「そこまで申すなら、ぜひご高説を聞かせてもらおうかの？」

「これから生まれてくる赤子を含め、全ての子どもを一所に集めて、教育するのだ。朝から晩までみっちり我が陛下《マインカイザー》の偉業の数々を暗記させ、我が陛下《マインカイザー》を讃《たた》える歌を大声で唱和させる。そしてエサを食う時も寝る時もずっと、我が陛下《マインカイザー》のご真影に拝礼させる。さすればいずれベクター万民、尽く我が陛下《マインカイザー》を敬うという寸法だ」

「ほう……悪くないな」

「や、やりますね、マモ代さんっ」

――というロクでもない献策ばかりだったので、全部却下したった。

するとイ智将・ベル原が、満を持してとばかりに挙手をした。

したり顔で、賢そうな口調で、

「新たな階級制度を制定するのは如何《いかが》でしょうか？　『準魔族市民』『一般市民』『劣等市民』を

それぞれ1：4：10の割合で振り分け、上の階級の者には下の階級の者に対する生殺与奪権をにぎらせ、また下の階級の者には上の階級の命令に対する絶対順守を義務付けるのです。こうすることにより、特権を得た者たちは陛下への感謝と忠誠の念を自然と抱き、同時に下位階級者に対する監視と管理を率先して行うでしょう。一方、下位階級者の怨嗟《えんさ》は我ら魔族ではなく、自分たちを直接的に踏みつける上位階級者へと向けられるはずです。つまりは対立構造を人為的に作り出すことで、完全支配までに発生する不可避の軋轢《あつれき》や負の感情を、人族の間で完結させるのです。これならばケンゴー陛下の権威と名声に、一切《いっさい》の瑕《きず》はつきませぬ」

(うん、こいつやっぱ悪魔だな)

もちろん却下だった。

おかげでケンゴーが内心、頭を抱えていると、意外な人物が意見を口にした。

「……わたし、美味《おい》しいものをくれる人が、好き」

誰あろうベル乃《の》が、肉をもしゃもしゃ咀嚼《そしゃく》しながら言ったのだ。

「ハイ、それ採用！」

ケンゴーは即決した。

それでこの一週間毎日、チョコ等のお菓子を配り、即物的な人気取りを図っているのである。

慢性的な食糧不足に陥《おちい》っているベクターに対し、魔界本土から供給するアイデアは、既にケンゴーも持っていた。女騎士トリシャら代表団との、話し合いでも提案した通りだった。本来ならベル乃に言われるまでもなかった。

　しかし、魔王がなんでもかんでも上意下達《じょういかたつ》するのではなく、臣下の意見具申を採用するという決定プロセス自体が大切なのだ。臣下の自主性を尊重し、補佐を求めるというスタンスを提示したいのだ。

（そのアイデアだって元はといえば大臣たちの発案だしな。政治なんてろくにわかってない俺《おれ》がワンマン魔王なんてやった日には、魔界は衰退崩壊、クーデター待ったなしだもんな……）

　ケンゴーは己《おのれ》の分わきまえていた。


「さあ、子どもたちよ！　地獄のように黒く、甘く、栄養価も悪くない魔界産のチョコレートを、たっぷりと貪《むさぼ》るがよい！」

「魔王様、ぎぶみー、ちょこれーとやあ！」

「ぎぶみー、ちょこれー！」

「よいぞ、よいぞ！　さあ食え、もっと食え！　クワーーーーッハッハッハ！」

　いそいそと山車を降りたケンゴーは、高笑いしながら自分もチョコを配り歩く。

　ストレートに食糧を配給するのではなく、お菓子にしたのも理由がある。いきなり征服者となった魔族が、いきなり民に食糧を与えたところで、彼らは素直に受け取るだろうか？　否《いな》だ。毒物だと疑われたり理屈抜きで気味悪がられたり、偏見まみれで見られるのがオチだろう。それこそ餓死寸前の者であれば、四の五の言わずに受け取るだろうが、ベクターはあくまで食糧不足状態であって、飢饉《ききん》が起きているわけではない。

一方で、子どもたちに目を向ければどうか？

彼らは先入観がないし、自制心に乏しく誘惑にも弱い。要するにチョロい。だからケンゴーはお菓子を配り歩くことで、まずは子どもたちから懐柔することにしたのだ。

(そうすりゃゆくゆくは大人たちも、俺が悪い魔王じゃないよってわかってくれるはずだ！)

そういう作戦だった。

だったのだが――

自分たちのものとは違う、祭囃子《まつりばやし》が聞こえてきた。

遠く、中央広場の方からだった。

耳聡《みみざと》い子どもたちが、一斉にそちらへ向く。

意識もチョコレートから離れていく。

「劇団『白昼の月《ハクツキ》』だ！」

「行かなきゃ！　お芝居が始まっちゃうぞっ」

「魔王様、お菓子ありがとー」

「また明日もよろしくー」

子どもたちが、わっと一斉に去っていく。

ケンゴーや山車に乗った面々は、完全に取り残された状況だ。

太鼓や笛の音が虚《むな》しく響く。

「まったく無礼なガキどもです。我が陛下《マインカイザー》、ぜひこの小官に処刑命令を」

「……よいのだ、マモ代。……子どもたちは自制心に乏しく、誘惑に弱いのだからな。わかっていたことだ。いつものことだ」

ケンゴーは震え声でマモ代を止めた。

（なかなか上手くはいかないなあ。まーた子どもをとられてしまった……）

ここから遠い中央広場の方へ、恨めしげな視線を向けた。

実はこのお菓子配り作戦、当初は非常に上手くいき、集まる子どもの数も日ごと倍々に増えていた。

しかし、三日前から状況が変わった。それも悪い方へ。

「白昼の月」という劇団が、地方巡業からこの王都に帰還し、広場で公演を始めたのだ。

マモ代に調査させたところ、昔から大人気を集める劇団らしく、ベクターの老若男女に愛され続けているのだという。

それ自体は全くけっこうなことだが、如何《いかん》せん時期が悪かった。人気取りを始めたケンゴーと完全にバッティングしてしまい、しかもこちらの分が悪いことは言うまでもない。

王都の民の関心は、すっかりあっちに行ってしまっているというわけだ。

「まったく目障りな連中です。今すぐにでも公演を禁止させるべきかと愚考いたします」

「いやダメだ、マモ代。余は言論や表現の統制するを好まぬ。連中の自由にやらせてやれ。民にも心行くまで楽しませてやれ」

「家畜を相手に、我が陛下《マインカイザー》はお優しすぎるかと」

「おまえの苦言は常に、千金に値するな。感謝するぞ、マモ代。同時に謝罪もだ。これは枉《ま》げられぬ。ゆえに重ねて命じる。禁止も妨害もしてはならぬぞ」

「……御意《ぎょい》。そこまで仰《おお》せでしたら」

マモ代は表情を消して、深々と腰を折った。内心はまだ不服なのだろうが、従ってくれた。折れてくれた。

ともあれ、子どもたちもいなくなってしまったことだ。ケンゴーは撤収指示を出そうとする。

が、その寸前、

「あ、あの、魔王様……。今日はもうお菓子は終わりですか……？」

おずおずとした声が聞こえた。

見れば、歳のころ十二、三ほどの、小さな籠《かご》を持った少女が立っていた。

「ファファファ、バカを申すな！　チョコレートならば、いくらでもあるぞ」

ケンゴーが魔王然と答えると、少女は「よかった……」と噛《か》みしめるように呟《つぶや》いて、

「あ、あの、ずうずうしいお願いなんですけど、この籠いっぱいにいただいても、よろしいでしょうか……？」

歳の割に言葉遣いのしっかりした少女は、またおずおずと願い出た。

「ふうむ……それは構わんが、ご近所にでも配るのかね？」

「い、いえ、わたし、昨日もお菓子をもらって帰ったのですが……。ずっと病気で寝込んでいる母が、食欲がなくてもお菓子なら食べてくれて……」

「なるほど、そういうことか。あいわかった！」

ケンゴーは大仰にうなずくと、少女の籠にチョコレートを載せてやる。

ただし籠いっぱいではなく、一粒きり。

「あ……」

少女の表情が、落胆で翳《かげ》った。可哀想《かわいそう》なくらい肩を落とした。

ケンゴーは不敵に微笑《ほほえ》み、

「案ずるな、孝行娘よ」

「え……？」

「そのチョコは、魔法のチョコだ。母親に食べさせよ。病気など一粒で快癒しようぞ」

「本当ですか⁉」

「ファファファ！　魔王はつまらぬ嘘などつかぬ」

チョコを籠に載せる時に、ケンゴーが得意とする治癒魔法を込めたのだ。

「ただし、急げよ？　あまり時間が経《た》てば、魔法が消えてしまうのでな！」

「は、はいっ。ありがとうございます、魔王様！」

少女は喜色満面、何度もお辞儀しながら帰宅していった。

「家畜を相手に、我が陛下《マインカイザー》はお優しすぎるかと」

「カッコつけすぎでしょ、ケンゴーのくせに」

マモ代にまた苦言を呈され、櫓を降りてきたルシ子にまで頬を突っつかれる。

ケンゴーは甘んじて受けていたが、

「……あっ！」

ルシ子が人差し指をこちらの頬に突き刺したまま、急に大声を出した。

「ふぉ、ふぉうひは、ふひほ？」

「さっすがアタシ、いいこと閃《ひらめ》いたわ！」

ルシ子が鼻高々になって言う。かと思えば、耳打ちをしてきて――

†

ベクターの都は、ジョーリイと呼ばれる丘を中心に生まれた。

王城もまたその丘の頂上に聳《そび》えている。

しかし時代が下るに従い、街は東へ東へ、横長に発展していき——結果として現在では——城は街の中心部から、西へ外れたところに位置している。

当然、現在の中央広場からも離れている。城壁の物見櫓からその様子は一望できるものの、人間の姿など豆粒大以下にしか映らない。劇団「白昼の月」が作った即席舞台の周りに観客たちが集まっている様も、さながら粗糖でできた菓子に群がる蟻《あり》どもの如しだった。

午前の部も大盛況、観客の数は一万近いのではないか？

女騎士トリシャは物見櫓の手すりをつかみ、そんな中央広場を眺める。

左右に青年と中年の騎士が立つ。

「さすがは『白昼の月』だ、連日の大入りですな」

「例の看板女優が謎《なぞ》の失踪《しっそう》を遂げてからというもの、人気が落ちたという噂《うわさ》でしたがね。これなら充分大したものだ」

「魔王の奴め、もう四日も姿を見せていないそうですよ。もちろん、あのやかましい山車も」

「ハハハ！　劇団に注目を奪われ、とうとう諦《あきら》めたのかもしれませんな」

子爵家次男の青年騎士ナベルと、男爵家当主の中年騎士ジェイクスが、愉快そうに大笑した。

「礼を尽くして、彼らを呼び戻した甲斐《かい》がありましたね」

トリシャは折り目正しく返答する。騎士であり伯爵令嬢でもある彼女は、現在ベクターに残っている中では最も地位と身分が高いといえる。それでも十九歳の小娘でしかない自分より遥《はる》かに年長の二人には、一定以上の敬意を払って接していた。

「これで魔王の企《たくら》みを、くじくことができればよいのですが……」

広場の舞台へ視線を戻し、トリシャは嘆息する。


あの忌《い》まわしい会談以降ずっと、魔王は民の歓心を買おうと必死だった。

理由は全くわからない。

人界の国家同士であっても通常、他国を征服すれば、勝者は敗者を虐《しいた》げるものだ。敗戦国の王族を根絶やしにし、貴族家を取り潰《つぶ》し、民に至るまで容赦《ようしゃ》はしない。財産どころかその尊厳、人権、アイデンティティーまで尽くを奪う。人身売買こそ天帝教が禁止しているが、実質的には奴隷の如く非道に扱う。

翻《ひるがえ》って魔族どもはどうか？

びっくりするほど何もしてこない。

それどころか、魔王が毎日お菓子を配りに来る以外で、街中で魔族どもの姿を見かけることすらないのだ。奴らは魔法を得意とする種族だから、もしかしたら幻影魔法等で人族に化けていたり、透明になって街に潜伏していたりするのかもしれないが……。

とにかく存在感がないのは確かだ。部下たちの中には、「我が国は本当に魔族に敗れ、魔界に併呑《へいどん》されたのでしょうか？』『もしや何かの間違いだったのでは？』」などと言い出す者までいる始末。まして市井《しせい》の民に、自分たちの国が滅亡し、怖ろしい魔族に征服されたという自覚、実感のある者が、いったいどれだけいることか。

だがしかし現実には、魔族どもはこのベクターを何百回でも滅ぼすことができるほどの、圧倒的な武力（魔法力）を有しているのだ。こちらが察知もできない街の外遠くから、王都の全軍全市民が一斉に、奴らの魔法によって眠らされた——その驚愕《きょうがく》の事実一つをとっても、トリシャは連中に武力を以《も》って刃向かおうとは思わない。絶対に勝てない。一方的に蹂躙《じゅうりん》される。

実際、魔族どもにとってはベクターの如き小国、敵視にすら値しないのだろう。トリシャら騎士団に武装解除を要求しない。軍の解散も命じない。集会や密会も禁止してこない。その気になれば連中は、どんな理不尽な要求だってできるのに。されたとしても、こちらは絶対に逆らうことはできないのに。

なのになぜ、魔王は毎日お菓子を配っていたのか？

「魔王はいったい何を考えているのでしょうか……。企んでいるのでしょうか……」

トリシャは誰にともなく訊《き》く。

「案外、大した理由はないのかもしれませぬぞ」

答えたのはジェイクスだった。

「あいつらからすれば、我々人族など無価値だし、いつでも殺せる相手。しかし、ただ殺したのでは面白《おもしろ》くない。だから、たっぷりと弄《もてあそ》んでから殺したいのやも」

「例えば、散々こちらに希望を持たせておいてから、絶望に叩き落すというような？」

「そうです、トリシャ卿。この間の、会談の時のようにね」

「………っ」

思い出しただけで、トリシャの肌が粟立った。自分の全身にまとわりついたスライムの、おぞましい感触が未だそこに残っているかのようだった。嫌悪感で気分が悪くなった。

「何を企んでいるにせよですよ。魔王の目的が王都の民の人気取りであるのならば、私たちは全力でそれを阻止しなくてはなりません」

「仰《おつしや》る通りですね」

ナベルの言葉に、トリシャは同意する。武力では太刀《たち》打ちできなくとも、民心のコントロールならばまだ抗いようがあるはずだ。ジェイクスも交え、改めて三人で意識共有した。

そして、力強くうなずき合おうとした——まさにその時だった。

「大変です、トリシャ卿！」

年上の部下に当たる騎士が息せき切って、櫓上に出る螺旋《らせん》階段を駆け登ってきた。はて、彼には兵とともに街の警邏《けいら》を命じたはずであったが。

「どうしました？」

「は、はいっ。それが、魔王の奴がまた──」

†

都といえどド辺境にあるベクターでは、手つかずの自然があちこちに残されている。住宅街と森林がしばしば、隣り合わせで同居している。

街の北外れにあるそんな林の一つを、ケンゴーたちは占有していた。

どころか、攻撃魔法で木々を焼き払い、強引《ごういん》に更地に変えて使っていた。

一部開放型の大きな天幕をいくつも張って、さらに一帯の入り口に看板を掲げる。

「魔王ケンゴーの出張診療所」

「誰でも、どんな病気や怪我《けが》でも、無料で治します」

──と。

お菓子配布作戦に代わって、四日前から始めた。

処置を求めて訪れる者も日に日に増え、今日も朝から大盛況だった。

広い天幕の中、さらに幕を立てて小ブースごとに仕切り、各所で医師が診療に当たる。ケンゴーも治癒魔法を得意としているが、一人ではさすがに手が回るまいと、魔界本土から名医たちを呼び寄せたのだ。

ケンゴーのブースの隣では、白衣の美青年が診察をしていた。

病んだ咳《せき》をくり返す、八歳ほどの少年と向かい合って椅子《いす》に座り、

「はい、アーンして」

「アーン……」

「もっと大きく、アーン」

「アーーーーン……」

「いいね、いいね、とっても具合のよさそうな喉《のど》だよ、キミ！　熱っぽくて、腫れぼったくて、今すぐメチャクチャに突っ込んであげたくなるよ。喉チンコも可愛《かわい》くていやらしい形をしているし、これはもう立派な性器だよ、性器！」

「何を言っておるのだ、ブエル！」

ケンゴーは大声とともに隣のブースへ踏み込んだ。

ちょうど手が空《あ》いたところに、とんでもない台詞《せりふ》が聞こえてきたから、思わずだ。

「これは魔王陛下。いきなりそんな大声を出して、何事ですか？」

「何事かと余の方が聞きたいわ！　いたいけな子どもの前で何を口走っておるか！」

きょとんとなった白衣の美青年に、ケンゴーは正論でツッコむ。

青年は煌《きら》めくような銀髪をかき上げながら、

「ハハッ、仕方がないでしょう。私好みの少年が患者なので」

「仕方なくないわ！　一個も仕方なくないわ！」

魔界の医師の倫理観のなさに、ケンゴーはどっと疲れを覚える。

中でもこの青年――ブエルは度し難かった。

十歳以下の男の子が大好き（性的な意味で）且《か》つ、患者相手だろうがなんだろうが、見境なく欲情する困ったちゃんなのだ。美形が多い魔族の中でも、ちょっと引くくらい容姿の整った男だが、頭の中身はアレなのだ。

（これでブエル家の当主だってんだから、魔界《よのなか》は狂ってるよな……）

ブエル家といえば魔界でもその名を知らぬ者はいないほどの医師一族で、当主たるこの青年は恐らく現役《げんえき》ナンバーワンの名医だ。

魔族は外見から年齢を推定することが不可能だが、なんと八百歳の大ベテラン。

治癒魔法の分野で、ケンゴーが敵《かな》わないのもこの青年だけだ。

「とにかくちゃんとやれ。勅命である」

魔王の権力を振りかざすことに普段、引け目のあるヘタレチキンでも、いたいけな患者を守るためには四の五の言っていられない。

「ハイハイ、御意です。ただの風邪《かぜ》だから、キミはあっちでお薬飲んで帰ってね」

いい歳したブエル（八百歳）がぶーたれながら、患者を雑に扱う。

ケンゴーは半眼になって、

「ただの風邪ならばわざわざ薬に頼らずとも、治癒魔法をかけてやれば一発ではないか？」

「ハハッ、それぞまさしく魔王ジョークですね」

ブエルは声を上げて苦笑い。

「治癒魔法は、魔力バカ食いの力業《ちからわざ》ですよ。仰せの通り、風邪を治すくらい技術的には簡単です。しかし、風邪程度でいちいち治癒魔法を使うことはできません。魔力無尽蔵の御身《おんみ》を例外としてね。私が真似をすれば、すぐに魔力が底突きます」

「むう……」

そういうものかと、ケンゴーは納得せざるを得なかった。

自分の場合、逆に医療知識がないので、診療といってもとにかく治癒魔法をかける。それでも患者の調子がよくならなかったら、もっと強力な治癒魔法をかける。それでも患者の調子がよくならなかったら、もっと（略）……という大雑把《おおざつぱ》なやり方しかできない。

（まあ、餅は餅屋だよな）

これ以上は口出しせず、自分のブースに戻ろうとした。

でも、ふと気づく。ブエルの傍にいた看護師二人が、風邪引きの少年を案内していた。

「は～い、坊や。こっちにおいで～」

「お姉ちゃんたちとお薬飲もうね～」

無駄に色っぽくて、むちむちナイスバディをした看護師たちだ。

それが幼い少年を左右から支えるようにというか、押しつけた巨乳で頭をサンドイッチするようにして連れていく。患者をチヤホヤ扱うのを通り越して、イチャイチャしている。

「その子の性癖が歪《ゆが》むからやめよ！　まともな恋愛ができなくなったらどうする⁉」

「ごめんなさ～い」

「魔王陛下に怒られちゃった～」

看護師はろくに反省の色を見せず、真《ま》っ赤《か》になっている少年とともにブースの外へ消えた。

「ブエルよ……おまえのところはいったい医療をなんと考えておるのだ……」

ケンゴーは銀髪の美青年を白眼視する。

ここに呼び寄せた医師や看護師たちは全て、ブエル家の一族郎党である。

「どういうも何も、イケメンやオネーチャンが、えっちな診療してくれる方が、患者もうれしくないですかねえ？　医者嫌いだって治るんじゃないですかねえ？」

「居直っただと⁉」

「いやいや、ぶっちゃけトークですよ、陛下。実際、さっき私が診《み》た患者なんか、肉体年齢二十五歳（断言）の色気ムンムンのデカパイ人妻だったんですがね？　私の顔を見るなり発情して、『乳癌《にゅうがん》じゃないか触診してくれ』『もっとしっかり揉《も》んでくれ』『もっと、もっと』ってしつこくって！」

「ナニその羨《うらや》ま――けしからんシチュエーション」

「私からすれば苦痛ですよ、苦痛。女で、しかも年増《としま》とか、完全に守備範囲外ですし」

「二十五歳に年増呼ばわりは失礼だろう⁉」

「人族どもに優しくしてやれって陛下のお達しでなかったら、ブチキレて殺してましたよ。同じ女でもせめて二次性徴前の、ボーイッシュな娘のおっぱいなら何時間でも撫《な》で回していたんですがねえ」

「よし、おまえ、今から男女問わず十歳以下の子を見るの禁止な？　これ勅命《ちよくめい》な？」

ケンゴーは再び強権を発動することを躊躇《ためら》わなかった。

（魔界の医療倫理、マジどうなってんの？）

頭痛を堪《こら》えるのに大変だった。

翻って日本（あるいは地球）の医療従事者の皆さんの、職業意識の高さ、倫理観の高潔さを思わずにいられなかった。

いずれはブエル家を根底から意識改革させねばと誓った。誰か部下任せで。

「つーか私からも魔王陛下に一言よろしいですか？」

「構わぬ。申してみよ」

「診療所内は医師の聖域ですよ？　いくら魔王陛下といえど、差し出口を謹んでいただきたいものですね。さっきからごちゃごちゃと」

（誰のせいでごちゃごちゃ言わされてるんですかねえ……）

それくらいわかっていると、ケンゴーは反論しかけた。

ところが、その暇《いとま》もないほどの超反応で――

「ハァ？　ブエルのくせにあんた、いつからそんな偉くなったわけ？」

「畏《かしこ》くも我が陛下《マインカイザー》に奉《たてまつ》ってその不敬な物言い、首を差し出す覚悟はできているのだろうな？」

――と、まさしく悪魔の形相で、ブエルへ凄む者たちがいた。

ケンゴーのブースに残してきたはずの、ルシ子とマモ代だった。

疾風の如く一瞬で現れるや、左右からブエルをにらみ、プレッシャーをかけていた。

アス美プロデュースのミニスカナース服姿が、高圧的な軍服か何かに錯覚するほどだった。

ブエルとて強力な大魔族のはずなのだが、さすが七大魔将は格が違うか。白衣の美青年はすっかり委縮して、

「す、すんましぇ～ん」

「ハァ？　すぐ謝るくらいなら、最初から生意気口叩かないんで欲しいんですけど？」

「さあ自決しろホラ自決しろ早く自決しろ。ここにいたのが優しい小官たちでよかったな。もしサ藤《とう》やレヴィ山にでも聞かれていたら、楽には死ねなかったぞ、貴様」

「き、君たちィ！　ブエルさんも懲りたようだから、その辺にして差し上げなさい！」

ケンゴーは見るに見かねて仲裁に入る。

ルシ子とマモ代の圧が凄すぎて、挟まれたブエルの汗まみれの顔が、恐怖で歪みに歪み、廃人一歩手前の様相を呈していた。ストレスで死んじゃう小動物みたいになっていた。

「またあ！　あんたはすーぐそういう甘いこと言う！

「我が陛下《マインカイザー》はこんな愚物に対してまで、いささかお優しすぎるかと」

君たちは魔王様のこと好きすぎだよね⁉

「と、とにかくここは矛を収めてくれ。余の顔を立てると思って、な？　な？」

「命拾いしたわね、ブエル」

「……はい。……お陰様で」

「暗黒海《あんこつかい》よりも寛《ひろ》い陛下の御心《みこころ》に感謝し、なお一層の忠義に励めよ？」

「……はい。……心を入れ替えます」

シュンとなったブエルに対し、なお左右から脅しつけるルシ子とマモ代。

だが、ガン付けしていた二人が、急にその視線を外した。

「――マモ代様」

と呼ぶ声が、彼女の影の中から聞こえてきたからだ。

マモ代がいつものクールな態度に戻り、

「何か？」

「はい、マモ代様。ご歓談中のところ、恐れ入ります。監視をしている騎士どもが、コソコソ

とこちらへ向かっておりまする」

「そうか。貴様はそのまま監視を続行しろ」

「承知」

影の中から魔族の気配がスーッと消える。

マモ代はケンゴーに向かって踵《かかと》をそろえると、恭《うやうや》しい口調になって、

「我が陛下《マインカイザー》。例の代表団――女騎士トリシャら以下二名が、この診療所が気になって仕方がないとのことです」

「ふむ……。ならばいっそ、ここへ招くがよい。存分に視察していってもらえ」

「御意」

マモ代は一礼すると、自ら天幕の外へ出迎えにいく。

そして、ほどなくトリシャら三人の騎士を連れてくる。

最初は隠れて様子を窺うつもりだったのだろう、三人とも普段着姿で帯剣もしていなかった。

ただし仕立ての良さは隠せておらず、平民と比べれば明らかに浮いている。

マモ代に見つかった以上、もはやコソコソする必要はない。トリシャらは天幕内のあちこちを頻《しき》りに見回している。三人とも思い詰めたような顔している。

「……お菓子なんかを配るよりも、よほど盛況のようですね」

トリシャが暗い声で、不本意げに言った。口にしなくては、そのまま不安に押し潰されてし

まいそうだとばかりだった。

ケンゴーは厳かな声を作って答える。

「病や怪我に悩める者はまだまだおろう。毎日この十倍くらい、来て欲しいものだな。まだまだ医者の手の方が余っている状況だ」

「これで……っ」

魔界の医療の充実を目の当たりにし、トリシャらが息を呑《の》む。

気圧《けお》されまいとしつつも、はっきり脅えの混ざった目つきでこちらを凝視していた。

だが一人だけ、中年騎士――確か男爵家当主で、名はジェイクス――が異なる反応を見せた。しばし沈思黙考していた。あるいは何やら躊躇《ちゅうちょ》している様子だった。それがやがて、意を決したように、

「私には十四になる娘がおります。二年前に不運な事故で、両目を失明いたしました。それも治していただけるのでしょうか……?」

「ジェイクス卿、何をっ」

青年騎士ナベルが、まさか魔王に助けを求めるつもりかとその発言を咎《とが》めようとした。

しかし、トリシャが片手で制す。苦りきった顔で。人情としてジェイクスの気持ちはわかる、だからこれは止められるものではないと。

ケンゴーは芝居がかった態度で、

「ファファファ、治るさ！　我らの魔法技術があれば、造作もなく治るとも！　遠慮なく、いつでもここに連れてくるとよい。いや、こちらから行ってもよいぞ？　目が不自由では、ご令嬢も歩くのが困難であろうしな」

「………感謝の極みっ」

ジェイクスが苦渋の形相で、敵視する魔王に向かって謝意を述べた。頭を下げた。

トリシャとナベルはもう押し黙っていた。

「魔王め！」『人の弱みにつけ込むとは卑劣な！』とばかりに、こちらをにらんでいた。

ケンゴーは魔王然と高笑いを続けていた。

（いや、人助けなんだからいいじゃーん！）

その裏では、そんなににらまないでよと泣きそうになるケンゴー。

どうせ人気取りをするなら、お菓子を配るより診療所を開いた方がよくないかというのは、実はルシ子の提案だった。

先日、病気の母のためお菓子をもらいにきた孝行娘に、ケンゴーが治癒魔法を込めたチョコをあげたのを見て、閃いたという。

ナイスアイデアじゃんかと、ケンゴーも思った。大臣らに作らせた「ベクター王国繁栄計画」の中にも、医療体制の問題については言及されていた。つまりはベクターの民にとって、先進的な医療は必要なものに違いないのだから、ルシ子案は上手くいくのではないかと考えた。

人間、ひもじい想《おも》いなら多少は我慢できる。胡散《うさん》臭い魔族の施しなど受けないと、意地だって張りもする。しかし、怪我や病気を患った人々の苦しみは、遥かに切迫したものだろう。藁《わら》にだってすがりたいだろう。家族を助けるためなら、悪魔に魂を売ってもいいと考える者だって少なくないだろう。

実際、この中年騎士がそうだった。一般市民もだ。診療所を始めたこの四日間、訪れる者は増える一方。さらに口コミ効果により今後も増大するであろう。

劇団「白昼の月」と人気を奪い合う必要もない。むしろ元気になったことで芝居を観に行くことができて、この診療所と両方に感謝する人間が多いのではないだろうか。

――と、まあそんな計算は本音のところ、あった。

だけど全部が計算だけでもない。

ケンゴーはヘタレチキン。恐いことや痛いこと、争いごとが大嫌いで、前世において正月になればちゃんと初詣をし、神様に「世界平和」を願う――そんな少年だった。

魔族の絶大な力を世界征服に使うよりも、人助けに使った方が遥かに気持ちがいい！

（でもまあ、わかってもらえませんよね！　今の俺、魔王ですもんね！　しかもスライムをけしかけた外道ですもんね！　今回もどうせなんか企んでんやろワレェって感じですよね！）

内心、ションボリするケンゴー。

マモ代やブエルたちの手前、ぶっちゃけトークをするわけにもいかない。誤解されたまま、最後まで深刻な顔をしたまま帰っていくトリシャたちを、黙って見送るしかない。

（ここで診療を続けてれば、いずれは誠意が伝わるかもしれない。理解してもらえるかもしれない。このベクターをより良い国にしていくのに、手を取り合えるかもしれない）

ケンゴーは己に言い聞かせる。

そしてだから、一人残ったジェイクスと、ご令嬢の両目を治す段取りをきっちりとした。

†

結局、ご令嬢の方から後日、診療所まで来てもらうこととなった。何度も頭を下げながら辞去するジェイクスを、ケンゴーは鷹揚《おうよう》の態度で見送った。一息ついて昼休憩をとることに。

だがこの日は、波乱の多い一日だった。

ルシ子とマモ代を伴い、瞬間移動魔法で城へ帰還しようとした寸前のこと。大きく開放された天幕入り口の方から、にわかにざわつく気配がした。

「いったい何事だ？」

ケンゴーはルシ子とマモ代を従え、芝居がかった厳かな足取りで入り口へと向かう。

そこで患者の受付をしていたブエル家の看護師たちが、顔面蒼白《そうはく》となっていた。

「えっ……あっ、魔王陛下……！」

「こちらへいらっしゃってはなりません！」

ケンゴーの顔を見るなり、ますます狼狽《ろうばい》して悲鳴を上げる。

何がそこまで彼女たちを慌てさせているのか？

一目見て、すぐわかった。診療所を訪れた患者の中に、異様な病状の者がいたのだ。

女性だろう。まるで浮浪者のような風体だった。いったいいつから着ているのか見当もつかない襤褸《ぼろ》をまとい、髪は伸び放題のざんばら。埃《ほこり》まみれでくすんでいたが、色は青か。魔族ならありふれているが、人族には珍しい髪色ではないか？　年齢は不詳。杖《つえ》をつかねば歩けないほど体が弱っているようだ。

何よりもその襤褸から覗《のぞ》いた手の先が、乱れた髪の下に隠れた顔が、大小無数のイボで覆い尽くされていたのだ。しかもイボは膿《うみ》で穢《けが》れ、およそ自然界のものとは思えない暗緑色の汚汁を滲《にじ》ませている。周囲に放つ腐臭は名状しがたく強烈だった。

なんの病かまでケンゴーにはわからなかったが、およそ尋常のものではないことだけは医学素人にも理解できる。

「……あの……ここに来れば、どんな病も治してくださると……聞いて、来たのですが……」

青髪の女が、すがるように切々と訊《たず》ねる。治してくれるならば誰でもよいとばかりに、周囲全てに訴えかかる。

同時に、その声音《こわね》には諦めの色も混じっている。きっと今まで、幾人もの医師に匙《さじ》を投げられてきたのだろう。看護師たちが彼女に向ける奇異の目からも、察するものがあるのだろう。

「……やっぱり……ダメ、でしょうか……」

青髪の女の声が嗚咽《おえつ》で濡《ぬ》れる。

聞いただけで、ケンゴーは胸を締め付けられそうになった。

だが、何か声をかけるより早く、ブエルが駆けつけた。

「お下がりください、陛下！　おまえたちも離れろ！」

ケンゴーを庇《かば》うように前に出て、看護師たちに指示を出す。

防御魔法で半透明の壁を作り、青髪の女を隔離する念の入れようだ。

「あの病が何か、知っておるのか、ブエル？」

「ええ、陛下。あれは人界でごく稀に見られる奇病です。ゆえに名前もつけられておりません。発症率は極めて低く、原因も不明。感染もほとんどしません。ですが——」

「ですが、なんだ？」

「あれは魔族には感染します。しかも恐ろしい速度と確率で！」

「なっ……」

ブエルがこうも過剰に警戒する理由がわかった。

医者一族の現当主は、さらに重ねて説明する。

「私がまだ子どものころの話です。先代陛下がお戯《たわむ》れに、人族の国を一つ攻め滅ぼしました。民を虐殺《ぎやくさつ》し、生き残りは奴隷として本土へ連れ去りました。その中にこの奇病の罹患者《りかんしや》がおり、モラクス伯爵領で感染爆発《パンデミック》が発生したのです。対処のために私の叔父の他《ほか》、ブエル家の者が大勢、赴《おもむ》きました。誰一人、帰ってきませんでした。誰一人、治療に成功しませんでした。最後は先代陛下が業を煮やして、伯爵領ごと全てを焼き払うことで根絶を図ったのです」

ブエルの口調は事務的とさえいえた。

だからこそこの奇病の恐《こわ》さが、真に迫って聞こえた。

「ブエル家の治癒魔法でも治せない病気って、そんなのあるわけ⁉」

「あったんですよ、ルシ子姫。私自身、口にするのも業腹《ごうはら》ですが」

「フン。貴様でダメなら、この地上の何人《なんぴと》でも治癒は不可能だろうな」

ルシ子の仰天にブエルが忌々《いまいま》しげに応え、またマモ代は冷淡に評すと同時に、ケンゴーへもっと距離をとるよう恭しい所作で促した。

「……やっぱり……ダメですか……」

青髪の女もまた、その場に泣き崩れた。

「……この普通じゃない髪の色も……きっと……私の血に……」

恐らく彼女の先祖に、魔族がいる。これも恐らく、だから彼女はこの奇病に罹患した。

ブエルの説明を聞いて、ケンゴーも思った。彼女も気づいた。

青髪の女は生まれの不幸を呪《のろ》い、さめざめと啜《すす》り泣いた。

(俺も昔、なんでヤーサンの家に生まれたのかって、よく泣いたな……)

彼女の姿に自分を重ね合わせるケンゴー。

いや……それはおこがましいかもしれない。自分は彼女ほどの艱難辛苦《かんなんしんく》は味わっていない。

いったいいつから罹患したのだろうか？　襤褸や髪の汚れ具合からして昨日、今日の話ではあるまい。もう長いこと、緑色のイボでびっしりと覆われた醜い姿を忌み嫌われ、まともな生活も享受できず、迫害され続けたに違いない。それがどれほど辛《つら》いことか、察するに余りある。

この診療所を訪れたのだって、必死の想いだったことだろう。悪魔に魂を売ってでも治したい一心だったろう。

しかし、この病を治す手段がないことを、彼女は知ってしまった。

うずくまったまま嗚咽する姿は、いっそ自分も焼き殺して欲しいと訴えているかのようだ。

そんな彼女に、ケンゴーは歩み寄らずにいられなかった。

「ちょっ、ケンゴー!?」

「お待ちください、我が陛下《マインカイザー》！」

ルシ子とマモ代が大声で止めてくれる。

心配してくれる二人の気持ちはありがたい。でも、ケンゴーは足を止めない。ブエルの作った半透明の壁をディスペルし、同時に今度は自分と青髪の女をまとめて隔離する壁を、防御魔法で作り出す。

「ナニ考えてんのよ、ケンゴー⁉」

「その女に憐れみをかけるのは結構ですが、ブエルでも治せぬ病なのですよ！　口の端に上らせるのも畏《おそ》れ多きことですが、いくら御身でもどうにかできるとは思えませぬ！」

ルシ子がその壁を外からガンガン叩き、クールなマモ代が珍しく取り乱す。

しかし、防御魔法もケンゴーの得意分野。いくら七大魔将でもそう簡単には突破できまい。

その間に、うずくまった彼女の隣まで来る。

いつも身に着けている毛皮付きのマントを地面に敷く。

「ファファファ、光栄に思うがよい。魔王たる余、自らが診てやろう」

青髪の女を安心させるため、殊更《ことさら》に自信たっぷり魔王然と装う。

「……治るの……ですか？」

「魔王にも不可能はある。が、まずは診てみねば判断もつかぬ。黙って余に委《ゆだ》ねよ」

「……はいっ。……感謝いたします」

青髪の女は広げたマントの上に横たわった。

もう震えてもいない。言われるままに、ケンゴーに全てを委ねたのだ。捨て鉢になっているわけではないだろう。なかなかの胆力の持ち主だった。

「肌に直接触れるぞ?」

彼女の隣に、片膝《かたひざ》ついて確認する。

「触れてくださるのですか……? この醜い肌に……?」

正直に言えば、勇気の要る行為だった。ヘタレチキンには荷が重かった。

しかし、人と人との触れ合いを渇望する彼女の声を聞いて、迷いが消えた。

彼女の胸元《むなもと》から襤褸の中へ手を突っ込み、意外と豊かな左胸をつかむ。無心だ。イボでびっしり覆われたふくらみは、気持ちが良いどころか不気味な手触りしかない。

「……ああ。……温かい」

青髪の女は嚙みしめるように呟き、一筋のうれし涙を流す。

どれほど長い間、他者とまともな交流ができなかったのか、人肌の温もりに焦《こ》がれていたのか、偲ばされるではないか。

ケンゴーはもらい泣きしそうになるのを堪え、「眼」に魔力を込め、〝視る〟のに集中。

「……やはりだ。余の思った通りだった」

「何かわかったわけ、ケンゴー!?」

「これはブエルでは治せなかったはずだ」

「魔界開闢《かいびゃく》以来、医師一族と名を馳せ、代々の殿医を輩出した当家に不足があると⁉」

「違う。治癒魔法では治せぬと言っておるのだ」

「……なるほど。小官にも読めて参りました」

「これは病気などではない。精巧に似せた、強力な呪詛だ」

間近で診察し、ケンゴーは断言した。

決して自然由来のものではなく、完全に人為による災厄。悪業。犯罪。

いったいどこの誰が、どんな企みで、こんな不愉快な呪いを人界に蒔《ま》いたのかは知らないが。

「つまりは、これを治すのに必要なのは解呪《かいじゅ》魔法――余の領分だ」


言った時にはもう、ケンゴーは彼女の胸に触れた手を通して強力な魔力を送り込んでいる。

義憤の炎でこの呪詛《じゅそ》を焼き払わんとばかり、気持ちを込めて解呪にかかる。

呪いの術式を一つの小宇宙と見立て、精神体《いしき》となって降り立つ。

一瞬で仮想領域《ゾーン》へ入り――

（うっ……これは手の込んだ術式だな。精巧ってもんじゃない）

術式《せかい》の在り方を確認し、ケンゴーはうんざりした。

巨大で複雑な迷路の中に自分はいた。まともに出口を探せば、いったい何年かかるだろうかという代物だ。左右を高い高い壁に挟まれ、空がとてつもなく高く感じた。前を向いても後ろを向いても、地平の果てまで無数の四辻や三叉路が続いている。

本来、複雑な術式の構造を自分に都合よく脳内解釈し、可能な限り抽象化して、ディスペルの糸口とする、ケンゴー式の奥義を以ってしてもこの途方もなさ。そりゃ今まで何人にも解呪できなかったはずだし、そもそもこれが呪詛だと看破するのも不可能だったはずだ。

「――って、感心してる場合じゃないな」

ケンゴーは気を取り直し、迷宮攻略《ディスペル》にかかる。

この仮想領域《ゾーン》の中で何か月をすごそうが、現実世界では一秒にも満たない時間でしかないけれど、急ぐに越したことはない。

というか主観時間で何年間も、迷路の中を彷徨《さまよ》い続けるなんて絶対嫌だ！　心が死ぬ！

さあ、ケンゴー式解呪の本領発揮だ。

深呼吸で息を整えると、意識《からだ》に魔力《ちから》を漲《みなぎ》らせ、渾身《こんしん》でジャンプ。そして右に聳える壁を蹴《け》って、もう一度ジャンプ。反対側、左に聳える壁を蹴って、さらに高くジャンプ。それを交互にくり返して、上へ上へと目指していく。

ついには壁の天辺《てっぺん》に到達し、そこを足場に迷路全体を俯瞰《ふかん》できる立ち位置に。「眼」を凝らして出口を見つけると、そっちへ向かって真っすぐに移動。壁の上を道代わりに歩き、また別の壁へ跳び伝って、迷路の構造を無視してショートカットしていく。

これぞ奥義の真骨頂！　複雑で精巧な術式の中に埋もれていた唯一つの欠陥を、自分勝手に脳内解釈したからこそできる、迷宮攻略法であった。

「これなら（主観時間で）三十分もかからないだろ」

「ほう……。なかなかどうして、ユニークな真似をする者がいるものだな」

安堵《あんど》混じりの独り言に、まかさの反応が返ってきた。

ケンゴーは壁の天辺で足を止め、声のした方を睨《ね》めつける。

不審な人物が空を漂いながら、無遠慮な眼差《まなざ》しでこちらを値踏みしていた。

全裸だ。しかし男女を示す性徴が全くないため、下品でも滑稽でもない。芸術品を思わす風格だけがある。

背中には左方へと広がる、一対ならぬ一枚の翼。

そして、頭上には二本線を描く、光の軌跡。天冠と呼ばれる天使の象徴。

そう、片翼の天使だ。

そいつが空からケンゴーを見下ろし、不敵な面構《つらがま》えで薄っすらと笑っていた。

「おまえがこの呪詛を人界に蒔いた犯人か？」

「天帝聖下の使いたる我に、犯人《ヒト》呼ばわりは甚《はなは》だ不本意だな。だが、私の仕業《しわざ》かと訊かれれば、その通りだと答えよう」

片翼の天使が認めた。

ただし、ケンゴーの目の前にいるこいつが、本物の元凶ではない。あくまで脳内認識した、仮想の存在だ。術式に込められた痕跡——術者特有の癖《くせ》のようなもの——から、精密に本人像（本天使像？）をトレースしたものだ。

「なぜ、そんな非道な真似をした⁉」

ケンゴーは本気で苛立《いらだ》ち、また本気で疑問に思って問い詰める。

「仮にも人族は、貴様らの庇護《ひご》対象ではないのか⁉　生温《なまぬる》く見守るだけで、滅多に手助けはせぬらしい貴様らといえど、人族を呪い、不幸に追いやるのは道理が通らぬのではないか⁉」

普通に考えれば、どこかの魔族が犯人という可能性が高かった。あるいは人族にとびきり優秀で、邪悪な黒魔法使いがいただとか。しかし天使が出てくるとは、つゆも思っていなかった。

「わからないのかね、魔王よ？　本当に？　先ほどブエルの当主も言っていただろう？」

果たして片翼の天使は、揶揄《やゆ》口調で答えた。

「まさか……」

「そのまさかさ！」

陰性の愉悦で、片頬を吊《つ》り上げるようにして笑う。

先日、ケンゴーが戦った「水」《アクア》の天使は、声音といい表情といい、ひどく欠落していた。てっきりあれが天使のデフォなのかと思っていた。しかし、随分と個体差があるものらしい。この片翼の天使は、語りも表情も恐ろしく人間臭い。

下衆《げす》なほど悪意に満ちた顔で、己が企みを高らかに語る。

「貴様らが征服し、オモチャにした人族から、この呪詛を貴様らに感染させるためさ！　千年前から私が仕掛けておいたトラップさ！」

「なんと狡猾《こうかつ》な……っ」

「そう、それこそが私の名だ」

ケンゴーの罵《のの》りを、片翼の天使はむしろ誇らしげに受け止めた。

天界の事情に疎《うと》い、ケンゴーは知らない。

この者こそが天帝の名参謀たる、双智天使の片割れ。

「狡猾《ドロッサス》」の天使であった。


天界の事情に疎くとも、ケンゴーはいい加減理解できてきた。

〝赤の勇者〟アレスとその仲間たちを、人形扱いして戦闘で酷使した水の天使。

ベクター一国滅びてから、のこのこ出てくる守護聖獣ユニコーン。

加えてこの、人族の不幸と犠牲の上に成り立つ罠《わな》を用意した、狡猾の天使。

（どいつもこいつも胸クソ悪いっ……）

ぎりっ、と歯を軋《きし》らせる。

ヘタレチキンの彼が、煮えくり返るような不快感を覚えずにいられない。

そう、ヘタレだろうがチキンだろうが、この不愉快さは抑えきれるものではない。

ケンゴーは意識《からだ》に魔力《ちから》を漲らせ、渾身でジャンプ。

上空でエラソーにしている片翼の天使に肉薄し、

「余の『眼』が黒いうちは、貴様のチンケな企みなど正面から粉砕してくれるわ！」

気炎を吐いて、全力で殴り飛ばした。

「はははは！　当代の魔王も威勢の良いことだ！　やれるものならやってみるといい！　いずれ本物の私がお相手しよう！」

片翼の天使は哄笑《こうしょう》だけを残して、跡形もなく消し飛ぶ。

あっけない決着。

殴ったケンゴーの右手にも、ほとんど感触はなかった。所詮《しょせん》は仮初《かりそめ》。術式の中に込められた意味《データ》を、解呪魔法を究めたケンゴーの「眼」が読み取って、脳内でわかりやすく再構築しただけの存在でしかない。本物の「狡猾《ド・ロッサス》」の天使であればきっと、こうもペラペラと企みを暴露しなかったであろう。

おかげでやり場のない怒りが、なお胸中にもたげる羽目となる。

（……俺は誰とでも仲良くしたいタチなんだ。……世界征服なんかより、世界平和が欲しいんだ。……でも）

にぎり締めた拳《こぶし》が震える。

が——ケンゴーは深呼吸を一つ、その拳をゆっくりと広げた。今は人助けの最中であり、何より優先されるべきだということを思い出した。

壁の上を歩いて迷路を突破するのは、もはや消化試合である。首尾よくディスペルに成功し、ケンゴーの意識は己の肉体に戻る。まばたき一つ、二つ、視界を現実世界と同調させる。

片膝ついたケンゴーの目の前、青髪の女が横たわっていた。

うれし涙でぐしゃぐしゃになったその顔には、すっかりイボの一つも見当たらない。

「もう一度、触れてくださいますか？　本当の私を確かめてくださいますか？」

感極まったように、鼻声で懇願《こんがん》される。

医療行為ではないとなると、女性の肌に直接触れるだなんて、正直ヘタレチキンにはハードルが高い。気後《きおく》れする。けれどケンゴーは彼女の気持ちに応えて、おっかなびっくり手を伸ばす。

「ああっ……。温かい……」

壊れ物のように彼女の頰へ触れる。

青髪の女はそのケンゴー手の上から、自分の手を——やはりもうイボの消えた綺麗《きれい》な手を——重ねて、うっとりとなって言った。

小心なケンゴーはビクビクしっ放しだったが、喜んでもらえたなら何よりだ。

それに、こんな風に人助けができるのなら、魔王の力も悪くなかった。

「不治の怖ろしい奇病から、魔王が一人の女性を救った」

そのエピソードは瞬く間に、王都の民が知るところになった。

ケンゴー自身、びっくりするほどの波及速度であった。

おかげで診療所は連日の大入りとなり、順番まで病人を寝かせるための待機所を増設しなくては、行列になってしまうほどだった。ケンゴー自身、口コミ効果にはある程度期待していたけれど、まさかこれほどのものになるとは思っていなかった。

そして、ベクター王国内ではケンゴーの「診療所にようこそ」作戦が、着々と結実している一方で――

†

遠く離れたマイカータ王国では、不穏な事態が起きようとしていた。

〝白の乙女《おとめ》〟〝小ラタル〟など様々な異名を持ち、人界有数の聖女にしてマイカータの第三王女であるヴァネッシア姫にも、プライベートの時間はある。

離宮の裏庭にテラス席を用意してもらい、午後のお茶を楽しんでいた。

侍女のクロエが一人給仕してくれるだけの、気兼ねのない時間だ。紅茶の香気を堪能し、焼き菓子に舌鼓《したつづみ》を打ち、その美貌《びぼう》をさらに輝かせるような屈託《くったく》のない笑みを浮かべる。

「どーっすか、姫サン。毒とか入ってないっすかー？」

「まあ、クロエったら！　冗談でもそういうことを言うものではありませんよ」

優しく諭しながらまた一つ、ヴァネッシアは焼き菓子をつまむ。

この日の午前は公務で、救貧院を慰問していた。彼女が今いただいている焼き菓子は、そこで暮らす孤児たちが慣れない手つきで一生懸命、彼女のために作ってくれたものだ。

確かに使われている小麦の質は低いし、バターも古い。製菓技術だって未熟。本来、大国のお姫様が口にできるような代物ではない。

「とっても美味しいですよ。あの子たちの優しさや、思《おも》い遣《や》りの気持ちが詰まっています。この人界《せかい》は愛に満ちているのだと教えてくれるような、そんな味です」

「あ～あ、姫サンはホントお人好しっすね～」

「そんなに拗《す》ねなくても、クロエが淹《い》れてくれたお茶だって美味しくいただいてますよ？」

「も～、姫サンはホント人誑《ひとたら》しっすね～」

クロエは憎まれ口を叩きつつも満更ではないらしく、子犬のようにじゃれついてくる。

すっかり気を良くした侍女は、新しい紅茶を淹れるために離宮へ下がる。

ヴァネッシアはそれを見送ってから、ニコニコと視線を裏庭へと向ける。

そこには二十人ほどの老若男女が、磔《はりつけ》にされていた。

畏怖の目をヴァネッシアへ向けてくる者、憤怒《ふんぬ》の目でにらみつけてくる者、あるいは己の不遇を嘆いてただただ泣きじゃくる者などそれぞれだが、全員に猿轡《さるぐつわ》を嚙ましている。何か言いたげにしている者も多かったが、だからできないでいる。

「陛下の猿轡をとって差し上げてください」

ヴァネッシアはカップを片手に笑顔でお願いした。

磔にした二十数名の脇には、その倍ほどの数の神官戦士団が待機していた。皆、特に信仰に篤《あつ》く、また個人的に〝小ラタル〟に仕えてくれている者たちだ。ヴァネッシアの頼みを聞くやただちに、真ん中で磔にされている人物の猿轡をきびきびと外す。

「せ、聖女殿！　これはいったい如何なる了見かっ」

縛《いまし》めから解かれるや、その人物はツバを飛ばして抗議してきた。

五十近い、でっぷりと肥えた中年だ。

名をサラミ四世といい、肩書はベクター、、、、、、の現国王。

周りで磔にされているのも彼の親族で、すなわちベクター王家の人々であり、大国マイカータの庇護を求め、亡命してきた次第であった。

「仮にも一国の王たる余に向かって！　……い、いや、魔王に国を奪われ、流浪の境遇となった憐れな余らに対し、このような惨《むご》い仕打ちをするのが貴殿の流儀か！　それでも〝大ラタル〟の再来と謳《うた》われる聖女か！」

サラミ四世は威厳もへったくれもない必死の態で、なお抗議を続ける。

「憐れな境遇ですって？　冗談でもそのようなことを言うものではありませんよ、陛下」

ヴァネッシアはころころと笑いながら返答した。

「魔王軍と戦う意気地もなく、民を見捨て自分たちの保身だけを図った、卑怯者の間違いでしょう？　憐れというなら、捨て置かれたベクターの民こそ本当に憐れ」

そう、ヴァネッシアはどこまでも笑顔を崩さなかった。決して演技などではなかった。目で笑っていた。全身で笑っていた。その表情のまま続けた。

「御身らの卑怯は、天帝の教えに背く愚劣な行為に他なりません。よって差し出がましくものわたくしが、御身らに相応《ふさわ》しい処遇を用意させていただきました」

脇に控える神官戦士らの手には、燃え盛る松明《たいまつ》がにぎられていた。

火炙《ひあぶ》りの準備はできていた。

「お、お赦しを！　このサラミ、心を入れ替えますゆえ、どうか命だけは何卒！　聖女様！　聖女様！　聖女様！　慈悲深き〝小ラタル〟様！」

サラミ四世はもはや王たる者の尊厳もかなぐり捨て、凄《すさ》まじいまでの生き汚さを見せた。

「もちろん、わかっておりますわ」

ヴァネッシアは心から彼の言葉に同意した。

そして、聖女としての慈悲を語った。

「天帝は仰いました――全身の血を流し尽くすほどの、苦痛と試練を経た者だけが天界に招かれる、と。これから御身らには、その試練を受けていただきます。ええ、ご安心くださいませ。本来の火炙りは、煙に巻かれてすぐに意識を失ってしまうのですが、ここにいる皆さんはその点、熟達の方々ばかりですから。火に焼かれる苦痛がそれはもう長く続くよう、細心の配慮をさせていただきますから。本当ならば地獄に落ちるべき御身らが、ちゃんと死後に天界へ迎えられるよう、心からお祈り申し上げます。御身らもその身を焼かれる一刻一刻が、天へと続く階段の一歩一歩だと思い、どうか耐えてくださいませ」

「ふざけるなよ、このキ――」

聞いて激昂《げきこう》したサラミ四世は、口汚くヴァネッシアを罵ろうとした。

しかし言い終える前に、神官戦士団の長に「不敬ッ」と横面を殴打された。

それを合図に、サラミ四世らの試練が始まった。

下はまだ十三歳の少女まで、男女の別なく長幼の別なく、やむことのない阿鼻叫喚。そして広がる、肉の焼け焦げる臭い。

そんな中でヴァネッシアは、クロエが淹れてくれた紅茶の香気を楽しみ、子どもたちが焼い

てくれた菓子を味わう。

「嗚呼《ああ》、嗚呼、人界《せかい》には本当に愛が満ちていますわ！」

充実したプライベートを心行くまで堪能する。

そう、ずっと笑顔のまま。


愚かなベクター王家の処刑を見届けると、ヴァネッシアは離宮が備える礼拝堂へと赴いた。

天帝像の前で彼らの冥福を祈った。

独り、一心不乱にそうしていると、誰もいないはずの堂内で何者かの気配を感じる。

「――もしや、そこにいらっしゃるのですか、大天使様？」

ヴァネッシアは顔を上げると、そう訊ねた。

礼拝堂では上座に天帝の像を祀《まつ》り、その周囲に七大天使たちの像を配するのが、オーソドックスな様式だ。ヴァネッシアが目を向けたのは、その中の一体。左右非対称、背中に五枚の翼を持つ天使像。

すなわち、「救恤《きゅうじゅつ》」を司る大天使リベラ・リタスの似姿だった。

大理石でできたその彫像が、

「ええ、よくぞ気づきましたね、王女ヴァネッシア」

まるで生命と意思を得たように刮目《かつもく》し、返事をした。

リベラ・リタスがこうして仮の姿を借りてヴァネッシアの前に降臨したのは、一度や二度のことではない。今さら驚きはない。ただ一信徒としてこれほど光栄なことはない。

「敬虔《けいけん》な貴女に、お報せとお願いがあり、訪れました」

「はい、リベラ・リタス様。どうぞ、なんなりとお申し付けください。天帝の御使《みつか》いたるあなた様のお言葉とあれば、命に代えても成し遂げる所存でございます」

「そう意気込まなくてもよいのですよ、王女ヴァネッシア。しかし、あなたの気持ちはうれしく思います。きっと天帝聖下の御心にも適うものでしょう」

「なんともったいないお言葉っ」

ヴァネッシアは感激のあまり涙ぐんでしまう。

「では報せの方からお伝えしましょう――」

本来、天使に性別はないが、母性的なリベラ・リタスの声をヴァネッシアは清聴する。

「ベクターの民を誑《たぶら》かすために、魔王がおぞましい策略をいくつも進行させております。このままでは民は堕落《だらく》し、ベクターから信仰は失われ、かの国は穢土《えど》と化すでしょう」

「まあ！　なんと由々しき事態でしょうか！」

「その通りです。これを黙って見過ごすは、天帝聖下の御心に適うものではありません。ですゆえ、王女ヴァネッシア。貴女には一筆したためて欲しいのです――」

第四章 セレモニー・ラプソディー

王都ベクター。

城から一望できる中央広場の光景は、ますますにぎやかなものとなっていた。

「白昼の月」の舞台観たさに、とんでもない数の人が集まっていた。

いくらベンチ席を並べてもまるで間に合わず、立ち見客でごった返す。元々盛況であったが、三日前くらいから急に、さらに客足が増え、しかもその勢いは留まるところを知らなかった。恐ろしいことに、二万人くらいは集まっているのではなかろうか。まるで劇団の絶頂期——まだ看板女優が失踪《しっそう》する前の時代——を彷彿《ほうふつ》させる、絶大な人気ぶりといえよう。

いったい何が起きたのか？　知りたくなるのが人情だろう。しかし今の女騎士トリシャには、そんな人並みの気分を抱く余裕を持ち合わせていなかった。

城詰めの当番騎士が使う待機室で独り、うなだれていた。四人掛けのテーブルに、半ば突っ伏すように頭を抱えていた。

卓の上には、一通の書簡がある。

差出人名のところには、「ヴァネッシア・サン＝ラタル・カレイデーザ」のサイン。

今日、届いたばかりのものだ。そして、トリシャを懊悩《おうのう》させる原因でもあった。

「……事態を甘く見ていた。……まさかこんなことになるだなんて……っ」

自分がまだ十九の小娘にすぎないことを、痛感させられていた。

そこへ駆け足の音ともに、ナベルがやってくる。

「トリシャ卿！〝白の乙女《おとめ》〟から書簡が届いたというのは誠だろうか⁉」

「……ええ、本当です。……これがそうです」

トリシャは憔悴《しょうすい》した顔を上げると、対面に腰を下ろした青年騎士に目を通すように勧める。

知恵も教養もあるナベルは、素早く文面に視線を走らせる。

ヴァネッシア直筆の書簡には、魔王軍に征服されたベクター王国に対する、見舞いの言葉が並べられていた。

そう、決してトリシャら武人の不甲斐《ふがい》なさを叱責《しっせき》するではなく、敗因はあくまで国王や大貴族たちが我先に逃げ出したことにあると指摘し、むしろ民のために残ったトリシャらへの賞賛と心のこもった激励が、真摯《しんし》な筆致で綴《つづ》られていた。

さすがは大ラタルの再来とまで謳《うた》われる聖女だ。遠くマイカータにいながら、トリシャらの辛《つら》い立場をちゃんと理解してくれていた。読んだ時は目頭が熱くなった。

次いでヴァネッシア姫は、遠くない将来に大軍を組織してベクターまで出征し、魔王軍を打《う》ち攘《はら》い、魔族どもの支配から国土を取り戻すことを約束してくれていた。

それまで耐えて欲しいと、民が惑わぬよう導いて欲しいと、そういう旨が綴られていた。

「そこまでは良いのです……っ。姫のご配慮とご深慮には、ただただ感謝しかありません！」

トリシャは額に手を当て、嘆く。

読み進めたナベルの顔色も、次第に蒼褪《あおざ》めていくのがわかる。

ヴァネッシア姫の言葉は、こう続いていた。

『たとえ国土は魔王軍に蹂躙《じゆうりん》されても、心までは征服されてはなりません』

『もし万が一、ベクターの民が信仰を失ったその時は、わたくしは聖女の務めを果たさなくてはなりません』

『貴国をまつろわぬ穢土《えど》と認定し、破門を言い渡さなくてはなりません』

『それが聖務といえど、どうかそんな辛いことを、わたくしにさせないでくださいませ』

――と。

ナベルが書簡から顔を上げ、暗い表情で言う。

「破門を言い渡されたら、今度こそベクターはおしまいだ……」

トリシャも同じ表情でうなずいた。

二人とも別に、さして熱心な教徒ではない。そう、これは極めて政治的な問題なのだ。

人界諸国家は一つの例外なく、天帝教を国教としている。ゆえに天帝教から破門を言い渡されるということは、人族全国家から敵国と見做《みな》されることを意味する。

魔王からベクターを救うために、ヴァネッシア姫とともに決起してくれたはずの連合軍が、そのままベクターの民と領土へ矛先を向けることとなるのだ。

「思えば、魔王が人気取りに腐心しているのは、これを見越してのことだったのかもしれませんな……」

「ベクターを破門に追い込むための企《たくら》みだったと？」

「そうです、トリシャ卿。我が国が人界で孤立する羽目になれば、もはや魔界に併呑《へいどん》される道以外ありません。我らは甘んじて魔王に尻尾《しっぽ》を振るしかなくなります」

「なんと悪辣《あくらつ》な……っ」

「邪知暴虐《じゃちぼうぎゃく》とは、魔王ケンゴーのためにある言葉でしょうな」

ナベルの罵《のの》り文句に、トリシャは激しく同意した。

憤りのあまりテーブルを叩《たた》き、同時に悲嘆に暮れていた。


魔王の診療所を偵察に行ったのが、五日前。

ちょうどその翌々日くらいから、治療を求めて王都北の林跡を訪ねる民が急増していた。その勢いは「白昼の月」を観劇する客同様に、留まるところを知らなかった。魔王へ感謝する民の声も怖ろしい早さで増え続けていると、警邏《けいら》から帰った騎士や兵らから報告が上がっていた。看過できる事態ではなかった。でもだからといって、トリシャに打てる対策はなかった。何も思いつかなかった。

診療所に行くことを禁止するわけにもいかない。したが最後、民の怒りはトリシャらの方へ向けられることになる。逆効果だ。

頼りにしていたジェイクスも、今やすっかり顔を出さなくなっていた。

「私は魔王に、娘の目を治してもらった。だから、もうあの方と敵対できない。恩がある」

と最後に会った彼は正直に吐露し、何度も何度も謝罪していた。

それを責める気にはなれなかった。

ただトリシャの同志が、一人きりになってしまっただけだ。

「トリシャ卿の仰《おつしや》る通りだ。傷病に苦しむ者たちが、診療所を頼るのは致し方ない。その上で我々は、なお民の心を繫《つな》ぎとめるか、魔王の信用を失墜させる方策を考えねばなりません」

「……ヴァネッシア姫の手紙に続きがあります、ナベル卿」

「もしや聖女殿が、何かお知恵を授《さず》けてくださったのですか?」

ナベルが急いで続きに目を通す。それで蒼白《そうはく》だった血色が徐々に戻っていく。ただ同時に、眉間《みけん》に深い皺《しわ》が刻まれていく。真剣で深刻な形相に変わっていく。

「これは……」

「さすが姫は徳高い聖女というだけではなく、人族連合軍の総帥たる烈女でもあらせられるということでしょうね。姫よりご提案いただいたこの策ならば、なるほど魔王の野望を阻むことはできるかもしれません」

「まさしく。……ただ、我々の覚悟が問われる策ですな」

「私も貴公も最悪、生きては帰れぬかもしれません。あるいは、死ぬよりも辛い目に遭う可能性も……」

重苦しい口調でトリシャは言った。

ナベルもしばし無言になり、空気がますます重くなった。

だが、逡巡《しゅんじゅん》の時間はそう長くはなかった。

「我らたった二人の命でベクター万民が救えるなら、安いものではございませんか」

さっぱりとした表情でナベルが言ったのだ。

明らかに強がりだった。演技だった。だがどんな名優だろうとも、彼ほどの勇気と高潔さを持ち合わせていない限りは、決して真似《まね》できぬ男の顔であった。

そんな騎士道精神を目の当《まあ》たりにして、なお尻込《しりご》みするほどトリシャも臆病ではない。

「わかりました。ヴァネッシア姫のお知恵に従い、決行することにしましょう」

卓の上に置いていた、小さな宝箱《チェスト》に手を伸ばす。

ヴァネッシア姫から手紙と一緒に贈られたものだ。

開けると、中から瓶《びん》が覗《のぞ》く。

「黒く粘つく炎」とでも形容すべき、不気味な液体が詰まった瓶だった。

†

(前世じゃ一日一善って言葉もあったけど、やっぱりたくさんの人に喜んでもらえるのは、気持ちがいいなあ!)

このところケンゴーの心は軽かった。

「診療所にようこそ」作戦が、予想より遥《はる》かに上手《うま》くいっているおかげだ。

できればずっと、このまま患者たちを診療していたかった。しかし、そうもいかない事情がある。自分は一応は魔界全土を統《す》べる王であり、内政とてあだや疎《おろそ》かにするわけにはいかない。作戦が完全に軌道に乗ったこともあり、ケンゴーは患者の治療をブエルたちに任せ、診療所で働く頻度を減らすことにした。

代わりに魔王城の最上階にある執務室で、溜《た》まった書類相手に格闘する。

ケンゴーが戴冠《たいかん》したのはつい半年ほど前だが、魔族は十五歳で一人前とされるため、王太子時代からこの手の面倒臭い政務は先代魔王《パッパ》に押し付けられていた。

今も一通の報告書に目を通し、

「おうおう、フォルネウス領で今年も魔鯛《マダイ》が豊漁か。侯爵の養殖政策が見事に実を結んでいるようだな」

　ケンゴーは弾《はず》むような声で読み上げた。

　すると、

「御意《ぎょい》。これも全ては助成金を惜しまぬようにとの、陛下のご裁可の賜物《たまもの》でございまするかと」

　執務机の脇に控えている老魔族が、恭《うやうや》しく腰を折った。

　彼の頭から生えた三本の触手も、ピンと先端を折り曲げて立てる。

「いやいや、宰相。それもこれもおまえの進言あってこそだ。余は玉璽《ぎょくじ》を捺《お》しただけである」

「何を仰られますか、陛下。ご謙遜《けんそん》にもすぎるかと存じます」

「いやいや、おまえのような辣腕《らつわん》に輔佐され、まったく余は幸せ者だな」

「臣の如《ごと》き寡才《かさい》にはもったいなきお言葉にございます。しかし畏《おそ》れながら、御身《おんみ》のご英明と執務に対するご勤勉さこそが、魔界を繁栄させておられるという事実、疑いようがございませぬ」

　互いに、和やかに手柄を譲り合い、讃《たた》え合う。

　ただしケンゴーは本気でこの老魔族を頼りにしているし、謙遜しているつもりはない。

　この宰相、ルキフグス家の当主であり、先代魔王《パッパ》の時代から千年以上もの間、現職を務めているという能臣だ。

　そもそもルキフグス家はルシファー家から分かれた名門で、歴代の宰相を輩出している。

別に世襲職ではないのだが、ルキフグスの男たちがドン引きレベルで優秀すぎて、ごく真っ当な出世競争の結果、ずーっと筆頭大臣の座に収まっているという実情だ。むしろルキフグス家以外の者を任命する方が、依怙贔屓《えこひいき》に他《ほか》ならないというレベルなのだ。

翻《ひるがえ》って、七大魔将の家系は全て、血筋を遡れば歴代魔王の誰かにたどり着く超名門。中でもルシ子とサ藤の家は、初代魔王の弟と二男が祖という、古さといい家格といい、格別の家柄である。例えれば徳川御三家である（二つしかないけど）。

その歴史の長さゆえ、ルシファー家とサタン家はさらに多くの分家を生み出しており、中には七大魔将家には及ばずとも、近しい実績と権力を持つ家もある。

ルキフグス家は、まさにその一つというわけだ。


「この報告書も見てみよ、宰相。アガレス領の農業が、類を見ない好景気となっておるようだ。これは来年の税収が楽しみだな」

「はい、陛下。一昨年《おととし》、まだ王太子であらせられたあなた様が、アガレス領産の米料理をお召し上がりになり、大変なお褒《ほ》めの言葉を賜《たまわ》ったこと、ご記憶におありでしょうか？」

「当然だ。あれ以来、アレガスの米料理を定期的に饗《もてな》すようにとお願——命じておるくらいだ」

「そのお言葉と逸話が下々に広まり、巷間《こうかん》では空前の米食ブームになっておるようです」

「ファッ⁉」

「ケンゴー魔王陛下の人気は庶民の間でも大変なもので、皆こぞって〝ケンゴー好み〟を真似たがるのです。不敬の極みでございますが、どうぞ可愛《かわい》らしいことよと、民らの戯《たわむ》れをお目こぼしいただければ」

「そ、それは別に構わぬが……。つか俺《おれ》、何もやってないんだけど……」

つい素に戻って呟《つぶや》くケンゴー。

しかし、それが本音だ。庶民に囃《はや》し立てらるようなことをした覚えが、全くない。

ケンゴーは政治がわからぬ。

当然だろう。前世ではただの高校生、今世でもまだまだ魔王歴の浅い若輩者。政治という複雑怪奇なシステムを理解し、立派に統治できるわけがない。

ケンゴーは己《おのれ》の分際をわきまえているから、難しいことは全部、ルキフグスら大臣に丸投げしている。彼らに政策を考えさせ、彼らの進言に耳を貸し、彼らの思う通りに事が運ぶよう裁可する。人も金も物も、ルキフグスらの言いなりに使わせる。

歴代魔王が貯め込んだ財貨は莫大《ばくだい》で、培ってきた権力は巨大。少々のことでなくなるものではない。というか、なくなってもどうせケンゴーが貯めたわけじゃないし、惜しくない。

大臣たちに好き勝手やらせたら、汚職や賄賂《わいろ》が蔓延《はびこ》るかもしれないが――それも正直、知ったこっちゃない！

ヘタレチキンだから、どうせ気づいても波風立たせたくなくて、絶対見て見ぬふりするしね！

――という心の声は、クーデターが恐くて死んでも漏《も》らせないケンゴー。

果たして、ルキフグスは言上《ごんじょう》した。

急に居住まいを正し、しかつめらしい顔になって、

「口の端に上らせるのも畏れ多きことにございますが……先代魔王陛下の戦好きは、国庫を傾け、民らを困窮させるものでございました。しかも政務には関心をお示しくださらず、未処理の書類が執務室を埋め尽くす有様でございました。対し、ケンゴー陛下の御治世は民に泰平を与え、且《か》つ魔界を富ますものでございます。それでいて人界の征服も着々ともなれば、上は魔将閣下から下は力なき低級種族どもに至るまで皆、陛下を熱狂的に信奉申し上げるのも、ごく当たり前のことかと存じまする」

「そういうもんかなあ……」

くり返すが、ケンゴーは政治がわからぬ。

宰相がそう言うのだから、そういうことにした。

たとえおべんちゃらだったとしても知らん！　今はとにかく執務《しごと》だ、執務《しごと》。山のような報告書や提案書に目を通し、必要ならば玉璽を捺さねばならない。

決して楽ではないけれど、意外と面白《おもしろ》かったりもする。

基本はルキフグスらに任せきりとはいえ、一応はケンゴーが裁可した政策で、魔界が発展したり、諸問題が解決したり、それらの報告書を読むと自然と頬《ほお》が緩んでくる。前世においてとある漫画家がエッセイで「自分の預金通帳を眺めるのが密かな楽しみ」「残高が増えていくのが快感」と、面白おかしく描いていたのを読んだことがあるが、その気持ちが今よくわかる。

少なくとも世界征服よりは、遥かに遣《や》り甲斐のある魔王のお仕事だった。


「我が陛下《マインカイザー》――ベクター征服に進展がございまして、罷《まか》り越しました」


書類仕事の方がやりたいって言ってるでしょ！

その言葉をケンゴーは危うく呑《の》み込む。

「マモ代《よ》か。報告、大儀である。早速、聞かせてくれ」

白目を剝《む》いて震え声になりつつ、ギリギリ鷹揚《おうよう》の態度を演じる。

「はい、我が陛下《マインカイザー》。恐悦至極にございます」

マモ代は執務机の前で、ひざまずいて頭《こうべ》を垂れた。

一方、宰相ルキフグスは職権外《いくさ》のことだからと、壁際まで退がって面《おもて》を伏せている。

ケンゴーは白目を剝いたまま諮《はか》った。

「して、進展とは？」

「例のトリシャなる女騎士が、ベクターの民に対する我が陛下《マインカイザー》の、格別のご配慮の数々に心より敬服仕《つかまつ》ったと申し出した次第にございます」

「ほう！　ついにわかってくれたか」

「叶《かな》うことならば、我が陛下《マインカイザー》に臣従いたしたいと。魔族と人族の懸け橋となる役目を、ぜひ自分たちに任せていただきたいと。殊勝なことも申しております」

「ほうほう！　そういうことならば、彼女らに頼むのも一計か」

白目を剝いていたケンゴーが、一転して瞳《ひとみ》を輝かせる。

ベクター征服に進展があったなどと言われたらから、またぞろどんな物騒な事態が起きたのかと身構えたけれど。こういう平和的で建設的な話ならば、ありがたみしかない。

「つきましては王都の民を城前に集め、奴《やつ》らの目の前で親善をアピールするセレモニーを開きたいと、女騎士が小癪《こしやく》にも申し出ております」

「ほうほうほうほう！　よいではないか。反対する理由はないな」

「今さらながら自己保身を考え、我が陛下《マインカイザー》に取り入りたくて必死ということでございましょうな。なんとも変わり身の早いことよと、人族どもの浅ましさには呆《あき》れ果てる想《おも》いです」

「まあそう皮肉るな、マモ代よ。トリシャ卿らの立場と心情も考えてやれ」

「……御意。我が陛下《マインカイザー》がそう仰《おお》せならば」

マモ代は表情を消して、深々と腰を折った。

いつぞやと同じだ。内心は不服なのだろうが、従ってくれた。折れてくれた。

だからフォローするというわけではないが、

「では、マモ代よ。セレモニーの準備、おまえに一任してもよいか？　ただし、魔界の様式ではならぬ。郷に入っては郷に従えだ。トリシャ卿らとよくよく協議し、可能な限り彼女の要望に応《こた》えてやってくれ。こういう役目はおまえこそが適任であろうからな。完璧《かんぺき》に遂行してくれると信じている」

「はい、我が陛下《マインカイザー》！　身に余る光栄なお言葉を頂戴し、恐悦至極にございまする。この上は非才を振り絞り、必ずや御意の通りにいたしまする」

クールなマモ代が喜び勇み、張り切って拝命した。

「うむうむ！　おまえがそう言ってくれるなら、余も大船に乗った気分でいられるな」

ケンゴーも決しておべっかを使ったわけではなく、笑顔で政務に戻ることができた。

†

そして実際、マモ代の仕事は早かった。

話をした明後日《みようごにち》には、セレモニーの準備を整えてしまった。もちろん、国家の威信を懸けるような大々的且つ形式ばったものではなく、あくまで民を相手の簡便なものでよいという事情はあるが、それでもマモ代の事務処理能力や調整能力は水際立っていた。

（俺だっていつもいつも、人選ミスやからしてるわけじゃない！）

と、ケンゴーは我がことながら誇っていた。

何より、乳兄妹《ちきょうだい》以外の魔将たちのことも、段々と理解できてきたことがうれしかった。

ベクター城内の廊下を歩く、足取りも軽い。

傍《そば》には今日も、魔法のハリセンを持ったルシ子がいてくれた。

またマモ代が社長秘書みたいに、移動しながら最終打ち合わせをしてくれる。

「バルコニーに立つのは、当方は我が陛下《マインカイザー》の仰せ通りに小官とルシ子が。ベクター側はトリシャともう一人、子爵家の騎士が。まずトリシャがベクター貴族と騎士団を代表し、我が陛下《マインカイザー》の御前へ跪《ひざまず》きます。そして、改めて臣従をお誓い申し上げるという手筈《てはず》です」

「その構図、余が高圧的すぎぬか……？」

あからさまに征服者ムーブすぎて、印象悪くない……？

「はい、我が陛下《マインカイザー》。いいえ、小官は全くそう思いません。生きとし生ける者全てが歓喜に打ち震えながら、御身に跪くのはごくごく自然な構図でございます」

俺、カルト宗教の教祖じゃないからね？

「それはそれとして、段取りには続きがございます。跪いたトリシャの手を、すぐさま我が陛下《マインカイザー》が取って立たせ、そのまま堅い握手を交わすという茶番です」

茶番、言うなよ……。

しかし、それなら確かに印象は悪くない。

「小官からすれば、最初からトリシャを首輪でつなぎ、我が陛下《マインカイザー》が引っ立てるというパフォーマンスの方が、愚衆どもの蒙昧《もうまい》な目にも上下関係が明らかになることと存じますが……。あくまでトリシャの提案を受け入れました。我が陛下《マインカイザー》の仰せの通り、郷に従いました」

「う、うむ。よくやった。それで？」

「その後、トリシャの口から我が陛下《マインカイザー》が如何《いか》に仁君であらせられるかを説明させ、また魔界の民になるメリットの数々を訴えさせます。スピーチの文面も、あらかじめ小官が検閲いたしております。我が陛下《マインカイザー》を賛美 奉《たてまつ》る言葉があまりに少なく、あまりに薄く、あまりに社交辞令の域を出ていないことが、小官には甚《はなは》だ遺憾でございましたが、断腸の想いで見過ごしました。しかし、これも――」

「余が頼んだことだからな！　郷に従ったまでだな！」

「ご理解痛み入ります。それから最後に、御身のスピーチでセレモニーをメていただきます」

「むう……責任重大だな」

「何かご適当に一言、二言でけっこうです」

「そ、それでよいのか……？　余は楽ができるが……」

「たとえ我が陛下《マインカイザー》がどれほどお言葉を尽くされましょうとも、高邁《こうまい》すぎてどうせ人族《サル》どもには理解ができませぬ。第一、貴重極まる陛下のお時間を人族《サル》どものためにあまり裂きすぎるのも、世界的損失というものでございます。どうぞ楽をなさってくださいませ」

「お、おう、そうだな」

あくまでトリシャの提案を軸に準備させてよかった。そこは釘《くぎ》を刺しておいてよかった。もしマモ代が一人で仕切っていたら、きっととんでもないセレモニーになっていた。その場で民衆蜂起待ったなしだった。


セレモニーの時間まで、貴賓室《きひんしつ》で寛《くつろ》ぐようにと通される。

「それでは、小官はトリシャらとの打ち合わせに行って参ります」

マモ代がきびきびと退室していき、ケンゴーとルシ子が残った。

本来は女官なり侍女なりをベクター側が接待のために付けてくれるものだが、王家の人間が尽《ことごと》く亡命した結果、今この城はまともに機能していない。

乳兄妹と二人きりになったことで、ケンゴーは堪《こら》えていた弱音を漏らす。

「マモ代はああ言ったけど、俺もなんか気の利《き》いたスピーチできるように用意しとくべきだよなあ？　柄じゃないし自信ねえなあ」

「なんならアタシが代わりに考えてあげましょうか！」

「要らない」

「即答⁉」

「だっておまえがスピーチ考えたら絶対、傲慢《ごうまん》かますじゃんか。民衆、煽《あお》るだけやろ」

「そそそんなことないわよ！　アタシだって空気読めるし、民を持ち上げて懐柔するくらいできるわよ！　これでも有能なルシファラント大公なんだからっっっ」

「ほーん例えば？」

「『みんな、なかなか賢そうな顔してるじゃない！　このアタシの民《イヌ》に相応《ふさわ》しい面構《つらがま》えね！可愛がってあげる！』とか」

「それがおまえの民を持ち上げて懐柔する限界なのな」

どう考えても相談する相手として相応しくない。

いや、別にケンゴーだって相談したいわけじゃないのだ。ただ愚痴《ぐち》を聞いて欲しいのだ。

「今日、三万人くらいは集まる見込みなんだろ？　その前でセレモニーとかスピーチやるんだろ？　たまアリのライブかよって。あぁぁぁ緊張するぅぅ」

「あんた、ホントいつまで経《た》っても魔王が板つかないわね。ヘタレチキンのまんまね」

「あぁぁぁ胃が痛いぃぃ」

豪奢《ごうしゃ》な長ソファに、ケンゴーはお行儀悪く寝転がる。

ルシ子はローテーブルを挟んだ対面のソファに腰かけていて、用意された焼き菓子の盛り合わせをパクつきながら、「ダッサ」とケラケラ笑う。

口で言うほど悪意のある奴じゃないのはわかっているので、腹も立たないが。

「アタシだったら、自分のために集まった人数が多ければ多いほどテンション上がるけど！」

「俺、ルシ子さんほど傲慢じゃないんで。ナイーブなんで」

「モブが何万集まろうと、雑草かなんかだと思っておきなさいよ！」

「俺、繊細なんで。その一人一人の背景に立派な人生とドラマがあるって知ってるんで」

「もおおおおゴチャゴチャうるさい奴ねえ！　時間まで寝てれば？　起こしてあげるから」

「俺、神経質なんで。高ぶって眠れないんで」

「そんなの試してみないとわからないでしょ⁉」

ルシ子は言うなり、ふんすと鼻息荒く立ち上がった。

何をするつもりかと思えば、こっちのソファまで来て、端に腰を下ろした。

「……えっと？」

「ま・く・ら！」

自分の太ももをバシバシ叩きながら、ルシ子がつっけんどんに言う。

照れ隠しだ。頬が赤いし、そっぽを向いている。

「おまえ、俺のことをとりあえず膝枕《ひざまくら》してやれば機嫌直す、チョロい奴だと思ってるだろ？」

「ハァ？　強がってないで、さっさと甘えてきなさいよ。ケンゴーのくせに」

「強がってんのどっちだよ」

ケンゴーはもう遠慮なく、首を伸ばして膝枕してもらった。

今日もスカート丈が超短いルシ子の太ももに、頬をべったり載せるようにした。

途端、ルシ子がビックーン！　と体を強張《こわば》らせるのが伝わる。

ケンゴーが煽ったせいで、余計に意識してしまっているらしい。

（ホラめっちゃ恥ずかしがってるやんけ。強がってるやんけ）

そう思いつつ、「この陣地は我が軍が占領した」とばかり、絶対にどいてやらない。居直って乳兄妹の生足膝枕を堪能する。

「か、感想くらい言いなさいよっ」

「控え目に言って最高」

「あ、あっそ！　さすがこのアタシの膝枕ね！　天下一ね！」

「むしろ宇宙一も狙《ねら》える」

「〜〜〜〜〜〜〜〜っ」

ルシ子は照れ臭さで口調ばかりか体までギクシャクしており、実はいつもほど気持ちよくないのだが。それでもケンゴーが手放しで褒めると、ますます羞恥に悶《もだ》える。

（人のことを散々ヘタレチキン呼ばわりしておいて、おまえこそこの程度で緊張しまくるとか考えてみると、ちょっとおかしい。ケンゴーはふっと笑ってしまう。

でもそのおかげで、こっちは逆にリラックスできた。

まったく乳兄妹《おさななじみ》サマサマだった。

†

ルシ子と他愛無いおしゃべりをしたり、悪ふざけで太ももに頬ずりして怒らせたり、ちょっとウトウトしたりする間に、セレモニーの開始時間が迫った。

「我が陛下《マインカイザー》、ご準備よろしいでしょうか？」

と、ジャスト五分前で迎えに来るマモ代。

「うむ。では、ゆるりと向かうか」

ケンゴーはすっかりいつも通りに魔王然と振る舞い、ルシ子とともに貴賓室を出る。

王城を囲む最終防衛用の高い壁、その正門の前に民が集合していた。

数はおよそ三万。道理がまだ理解できない幼子や足腰の弱い老人、妊婦等やむを得ぬ事情がある者を除いて、なるべく集まるようにと、トリシャら騎士団が触れて回ったらしい。

そして当初の見込み通りに、王都の人口の半分にも上る人々が集まってくれている。このセレモニーに対する皆の関心が高い証拠であり、今このベクターの政情が正味どうなっているのか、誰もが知りたがっているというわけだ。

民らの実感では、「なんか寝ている間に魔族との戦争に負けたらしいな」とか「でも被害者らしい被害者も出てないじゃん」とか、「王侯貴族はごっそりいなくなっているらしいよ」とか、「魔王はお菓子を配ってるだけだし」とか「いや、診療所も開いたよね」とか「魔族って悪い奴らじゃなかったの？」とか「あいつなんなの？　何がしたいの？」とか、とにかくわけのわからない状況が続いている。

現状、民の暮らしぶりはほとんど変化がないが、それもいつまで続くのか、安心していいのか――普段、政治のことなど全く興味のない彼らでさえ、さすがに無関心ではいられないというわけだ。その辺りの事情も今日まとめて説明すると、セレモニーのプログラムに組み込まれている。

城の三階に謁見《えつけん》用のバルコニーがあり、ケンゴーらはその袖《そで》で待機した。

新年の祝い等の特別な日に、国王が民衆に顔を見せるための露台だという。

実際、絶妙な距離感で、仮に民に害意があっても投石はまず届かない、弓矢でも狙いづらそう、それでいて互いの表情はしっかり窺《うかが》える。

（ルシ子が一回、落ち着かせてくれてなかったらヤバかった。これを雑草と思うのは難しいな）

ケンゴーは袖の陰からそーっと覗いて、正門前の様子を窺い、冷や汗を垂らす。

ともあれ時間《オンタイム》だ。

マモ代が袖からバルコニーの端に出ると、民衆に向かって宣言する。

「魔王国絶対君主、ケンゴー一世陛下、お成～～り～～～～～～～ッ！」

受けて、ケンゴーは打ち合わせ通りにバルコニー中央へ向かう。

慣れない格式ばったやりとりと、民衆の視線がなんだかこそばゆい。魔王然とした足取りと態度を心掛けていたが、表情筋が強張ってしまう。

仕方なくそのまま、民衆に向かって片手を挙げて挨拶《あいさつ》。

すると、熱心な拍手が返ってきた。

(あれ？　歓迎ムード？　俺、魔王なのに？)

意外に感じるケンゴー。

しかし要するに、「診療所へいらっしゃい」作戦がそれだけ功を奏していたのである。

拍手が止んだところで、マモ代が粛々と進行させる。

「ベクター貴族及び騎士団代表、フラムラム伯爵令嬢トリシャ殿ら二名、亡命した国王に代わって魔王陛下への謁見のため登～～壇～～～～～～んッ！」

呼ばれ、トリシャとナベルの二人がバルコニーの反対袖から現れる。

礼服姿は先日の会談の時と同じ、しかし今日は帯剣していた。

バルコニー中央に立つケンゴーのところへ、重苦しい足取りでやってくるトリシャ。跪いて腰の物を床へ置くと、深々と頭を垂れる。

(みんなの前で臣従を誓ってもらって、それから俺が立たせて、握手──って手順だったな)

頭を下げっ放しにさせるとか、良心が疼《うず》いて仕方ない。

早く誓いの言葉を言ってもらって、早く立ち上がって欲しい。

やきもきしながら待っていると――

「残虐《ざんぎやく》にして凶悪なるケンゴー魔王陛下に申し上げます。我がベクターは遺憾ながら、御身の絶大な暴力に屈する道を余儀なくされました。かくなる上は、苦渋を呑み、艱難《かんなん》に耐え、運命を呪《のろ》って、貴様の奴隷として生きてゆかねばなりません」

（んんんっ？）

これが臣従の誓い？

なんかちょっとニュアンスが違わない？

「私もこの国の貴族として、敗戦の責をとります。この身命を贄《にえ》とし、御身に捧げる覚悟です。代わりに、罪なき民には慈悲を賜りたいのです。決して惨《むご》くは扱わぬと約束していただきたいのです――野蛮の王よ！」

（んんんんん？？？）

なんか今の俺、すごく悪者じゃない？

ケンゴーは気が気でなくなる。

なお、バルコニーにはマモ代が範囲型の拡声魔法を仕掛けており、この場の会話は別に大声を出さずとも、民衆のところまで届いている。

彼らが今どんな顔で聞いているか、ケンゴーは恐《こわ》くて見られない。

(と、とにかく、早く立ってもらおう!)

ケンゴーは跪いたトリシャに、震える右手を差し伸べる。

ところがトリシャはその手を無視して、一人ですっくと立ちあがる。

これでは跪いた女騎士に対して、征服者《まおう》が度量を見せるとか、対等っぽく扱うという構図になってくれない。

(なんかさっきから打ち合わせと全然違うんですけどー!?)

行き場のない右手を差し出したまま、固まるケンゴー。

嫌な予感がヒシヒシとしてくる。

嫌な汗が噴き出て仕方ない。

さらにトリシャはこちらの気も知らず、懐《ふところ》から何かを取り出した。

小瓶だ。中には「黒く粘つく炎」とでも形容すべき、不気味な液体が詰まっている。

(こないだマモ代がくれた霊薬にそっくりだけど……いや、まさかな)

ケンゴーはそう思ったが、ところがそのまさかだった。

トリシャがいきなり、瓶の中身をケンゴーへぶちまける。

これも避けようと思えばケンゴーは、防御魔法なりなんなりで避けることはできた。しかし、

「もしかしてこれがベクター流の歓迎の作法だったり?」「じゃあ避けたら、俺の印象が悪くならない?」「逆にフツーに無礼行為だったとしても、浴びて笑って許した方が俺の寛大さアピー

ルにならない？」などなど、要らん思考が次々と脳裏をよぎり、結局避けられなかった。ヘタレチキン特有の考えすぎだった。

そうしてまともに浴びるや否《いな》や、丹田《たんでん》の辺りが熱く煮《に》え滾《たぎ》ってくる。マモ代の霊薬を飲んだ時と同じだ。魔界でも貴重なはずの霊薬を、如何なる手段かベクターの女騎士が持っていたのだ。ただし経口摂取したわけではないので効果は薄い。それでも既に薬の副作用に蝕《むしば》まれた身には、充分な追い打ちとなった。

このところずっと抑えることができていた発作を、起こしてしまった――


「この時に起きた頭の悪い騒動を、アタシは一生忘れないわ」

後にルシ子はそう述懐する。


「ククククククククククク……熱烈な歓迎、痛み入るぞ。トリシャ卿」

ケンゴーは糸引くような粘着質な忍び笑いを漏らし、指を鳴らした。

影から同色の玉座が生まれ、ケンゴーはまたターンしながら着席。同時にマントも上着も脱ぎ捨て、生乳首を強調するように胸を反らす朕《ちん》アゲ一〇〇〇％モードに入ってしまう。

「ならば〝朕《オレ》〟も、うぬの趣向に応えねばならぬな」

くつくつと嗤笑《ししょう》しながら、もう一度指を鳴らすケンゴー。

するとトリシャの足元で異変が起き、彼女の影から漆黒《しっこく》の何かが飛び出してくる。

また「服だけを溶かすスライム」かとルシ子は身構えた。が、様子が違った。

現れたのは大小無数の触手だった。そいつらが一斉にトリシャへ襲い掛かると、腕に、脚に、腰に、全身に、幾重にもからみついて拘束する。

「イヤアアアアアアアアアアアアアアアッッッ」

絹を裂くような悲鳴を上げるトリシャ。

しかし、長くは続かなかった。触手の中で最も細い一本が、彼女の口腔にねじ込まれ、塞《ふさ》いでしまったからだ。

さらに触手の中で太いものの先端には口器がついていて、そこから舌を伸ばしてトリシャの体のあちこちを舐《ねぶ》り回す。しかもこいつの唾液には繊維を溶かす効果があるらしく、礼服のあちこちに穴が開き、素肌が露《あら》わになっていく。

「〝朕《オレ》〟が即興で創造した『服だけを溶かす触手』だ。今度こそ存分に悦《たの》しませてくれよ？」

「服を溶かす発想から離れなさいよっっっ」

ルシ子は大声でツッコんだが、バルコニーの脇でわめいたところで所詮《しょせん》、朕《ちん》アゲ一〇〇〇％モードに入ったケンゴーはどこ吹く風。

（いいわよ。わかったわよ。こいつで一発行くしかないようね！）

ルシ子は魔法のハリセンを携えて、乱入しようとした。

こんな時のために、自分はずっとケンゴーの傍にいたのだ。ケンゴーもずっと傍にいて欲し

ハァ…♥
ハァ…♥
ドロォ……♥
ハァ…♥
ハァ…♥
ドロォ…♥
ハァ…♥

いと、求めてくれたのだ。今ツッコまずして、いつツッコむというのか！

これはルシ子の愛だ。

そして、愛のないハリセンは、ハリセンではなく凶器だとケンゴーも言っていた。

(アンタの期待に応えられるのは、このアタシしかいない!!)

ルシ子は気炎を吐いて、突撃突進。

だが、嗚呼《ああ》……なんたる誤算か！

「ルシ子。貴様、それで何をするつもりだ？」

と――行く手にマモ代が、立ちはだかったのである。

厄介《やっかい》極まりない状況になったのである。

ルシ子は熱く叫んだ。

「どいて、仕切り屋！　アタシはケンゴーを止めなくちゃいけないのっ」

マモ代はクールに反論した。

「純然たる疑問なのだが、なぜ諫止《かんし》奉る必要がある？　我が陛下《マインカイザー》が陛下の所有物である家畜を、弄《もてあそ》んでいるだけのことであろう？」

「そういう問題じゃないのよもおおおおおおおおっっっ」

「では、どういう問題だ？　小官にもわかるように説明しろ」

「今のケンゴーは正常じゃないの！　あんたの霊薬のせいでおかしくなっているの！」

「謂《い》われなき批難には、断固として抗議させてもらおうか。我が陛下《マインカイザー》が本性暴虐であらせられることは、論を俟《ま》たない。加えて、敗戦国で最も地位の高い女を凌辱《りょうじょく》し、己が雌《めす》にせんとすることは、征服者の正しい姿であらせよう。それを愚衆どもに見せつける政治的パフォーマンスであらせよう。何が霊薬の仕業《しわざ》であるものか」

「こいつマジ屁理屈ウザい！　いいから、どきなさいよ!!」

「断る。一億歩譲って、私事での戯《たわむ》れならばともかくだ。公然の場で貴様が我が陛下《マインカイザー》を打擲《ちょうちゃく》するなどとそんな無礼、不敬を小官が許すと思うか？　否だ。穏健派のアス美《み》やベル原《はら》だとて許しはすまいよ」

「ゴチャゴチャうるさい！　アンタから先にぶっ飛ばすわよ!?」

「望むところだ。小官も以前から貴様が気に食わなかった。いくら乳兄妹でも、畏《かしこ》くも魔王陛下に対し奉り、馴《な》れ馴《な》れしすぎだ。貴様のような佞臣《ねいしん》がいずれ、国を危うくするのだろうよ」

「後悔しないでよ――《赫々《キラリ》煌々《キラキラ》殺人光線《キラービーム》》ッ！」

「将来の禍根をここで断つ――《滅《ヘル》殺《ヘル》大焦《アンド》熱地獄《ヘル》》ッ！」

　ルシ子とマモ代が激しいバトルを始める間にも、触手による責めはいよいよ激しくなった。

　トリシャの纏《まと》う礼服は既に七割方が溶け落ち、露出した肌は羞恥で桜色に染まっていた。

　女騎士はせめて胸元《むなもと》や臀部《でんぶ》、秘部などを衆目から隠そうとするが、四肢を拘束された状態ではそれもままならない。もじもじと体をくねらせるのが関の山で、恥じらうその動作がかえって男の劣情を誘ってしまう。

「「「うおおおおおおおおおおおおおおおおおおおおおおおっっっ」」」

バルコニーの下に集まった三万人の半分――すなわち男どもが興奮して怒号を叫ぶ。

野郎なんて皆、助平《すけべい》だ。ここに来た目的も、今がセレモニーの途中であることも忘れて、にわかに始まった美女の触手プレイに前のめりになってしまう。

殺到するそのギラついた視線に、恥辱《ちじょく》に、女騎士は目尻に涙を溜める。

「邪淫の王め！　これ以上の凌辱は許さんぞ！」

ナベルが怒りを燃やして佩刀《はいとう》を抜き放つと、トリシャを助けるべく触手へ斬りかかった。

が、それを見過ごすケンゴーではない。三たび指を鳴らすと、ナベルの影からも触手を生み出して拘束させる。

どちらかといえばハンサムに分類される青年騎士の、礼服が見る見るうちに溶け落ち、鍛え抜かれた逞《たくま》しい裸身が覗く。

「「「きゃあああああああああああああああああああああん♥♥♥」」」

バルコニーの下に集まった三万人の半分――すなわち女性陣が興奮して黄色い悲鳴を上げる。

女にだって性欲はあるのだ。ここに来た目的も、今がセレモニーの途中であることも忘れて、にわかに始まった美男子の触手プレイに前のめりになってしまう。

「ククク……触手プレイは〝朕《オレ》〟の大好物だが、どうして民草もこの趣向が気に入ったようだ。〝朕《オレ》〟が征服宣言をするセレモニーに相応しい見世物になったのではないか？」

　ケンゴーは玉座にふんぞり返ったまま、粘着質な口調で嘯《うそぶ》いた。

「黙れ、魔王め！　このような邪悪な所業、きっと天が許すまいぞ！」

「うぬこそ黙れ」

　ナベルの口腔にも触手をねじ込ませて、静かにさせる。

　青年騎士はモガモガ言いながら、どうにか拘束を振りほどこうとジタバタ暴れる。まるで無益な抵抗だが、獲物は活きが良いほど嬲《なぶ》り甲斐もあるというもの。

　ケンゴーはもう得意絶頂になって哄笑《こうしょう》した。

「愚か、愚か、愚か！　アバン先生も言っていたであろうが！　正義なき力が無力であるのと同時に力なき正義もまた無力なのだっっっ」

「アバン先生って誰よ、いい加減にしろおおおおおおおおおおおおおおおお‼」

　ルシ子がぶん投げたハリセンが、ケンゴーの側頭部に直撃した。

　立ち塞がるマモ代をなかなか突破できず、埒《らち》が明かず、最後の手段に出たのである。

　スパコーン！　と痛快な打撃音が響く。それは文字通り目の覚めるような一発だった。

「――――――ハッ！」

　おかげでケンゴーは我に返る。

（や、やばい……また俺、発作を起こしちまった……）

サーッと血の気が引いていく。

その間にもトリシャとナベルを責めていた触手は、影の中へと滲《にじ》み込むように消えていく。

「これが御身のやり口ですか、魔王ケンゴー！」

「貴様に臣従を誓おうとした我らに対し、汚らわしい触手を以《も》って辱めるとは！」

「いや、そっちだっていきなり霊薬ぶっかけてきたじゃん!?」

「うるさい！　言い訳するな！」

「恥を知りなさいッ！」

トリシャとナベルは猛抗議――というか好き放題言ってくれながら、両腕で裸身を隠して退がっていく。もうこれ以上、話し合う余地はないとばかりの態度でバルコニーを下りていく。

一人、取り残されたのはケンゴーだ。

そして、このころには触手プレイに思わず熱狂していた民衆たちも、我に返っている。

ここに来た目的を思い出している。

魔王に征服されたベクターはこれからどうなるのか、自分たちにはどんな未来が待ち受けているのか、無言でケンゴーに説明を求めている。

三万人分の期待と不安の眼差《まなざ》しが殺到し、ケンゴーはダラダラと冷や汗を垂らす。

（な、何か気の利いたスピーチを一発、かまさなきゃ……）

震えそうになる足を、叱咤《しった》して立ち上がる。

白目を剝きそうになるのを堪え、三万人と正対し、咳払《せきばら》いして喉《のど》を整えると、

「余はケンゴー！　魔王ケンゴーである！」

尊大なポーズで両腕を広げ、自己紹介《せんげん》する。

魔王風をびゅんびゅん吹かしながら――小心そのもので民衆の顔色をチラッと窺う。

果たして彼らは、

（そんなんわかってるよ……）

（お菓子配ってる時、さんざんうるさかったじゃない……）

（というか今日も最初に紹介されてたでしょ……）

非常に芳《かんば》しくない反応だった。

何かもっと、人々の歓心を買うことを言わなければならない。

「き、北の林跡で診療所を開いているので、病気や怪我《けが》に苦しんでいる者や家族がいれば、ぜひ訪れて欲しい！」

（それも知ってるわ……）

（というかお世話になったたし……）

（怪我が治ったから今日、来られたんだし……）

反応がよくならない……。

ケンゴーは必死になって知恵を絞る。

「よ、余はこのベクターを、より住みやすい国にすることを約束します！」

（そうは言ってもねえ……）

（騎士サマ方が、魔王と手を取り合うことになったって聞いたから来たのに……）

（手を取り合うどころか、手籠《てご》めにしようとしたんじゃねえ……。信用がねえ……）

思わず丁寧語にまでなったのに、まるでダメ。暖簾《のれん》に腕押し。

かくなる上は、最後の手段しかなかった。

「今日は余の名前だけでも憶《おぼ》えて帰って欲しい！　以上であるッ!!」

ケンゴーは逃げるようにバルコニーの袖に引っ込んだ。

所詮、自分に気の利いたスピーチなどできっこなかった。

そして一方、取り残された市民たちは皆、ポカーンだ。

（え、これで終わり？）

（全然、説明に納得がいってないんだけど？？？）

（結局なんのために集まったのか、意味わかんないんだけど？？？？？）

セレモニーは完全に、失敗に終わった。

第五章　かくて魔王は苦渋とともに決断した

セレモニーの失敗から十日が経《た》った。

その間に霊薬の効果が切れ、ケンゴーはあの忌《い》まわしい発作とオサラバできた。

また満月の晩に「魔王城転移ノ儀」も執り行った。リットラン盆地からベクター王国内にある龍脈――王都からほど近いベクタス山頂へと城を移すのに成功した。

それでもなおケンゴーは、未《いま》だセレモニーでのやらかしを気に病んでいた。思い出してはウジウジと落ち込んでいた。上手《うま》くメンタルを切り替えることができなかった。

しかも、追い打ちをかけるような事態まで起きていた。

（しばらくは政務を後回しにして、診療所で働こう）

（人助けができたら、俺《おれ》自身の心も救われるしな）

（なんたらテラピーだよ。三方よしだよ）

などと考え、張り切って王都に向かったのだが――

「あの……触手で女騎士サマを襲うような人に、肌を見せるのはちょっと……」

「タダで治してもらえるのに勝手なことを言って申し訳ないんですが、魔王サマ以外のお医者様に診《み》てもらうわけにはいかないでしょうか?」

「というか、すごいイケメンのお医者様がいるって聞いてきたのに……」

と言って診療を拒否する女性患者が、チラホラいたのだ。

挙句《あげく》、ルシ子《こ》にまで、

「『公衆面前触手プレイ犯のいる診療所』なんて噂《うわさ》が立ったら、患者の足も遠のきそうだしさあ。しばらくは近寄らない方がいいんじゃない?」

などと忠告してくれているのか、ディスられてるのかわからないお言葉をいただいた。

「クソオオオそれ言《ゆ》うたらブエル家の連中こそ、頭の中どピンクで医療行為やってんじゃんかよおおおお。俺より問題あるじゃないかよおおおお」

「超イケメンなら許されるんじゃない?」

「世界はなんて不公平なんだ……っ」

超のつくイケメンじゃなくてすみませんねえ、とケンゴーは落ち込む。

ルシ子がめっちゃ早口になって、

「べべべ別に男は顔じゃないし、あと女にも好みってものがあるから、一概にイケメン度合いを比べられるものじゃないし! だからって、べべべ別にアンタの顔がアタシの好みっていうわけじゃないんだからね!」

とか言いながらケンゴーの方をチラッ、チラッと盗み見していたが、彼はションボリうなだれていたので気づかなかった。

　ともあれ、ルシ子のアドバイスには従うことにしたのだ。診療はすっぱり諦《あきら》め、己《おのれ》の心の癒《いや》しを得られぬまま、地味な政務にシコシコ励むことにしたのだ。

　そして今日――

「はあ……まぢむり。……お風呂入《ふろ》ろ」

　午前の執務が早めに終わったケンゴーは、昼食前にさっぱりすることに。せめて気鬱《きうつ》な心を洗うことに。

　入浴文化は、ケンゴーが前世《ニッポン》から持ち込んだものだ。元々フォーミラマでは魔界、人界を問わず、湯船に浸かるという文化がほとんどなかった。わずかに温泉地を例外とするくらいで。

　しかし、「今上の典雅なご趣味」ということで昨今、急速に魔界に広まり、皆こぞって真似《まね》をし、大流行していた。その文化はとんでもない勢いで爛熟《らんじゆく》し、魔界各地で競うように立派な公衆浴場が建設されたり、権力者たちは居城に自慢の湯殿を造ったり、巷間《こうかん》でも温泉地行脚《あんぎや》がブームとなっていた。

　かくいうケンゴーも魔王城の五か所に、それぞれ趣向を凝らした湯殿を造らせている。

　というか、「せめて日々のストレス解消の場が欲しい」「こんな具合なお風呂が欲しい」とこっそりルシ子に泣きついたら、優れた造園師と建築士を手配してくれたのだ。仮にも広大な領地を持つ、大公らしいところを見せてくれたのだ。

本日、ケンゴーが選んだのは「緑の湯殿」だった。

東方バエル領産の檜風呂をはじめとした、魔界各地から集められた銘木《めいぼく》・香木《こうぼく》・佳木《かぼく》・秘木《ひぼく》で造られた湯船を、楽しむことができる。

しかも空間を歪曲《わいきょく》させて、憩いの森と高い空を現出させた、露天風呂仕様。清らかな緑の空気や昼は雲、夜は星を愛《め》でながら、入浴できる趣向である。さらには気温も魔法でいじり、ちょっと肌寒いようにしてあって、風呂の温もりとの対比という露天ならではの醍醐味《だいごみ》も味わえるようになっている凝りっぷり。五か所の中で最も「和」のテイストに寄った湯殿であり、一番のお気に入りだ。

四阿風《あずまやふう》の、開放的な脱衣所。

常備されている籐製《とうせい》の籠《かご》に衣服を脱いで、スライム族の管理人（人？）からタオルを受けとり、腰に巻く。

「ありがと――じゃなくって！　うむ。大儀である」

『もったいないお言葉スラ、魔王様ー』

と、ゼリー状の体を器用に変形させて、平伏する三匹の管理スライムたち。

この彼らは錬成魔法によって生み出されたもの（例の服だけ溶かす奴《やつ》とか）とは違い、太古から魔界に棲息する原種のスライムだ。

知性があるし、言葉も解す。思念による意思疎通もできる。水垢《みずあか》や黴《かび》を溶かして食べるのが大好物なので、湯殿の管理は天職だった。空前の入浴ブームによって、今一番追い風が来ている種族だった。

「他《ほか》に誰か、入浴中の者はおるか？」

『マモ代様が入《よ》っておられまスラー』

「む。間が悪いな」

城内の湯殿は全て、いつでも誰でも使ってよいとお達ししている。

それでも城内の者はみな勤勉なので、この時間帯に入浴する者は少ないのだが、皆無というわけではない。七大魔将たちなどは特に、好き勝手に使用している。

（マモ代がいるなら、別の湯殿にするべきだったか？）

あるいは幻影魔法で、互いの裸を隠しながら入浴するということもできる。実際、風呂を男女別に造らなかったのも、魔族にはその手があるからだった。

どうしようかと逡巡《しゅんじゅん》することしばし――

「これは我が陛下《マインカイザー》、ご機嫌麗《うるわ》しゅう。この『強欲』めが先に湯をいただいてしまいましたが、どうかご容赦《ようしゃ》を」

ひとっ風呂浴び終えたらしいマモ代が、あちらの方からやってきた。

全裸で。

（ぶっふぉおおおおおおおおおおう⁉）

ケンゴーは鼻血を噴きそうになりながら、慌《あわ》てて目を逸《そ》らす。

しかし、既にバッチリ見えてしまっていた。

普段、カッチリとした軍服を着ても、隠しきれないマモ代のナイスバディを。

オールヌードで。

（見えたーーーーっ。スゴいもん見えちまったーーーーーっっっ）

人族ならば二十代くらい。若さとほどよい熟れ具合を両立させた、垂涎物《すいぜんもの》の肢体《したい》。

掌《てのひら》では収まりきらないだろうたわわな乳房は、しかし微塵《みじん》も垂れることなく、焦《こ》げ茶色の先端がツンと上を向いていた。

よく引き締まり、くびれて凹凸《おうとつ》を作るお腹《なか》は、縦長に割れた艶《なま》めかしいヘソの形も相まって、もうそれ自体がエロティックだった。

正面からではお尻《しり》こそ見えなかったものの、几帳面《きちようめん》に整えられた下腹部の叢《くさむら》等、あちらこちらの女体の神秘を目撃してしまった。

「か、隠せよっ」

「必要がございません。小官は己《おの》が美貌《びぼう》に、絶大な自負を抱いておりますれば」

隠すどころか、逆に裸身を見せつけるように胸を張るマモ代。

「それに常々申し上げております通り、この『強欲』めは我が陛下《マインカイザー》のご寵愛《ちようあい》を独占したいのです。どうぞ存分にご覧あれ。そして、このまま寝所にと勅命《ちょくめい》あらば、喜んで伽《とぎ》を務めさせていただきましょう」

「む、無茶言うなよっっ」

目を逸らしたまま、真《ま》っ赤《か》になってツッコむ。

「ふふ、残念です」

マモ代が屈託《くったく》なく笑った。どちらかといえば男勝りで、切れ味抜群のサーベルの如《ごと》き物腰をした彼女の、珍しく隙《すき》のある仕種《しぐさ》と表情だった。

こんな風に笑うこともできるのかと、ケンゴーはびっくりさせられた。

もちろん好意的な驚きだ。

「近ごろご傷心の我が陛下《マインカイザー》を、せめてこの肢体《からだ》でお慰めできればと考えたのですが、工夫を欠いたと申し上げるべきでしょうな」

マモ代はバスタオルを巻いて裸身を隠す。

「ファファファ、おまえのその忠心のみ、ありがたく受けとろう」

鷹揚《おうよう》の態度で誤魔化《ごまか》すが、内心は動揺しまくりの童貞魔王《ヘタレチキン》。

実際、まだドキドキが止まらなかった。

マモ代の髪型がいつもと違って、湯に浸からぬようにとアップにまとめられているのが、新鮮だったし。水気を帯びた後《おく》れ毛が、得も言われぬほど色っぽいし。

そのマモ代が真顔というか、いつものクールな表情に戻って言い出した。

「でしたら我が陛下《マインカイザー》。小官の口幅ったい忠言も、お受けとりいただけますでしょうか?」

「無論だとも。おまえの進言は常に、この耳を貸すに値する。ただ、少し手心を加えてもらえると、よりうれしいが」

鷹揚の態度と諧謔《かいぎゃく》で誤魔化すが、内心はビクビクの臆病魔王《ヘタレチキン》。

「過分なる御言葉、恐悦至極にございまする」

マモ代は恭《うやうや》しく一礼すると、

「御身《おんみ》の度量に甘え、言上《ごんじょう》いたしまする。このマモ代の見るところ、我が陛下《マインカイザー》は先のセレモニーの失敗を、ひどくお気になされておるご様子」

「うむ……。あんなものは失敗のうちに入らぬ、あまり人族風情《ふぜい》に気を遣いすぎるなと、そう慰めてくれる者も多いのだがな。余にとってはどうにもな……」

そこは隠す気もないので、ケンゴーは素直にうなずく。

「小官もその意見に全く賛成でございますが、しかし御身はいと穹《たか》きケンゴー魔王陛下。余人であれば気にも留めぬ瑕瑾《かきん》すら、御身には満足できぬ、失敗であるという、ご自身に課した理想の高さでございまするな。そのご矜持《きょうじ》には、さすがと申し上げるしかございませぬ」

(いや、そんなこと考えてないからね? あまり持ち上げられると、かえってプレッシャーになるからね?)

「しかしながら我が陛下《マインカイザー》。それを踏まえた上で、敢《あ》えて申し上げまする。あまりお気になさいますな」

「む……」

マモ代がそこまで言うのだから、深い意味があるのだろう。

ケンゴーはますます真剣に耳を傾ける。

マモ代は立て板に水を流すが如く説明した。

「統治は一日にならずでございます。まして征服した国家を治めるのは、難儀して当たり前のこと。さらには我ら魔族と、人族どもの圧倒的な寿命の差もございまする。三十年、五十年というスパンでお考えくださいませ。その時、御身はまだようやく青年の域に達するかどうかでございますが、人族どもならばもはや世代が代わっております。いったい誰が、昨日のことを憶《おぼ》えておりましょうか？　我らに比ぶれば、連中は遥《はる》かに忘れやすい種族なのですから」

「うむ……。確かに……」

「同じく三十年、五十年という長期展望で、我が陛下《マインカイザー》のお好きなようにベクターをご統治あそばせ。きっとそのころには、御意《ぎょい》に適《かな》う国ができておりましょう」

「うむうむ！　マモ代、そなたの申す通りだ！」

ケンゴーは快哉《かいさい》を叫んだ。膝《ひざ》を叩《たた》く思いとは、まさにこのことだ。

一方、マモ代は再び深々と頭を下げ、

「出過ぎたことを申し上げました。御身であらせられれば、この程度のことは当然、ご承知でありましょうに。どうかマモ代の可愛《かわい》い勇み足よと、笑ってお許しいただければ」

「謝罪は不要である！　忠言、苦言は余の好物と知れ、マモ代。ファファ、たとえ名君なれずとも、裸の王様にだけはなりたくないものよな」

「我が陛下《マインカイザー》はご謙遜《けんそん》がすぎると存じます。ですが、その飾らなさもまた御身の魅力であり、加えてご見識の深さに感服仕《つかまつ》りました」

頭を上げて欲しいと頼んだのに、一層下げてしまうマモ代。

（いや、謙遜じゃないよ？　マモ代に言われるまで、そんなん思いつきもしなかったよ？）

ケンゴーは改めて、君主としての経験値のなさを自覚する。

逆にマモ代こそ、素晴らしい見識の持ち主だろう。彼女も所領に帰れば、一国一城の主《あるじ》。この「強欲」のことだ、きっと領地経営にも余念はないだろう。さぞやマンモン大公国を富ませているのだろう。

（心の中で、マモ代パイセンって呼びたい……）

ケンゴーの偽《いつわ》りなき心境であった。

「では、小官はこれにて失礼いたしまする。陛下はどうぞ、ごゆっくり入浴あそばせ」

マモ代は腰を折ったまま周囲に球状の魔法陣を張ると、大気に溶けるように去っていった。

大儀であると、ねぎらう暇《いとま》もない。

どこまでもスマートというか、隙のないマモ代パイセンだった。

(思えば、俺なんかには過ぎた臣下だよなあ)

ケンゴーはしみじみ思いながら、洗い場で体を流す。

そして檜風呂に浸かりながら、黙考する。


ここ最近のトラブルの大半は、マモ代がくれた霊薬の副作用によるものだった。

ならばマモ代に責任があるだろうか?

そうは思わない。あの「強欲」が稀少な霊薬をくれたのは、ひとえに彼女の献身性によるものだろう。決して悪気はなかっただろう。

翻《ひるがえ》ってその後の、マモ代の忠臣ぶりと来たらどうか?

ベクターの国情を調べるのも、お菓子配り作戦やセレモニーの手配も、その他あれやこれやもほとんど彼女に任せきりだ。

発作を止めるためのハリセン係はルシ子が完璧《かんぺき》に務めてくれたが、経験値ゼロのケンゴーが征服者《まおう》でいられたのは、マモ代の働きが甚大《じんだい》ではないか。

まさに地味ながら、八面六臂《はちめんろっぴ》の働きではないか。


——御身のご寵愛を、この「強欲」めのものにしたいのです。

マモ代がしばしば口にする台詞《せりふ》が、脳内でリフレインする。

「魔王に転生して、ずっと神様を呪《のろ》ってばっかだったけど……俺はけっこう幸せ者なのかも」

檜風呂に肩まで沈みながら、嘆息とともにケンゴーは独りごちる。

ガス焚《だ》きより薪《まき》焚きより湯質の柔らかい、炎の精霊《プロフェッショナル》が手ずから熱した湯がじんわりと体の芯《しん》から温めてくれる。

日本産にも負けない魔界産の檜の、清々しい香気が肺まで綺麗《きれい》にしてくれる。

「他の誰がクーデターを企《たくら》んでも、きっとマモ代は俺を裏切らないだろうな」

檜風呂の心地よさに身を委《ゆだ》ねながら、ケンゴーは再び嘆息した。


一方、そのころ――


魔王城にある、マンモン大公専用の居間。

「緑の湯殿」から魔法で瞬間移動してきたマモ代は、体に巻いていたバスタオルを脱ぎ捨てる。

待機していた侍女たちが慌ててひろい、また湯に濡《ぬ》れたマモ代の裸身を丁重に拭《ぬぐ》い、乾かす。

彼女らは所領から連れてきた古株だ。殊更《ことさら》に命令せずとも、大概のことは勝手に世話をしてくれる。そして何より、直属の主君たるマモ代に「絶対」の忠義を誓っている。この場でマモ代が何をしようが、あるいはどんな不穏な発言をしようが、それが侍女たちの口から洩《も》れることは決してない。

ゆえにマモ代は、安心して独白する。

「ええ、我が陛下《マインカイザー》――御身は何も気になさらず、太平楽を貪《むさぼ》っておけばよいのですよ」

いいいいいいいい、
そして邪悪にほくそ笑む。

マモ代の視線の先には、小さな像が棚に飾られていた。

白大理石でできた、五枚の翼を持つ大天使の像だ。

ヴァネッシア姫の離宮にある礼拝堂に鎮座した「救恤《きゅうじゅつ》」の大天使像と、サイズこそ違えど瓜二つの代物だ。しかも、マモ代がこの小さい方の像を魔法で操《あやつ》れば、マイカータにある大きい方の像が、連動する仕掛けとなっている。あるいは双方向の会話も可能となっている。

『――そこにいらっしゃいますでしょうか、大天使様。リベラ・リタス様』

棚の像からまさに、ヴァネッシアの声が聞こえてきた。

この時間に礼拝するよう、あらかじめ指示を出しておいたのだ。

「ええ、おりますよ。王女ヴァネッシア」

マモ代は分別臭い口調を作って、応答する。

リベラ・リタスのふりだ。ヴァネッシアはこれが本物の、「救恤」の大天使の声だと信じて疑わない。まさか自分の話し相手が正反対の、「強欲」の魔将だなんて夢にも思っていない。

『大天使様のご用命通りに、ベクターのトリシャ卿に新たな書簡を送っておきました。今日にも届く予定ですわ』

ヴァネッシアは敬虔《けいけん》な口調と、感激を隠せぬ声音《こわね》で報告する。

「ご苦労です、王女ヴァネッシア。貴女の献身と信仰を、天帝聖下はご覧になっておられますよ。そう、貴女はまた一段、天界への階《きざはし》を登ったのです」

マモ代は笑いを噛《か》み殺しながら、芝居を続ける。

『苦労だなんて、とんでもないことでございますわ！　むしろもっともっと、このヴァネッシアを酷使してくださいませ！　天帝の御使《みつか》いたるあなた様のために！』

ねぎらわれて、ヴァネッシアは感極まったように声のトーンを高くした。

若干《じやつかん》、マゾヒズムも入っているだろう。そこらの忠犬などよりも、よほどまめまめしいことだった。およそ五年ほど前から、マモ代はこうして「救恤」の大天使のふりをし、魔法の像を通して接触し、飼い馴《な》らしてきたのだ。

（まったく信心深い輩《やから》を手玉にとることほど、簡単なことはないな。何しろ連中にとっては疑わないことこそが、信仰の証《あかし》なのだからな）

ヴァネッシアは決して愚かな女ではない。むしろ聡明さと狡猾《こうかつ》さを併せ持っている。これが国家間の外交や陰謀等であれば、王女を操るのは決して容易ではないだろう。

だがそこを操縦してみせるのが、マモ代の真骨頂というものだった。

『まして魔王ケンゴーを討つためならば、わたくしはどんなことだっていたします』

「ええ、近日中に朗報を伝えられるでしょう。楽しみにしていなさい」

マモ代は「強欲」を司る。

ゆえに人族の欲求を読みとることも、またその願望を叶《かな》えてやると見せかけて、実際には己の思い通りに操ることも、児戯に等しかった。ヴァネッシアの強い信仰心を利用することくらい朝飯前だった。

そして、マモ代は「強欲」を司るがゆえに――

魔王ケンゴーにとって代わり、魔界全てを手に入れる野心を、抑えることができなかった。

――御身のご寵愛を、この「強欲」めのものにしたいのです。

などと、常々嘯《うそぶ》いているのも真っ赤な偽り。

まったく獅子《しし》身中の虫であった。

†

魔王ケンゴーの暴走によりセレモニーが失敗に終わり、十日が経った。

トリシャとナベルは三万人の前で生き恥こそかかされたものの、同時に魔王の暴虐《ぼうぎやく》な本性を白日の下に暴き立て、且《か》つ命に別状なかったことを鑑《かんが》みて、一定以上の成果を収めることができたと喜んでいた。

加えてこの日、ヴァネッシア姫から新たな書簡と宝箱《チエスト》が届いた。

記されていたのは無論、魔王ケンゴーをさらに追い込むための秘策である。その内容は荒唐無稽というか、正直に言えば信じ難《がた》いものだったが――他ならぬ〝白の乙女《おとめ》〟の指示だと思えば――トリシャもナベルも疑わなかった。

何しろヴァネッシア姫の知恵と援助があったからこそ、先のセレモニーで魔王に一泡吹かせることができたのだから。

「しかも、指示内容はどれも簡単なことばかりです。これなら今日中にも実行できますね」

「ええ。早速、部下に声をかけましょう」

ナベルと図ると、トリシャは自邸に騎士や兵士たちを招集した。皆に状況を説明し、これから行う作戦について役割分担を決めた。そして王都各地へと皆で散った。

中でもトリシャは、最も重要な役目を担っている。

ヴァネッシア姫から贈られた宝箱を持って、粛々と自邸の庭に出る。

先日、贈られたものよりもずっと大きな箱だ。

開けると、中にはユニコーンの角が入っていた。

もし、この場にアス美《み》がいれば、さぞや驚いたであろう。

なぜならそこに仕舞われていた角こそが——有象無象《うぞうむぞう》のそれではなく——正真正銘《しょうしんしょうめい》の聖遺物に他ならなかったからだ。守護聖獣ユニコーンの角だったからだ。

つい半月前にアス美が斃《たお》した神祖の角が、どうしてこんな場所に隠されていたのかと、彼女本人だったら頻《しき》りに首をひねっていたことだろう。マモ代が配下に命じて現地で回収させ、ここに隠すよう指示した、遠大な謀略の一環だとは夢にも思わなかっただろう。

ましてトリシャの如き一女騎士にとっては、想像の及ぶ世界の話ではない。聖女の背後で糸を引くマモ代の操り人形となっていることなど自覚なく、箱から角を取り出す。

芝生に安置すると、持ってきたナイフで自分の腕に浅く傷をつける。

「姫の指示通りの、処女の血よ。これで本当に奇跡が起こるのなら——さあ、見せて頂戴」

そこから垂れた己が血を、ユニコーンの角に落とす。

果たしてヴァネッシアの指示に間違いはなく、効果は覿面《てきめん》だった。

聖遺物はトリシャの血を吸うや、たちまち激しい光を周囲に放つ。

さらに唐突に浮き上がるや、そのまま遥か上空へと超高速で飛んでいく。

強い光の尾だけを曳《ひ》いて残し、青空に消えていく。

その様はまさしく天を貫き、日輪を衝《つ》く、荘厳なる光の柱の如し。

幻想的な光景に、何が起こるのか指示書で知っていたトリシャでさえしばし見惚《みほ》れる。

だが、放心している時間は短かった。

守護聖獣の角がもたらす神秘の現象が、新たな光景を見せる。

地面が、トリシャの周囲が急に翳《かげ》った。

雲が太陽を覆い隠したわけではない。あたかも夜がいきなり訪れたように、天の色が漆黒《しっこく》に染まっていったのだ。

しかも星一つ見えない、不気味な夜空であった。

代わりに太陽だけが、満月にも似た姿で――ただしもっと白く、もっと眩《まぶ》しく――中天に輝いていた。

そう、皆既日食である。

ただし、フォーミラマに自然現象としての日食はなく、ゆえに該当する言葉もない。

「これが……ヴァネッシア姫の書簡にあった、天帝《かみ》の奇跡……」

あまりに壮大且つ奇怪な光景に、信心深くないトリシャでさえ畏敬の念を覚え、震える。

どこか気味の悪さを覚える姿に変わった日輪を直視し、眩しさで目を焼かれながら、

「あれが、天使の卵……」

愕然《がくぜん》となって呟《つぶや》く。

突如として出現した荘厳な光の柱と、続く皆既日食。

それら天変地異を目の当《ま》たりにし、王都の住民は誰もが畏《おそ》れ慄《おのの》いた。

「世界の終わりだ！」

と叫ぶ者も後を絶たなかった。

愚かと笑うなかれ。未知の神秘現象に対して恐怖を抱くのは、人として当たり前の感情なのだ。パニックに陥《おちい》ったとしても仕方のないこと。

そしてその心理につけ込み、群衆の扇動《せんどう》を企む者たちがいた。

「これも全て魔王ケンゴーの仕業《しわざ》だ！」

「オレたちは、この国はどうなっちまうんだ！」

「きっと魔王が世界を滅ぼすつもりだ‼」

「ああっ、誰でもいいから助けてくれっ……！」

「みんなで天に向かって祈りを捧げるんだ！　天帝《かみ》に救いを求めるんだ！」

「そうだ、そうだ！　天帝の御使いなら、きっと魔王を斃してくれるはずだ！」

「祈れ！　みんなで祈れっ‼」

などと、口々にデマを叫んで回る。

ナベルとその部下たちによる仕業だった。

兵士の隊服を脱ぎ、一般市民のふりをして王都各所に分散し、真っ当な住人たちの恐怖を煽《あお》り立て、また天へ祈りを捧げるように仕向ける。


ヴァネッシア姫の書簡には、こう綴《つづ》られていた。

『空に天使の卵が現れる時、地上に天帝の救済がもたらされます』

『王都の民全員で、一心不乱に祈るのです。天帝の御名を讃《たた》え、魔王の滅びを乞うのです』

『そうすれば必ずや祈願は成就され、救いの奇跡は卵より産まれ、顕現《けんげん》するでしょう』

『「救恤《リベラ・リタス》」の大天使様が降臨し、地上の魔王を討つでしょう』

その言葉を信じて、天帝の救済を信じて、大天使の威光を信じて――

彼らは胸を張ってデマを流し、正義感のままに民を扇動する。

†

そんな多くの罪なき者たちを巻き込んで、マモ代の謀略が着々と進行しているとも知らず、
ケンゴーはのほほんと入浴を続けていた。

たまたま「緑の湯殿」に顔を出したレヴィ山《やま》と、ダべっていた。

二人で本槇風呂《ほんまき》に腰までつかり、

「いやー、我が君が元気になられて、ホントよかったですよ。オレちゃんたちみんな、ずっと心配してたんで」

「ファファ、気苦労をかけたな。しかし今は、マモ代のおかげで憑《つ》き物が落ちた心地よ」

「いやー、落ち込んでる時はカワイコちゃんに慰めてもらうのが一番だとは、オレちゃんも思ってたんですけどねーそれがまさかマモ代とはねー。いやー、意外でした。妬《や》けますね」

「といって、余の周りに慰めてくれる娘など、別におらぬしな」

「まー、ルシ子の奴は素直じゃないし、アス美なんか守護聖獣討伐の褒賞《ほうしょう》を我が君に後回しにされたこと、まーだ根に持ってるぽいですしねー」

レヴィ山はそう言いつつ、チャラ〜くウインクしてくると、

「でもベル乃《の》の奴が、我が君をお慰めしたいって張り切ってましたよ。近々きっと、いいことありますよ」

「は……？　あいつこそ食べること以外、何も関心がないだろう？」

「それがどうも、最近は心境の変化があったようで。いやー、どこかのどなたかの影響でしょうねー。憎いなあ。嫉妬《しっと》するなあ」

レヴィ山はもったいぶった言い回しをしつつ、ニヤニヤとこっちを見る。

（まるで俺の影響と言わんばかりだけどさあ……）

ケンゴーにはまるで心当たりがない。

「ネタばらしすると、ベル乃が言ってたんですよ。めっちゃ美味《うま》くて健康にもいい蜂蜜が手に入ったんで、陛下に食べて元気出していただきたいって」

「あいつが他人に食べ物をやるだなんて、明日は雪が降りそうだな……」

「まあ実際、以前のベル乃でしたらそんなこと、天地がひっくり返ってもありませんでしたよ。いやー、誰かを好きになるってことは、こんなにも人を変えるもんだなあ。感動だなあ。羨《うらや》ましくて妬けるなあ」

レヴィ山がまた意味深な笑みを浮かべて、遠回しに言う。

（だから心当たりねーってば！）

ベル乃がケンゴーに恋しているとでも言いたいのだろうが、何を勘違いしているのか。

あいつ妖怪《ようかい》オナカスイタだぞ？　恋愛とか興味ゼロだろ。

ケンゴーは半眼になるが、レヴィ山は気にした様子もなくペラペラと、

「ベルゼバー大公国は養蜂が盛んですからね。あそこの蜂蜜はそりゃ上質ですよ。しかも一番美味い食べ方を、ちゃーんとベル乃に伝授しておきましたんで」

「ほう……蜂蜜の最も美味な食し方か」

グルメに精通していないケンゴーには、パンケーキにたっぷり塗って食べるくらいしか思い

つかない。

レヴィ山はさっきよりキメ顔でウインクして、答えを教えてくれた。

「ベル乃のでっかいパイオツに、ハチミツを上から垂らし続けて、そこへ陛下がビーチクごとしゃぶりつくって寸法ですよ。もう美味いこと間違いなし！　いやオレちゃんも肖《あやか》りたい。嫉妬を禁じ得ないですよ」

「おまえの性癖、意外とマニアックだな……」

顔だけ見ればイケメンなのに。

もったいない。

「そんな戯《たわ》けた話、ますますあのベル乃が承知するはずがなかろう」

「え、しましたよ？」

「したんかよ！」

思わず素になってツッコむケンゴー。

（やっぱ明日は雪が降るか、天地がひっくり返るな）

内心ぼやきながら、肩まで湯に浸かり、天を仰《あお》ぐ。

と――

まさにその時だった。露天風呂から見上げた空が、にわかに黒く染まっていき、太陽の姿が白い真円に変わり果てたのは。

「おお……皆既日食か……」

　前世では、ネットや本くらいでしかお目にかかったことのないケンゴーは、ちょっとした感動を覚える。

「そら見たことか。本当に天変地異が起こってしまったではないか」

　気分が高揚し、レヴィ山に軽口を叩く。レヴィ山も持ち前の軽妙なトークで、すぐにウィットの利《き》いた台詞を返してくれることを期待する。

　ところが――

「マジかよ⁉　今こんな時に⁉」

　レヴィ山はいきなり腰を浮かせ、深刻な表情で叫んだ。

　軽く水飛沫《みずしぶき》が立ち、ケンゴーは顔面に浴びる。

　びしょ濡れの渋面《じゆうめん》になりながら、

「どうした、レヴィ山？　皆既日食が珍しいのはわかるが、そんなに慌てるようなことか？」

「はい、陛下。オレちゃん浅学なんで、そのカイキニッショクというのはよくわかりませんが……オレちゃんが知る限りでは、あれは天使の卵です」

　レヴィ山が恭しい口調で教えてくれた。

　しかし、その間も白くなった太陽を親の仇のように、にらみつけたまま。いつもヘラヘラ、チャラチャラとしたレヴィ山からすると、珍しい態度だ。

　そんなに日食が気に食わないのだろうか。何かトラウマでもあるのだろうか。

（天使の卵？　なんかそんなタイトルの小説があったような気がするけど、フォーミラマにもあるの？　いや、まさかね）

　ケンゴーは益体《やくたい》もないことをのほほんと考えつつ、気になったのでレヴィ山の真似をしてみる。「眼」を凝らして太陽を〝視て〟みる。

　ちょっと信じられない量の魔力が、白い日輪の中で胎動していた。

「マジかよ⁉　なんだあれ⁉」

　ケンゴーは思わず腰を浮かせ、深刻な表情で叫んだ。

「陛下がご覧になるのは初めてでしょうね。ぜひ憶えておいてください。あれは天使が――それも高位のヤベー奴が生まれ落ち、地上に降臨する予兆です」

　レヴィ山の口調から不穏なものを感じとり、ケンゴーはビクビクしながら訊《き》く。

「ち、ちなみに降臨した天使は、何を始めるのだ？　宗教的なお祭りか？　縁日的な？」

　できればそうであって欲しいと、一縷《いちる》の望みに賭《か》ける。

「祭りは祭りでも、オレちゃんたち魔王軍を血祭りにするためですね」

「ヤベー奴やん⁉」

さっきから驚きの連発で、素の口調に戻りまくってしまうケンゴー。

「如何《いかが》しましょうか、我が君」

「そ、そんなものは決まっておろう」

白目を剝《む》いて震え声で答えた。

「至急、七大魔将を集めよ！　御前会議であるっっっ！」

そんなヤベー事態なら、臣下に頼る以外の発想がケンゴーにあるわけなかった。

†

というわけで「御前会議の間」に、ケンゴーと七大魔将全員が顔を並べた。

いつも通り、マモ代が得意の探知魔法と幻影魔法を組み合わせ、現地映像を出す。

ただし、いつもと違い軍議机ではなく、天井《てんじよう》に皆既日食《てんしのたまご》の様子を映す。

「いささか面倒な事態になりましたな、我が陛下《マインカイザー》」

会議の準備を整えたマモ代が、暗澹《あんたん》たる面持《おもも》ちで言った。

「別に一個も面倒じゃないわよ！　そう、このアタシにとってはね！」

と、どこかの「傲慢《ごうまん》」の魔将さんが一人で吠えているのを別にすると、誰もマモ代の言葉に反論しなかった。

皆、一様に重苦しい顔つきをしていた。

ケンゴーの知る限り、七大魔将たちはルシ子に限らず、多かれ少なかれ大言壮語がデフォだ。

そして、大口を叩くだけの圧倒的な実力を有している。

その彼らをして軽はずみな発言を慎ませているのだから、やはりこれは異常事態だ。

ケンゴーは考えただけで胃がキューっと痛くなってくる。

「余は実際に遭遇したことはないのだが、高位の天使というのはさぞ手強《てごわ》い相手なのだろうな……？」

蒼褪《あおざ》めた顔で一同に諮《はか》る。

「はい、陛下」

「仮にあそこから生まれるのが、七大天使や六能《りくのう》天使クラスだとすれば、我ら七将をして後れをとる可能性がございまする」

「もちろん、ここにいる連中だって嫉妬するほど強いですし、四分六くらいで勝てるとオレちゃんは思ってますけどね」

「け、ケンゴー様に嘘《うそ》はつけませんからっ。絶対に勝てるとはお約束できないですっ」

「つまりこのアタシなら楽勝ってわけ！」

「むう……それほどか……」

最後、ルシ子の脈絡ゼロの「傲慢」発言はスルーして、ケンゴーは嘆息。降ってわいた難題

に頭を抱えそうになる。そこへ、

「まあ、そう結論を急ぐな、諸兄ら。最悪を想定するのは結構、しかしろくに可能性を絞れぬうちから議論を広げても仕方あるまい」

ベル原《はら》がM字髭《ひげ》をしごきながら、冷静に指摘する。

そんな彼にケンゴーも諾る。

「卵が割れてみぬことには、あそこから何が出てくるかわからぬということか?」

「はい、陛下。しかも一口に天使と申しましても、まあ様々な連中がおりますゆえ。当てずっぽうで当てられる数ではございませぬ」

「ふーむ、なるほど」

「もうすぐ卵に罅《ひび》が入るはずじゃ、主殿《あるじどの》。さすれば、また見えてくるものもありましょうぞ」

アス美も横から教えてくれる。

ケンゴーがユニコーン退治のご褒美《ほうび》を後回しにしたので、このところずっと子どもみたいに拗《す》ねていた彼女だが(外見《ナリ》は子どもそのものだが)、精神的には最もオトナなのだ。この有事に際し、すっかりわだかまりなく会議に臨んでくれていた。

そして一同で最年長であるアス美の、経験則は正しかった。

やがて天井に映し出された白き日輪の、あちこちが大きな音を立てて罅割れていく。

そうかと思えば、内側から殻を突き破るように純白の翼が飛び出てきたのだ。

（本当にアレ、卵なのか！　皆既日食じゃなかったのか！）

ケンゴーは仰天して目を丸くする。

こと科学文明では地球人に遠く追い付いていない異世界人《フォーミラマ》の、迷信の可能性もワンチャン考えていたのだが。この魔界における自分の常識のなさだけが浮き彫りになってしまった。

卵の内側から穴が開いたのは計五か所、姿を覗《のぞ》かせた翼も合わせて五枚。

その光景を見て、ベル原たちが難しい顔つきになった。

「ぬう……」

「よりにもよって五枚翼か……」

「み、皆、どうした？　翼が五枚だと、何か不都合があるのか？」

もうこれ以上やめてよねー、とケンゴーは血の気を失いながら訊《たず》ねる。

「はい、陛下。天使どもが持つ力は、我ら同様に千差万別ですゆえ。彼奴《きやつ》らと戦う時は、まずは何の天使であるかを特定し、対策を練ることが肝要となります」

「ほ……ほう、道理であるな」

「そして、天使という連中は左右非対称、必ず奇数枚の翼を持っておるのじゃ」

「で、ですから、その枚数がわかればある程度、絞り込めるんですっ」

「例えば四十三枚の翼を持つ者は、『養鶏』を司る天使しかおらぬゆえ、特定が可能です」

ベル原が博覧強記ぶりを披露して、M字髭を得意げにしごく。

他の魔将たちの顔には「そんなマイナーな天使、知らんがな」と書いてある。

「ですがしかし、五枚の翼を持つ天使は最も数が多い一つで、これだけで特定するのは至難というわけです、我が陛下《マインカイザー》」

「……お腹空《す》いた」

「ぬ、ぬうぅ。しかし例えばだな、代表的な奴とかはおらぬのか?」

「例えば七大魔将における、このアタシみたいな?」

「（ルシ子はスルーして）翼五枚を持つ天使で、妬けるほど有名な奴っていえば、やっぱリベラ・リタスっすね。『救恤』を司る大天使ですよ」

「ほ、ほう。キュージツな。なるほど、なるほど」

ケンゴーは言葉の意味がわからず、全くピンと来ていなかったが、とりあえず権威を保つために知ったかぶりをした（後で調べたら「チャリティー」に相当するような意味だった）。

「まっ、『強欲』の魔将家《マモよさんち》と昔から因縁深い、宿敵ですねっ」

「サ藤《とう》めの申す通りです。ただしライバルが如き目されるのは、小官も甚《はなは》だ業腹《ごうはら》ですが」

（ひぇえ～っ。マモ代に匹敵《ひってき》するような天使とか、絶対出てきて欲しくねぇぇぇっ）

ケンゴーは魔王然と浮かべた鷹揚の笑みを、これでもかと引きつらせる。

「もっともリベラ・リタスならずとも、翼五枚で厄介《やっかい》な天使は掃いて捨てるほどおりますが」

（もうやめて……やめて……）

恐怖で引きつりすぎて、変な笑い顔になるケンゴー。

「だけど、もう少し絞り込めないもんかね？　ベル原かアス美は何か知らね？」

「はっきりと判明したわけではないがの。その地に住む人族どもの想《おも》いや祈り、願いが、卵から降臨する天使に関係するのではないかと昔、母上が言っておられた」

「吾輩《わがはい》もそんな話を、書物で目にしたことがあるな。付け加えれば、より強い一つの願いを、よりまとまった数の人族どもが天に祈るほど、より高位の天使が降臨するともな」

「じゃあ、仮にベクターの住人全員が心を一つにして、『助けてください』って天に祈ったりしたら、それこそリベラ・リタスが『救恤』のために出てきてもおかしくないわけか」

思案げな顔で腕を組むレヴィ山。

するとマモ代がこれみよがしにせせら笑った。

「愚にも付かん、仮定の話などよせ。我が身大事と独りよがりこそ、人族の信条であろうが。本来は民を統率すべき王家も逃げ失せた以上、サルどもが心を一つになどできるものか」

「つ、つまり、一番厄介なリベラ・リタスは出てこないというわけだな？」

「はい、我が陛下《マインカイザー》。アス美とベル原が申す通りなら、そういう理屈になりましょう」

「残念ね！　このアタシがぶっ飛ばしてあげようと思ってたのに！」

「……お腹空いた」

（いやいや、どうせ出てくるなら、なるべく楽な奴がいいよ）

半ば期待込みで確認しただけなのに、マモ代に肯定されてそっと胸を撫《な》で下ろすケンゴー。

だからホッとするあまりに、気づけなかった。

マモ代は「リベラ・リタスは降臨しない」と断言して周囲を油断させつつ、その発言の責任は巧妙に他者へなすりつけていたことに。

いざリベラ・リタスが降臨した時には、「アス美とベル原の唱えた前提が間違っていた」と、言い逃れする余地を作っていたことに。

そんなマモ代が素知らぬ顔で言った。

「我が陛下《マインカイザー》——そろそろご裁可を賜《たまわ》りたく存じます」

「ぬ？」

「この中の誰が、天使を討つべく出陣するか、ご決断を」

「も、もうか？ 今少し、皆で討議すべきではないか？」

「はい、我が陛下《マインカイザー》。いいえ、猶予はあまりございませぬ。卵が割れてからでは遅いのです」

「し、しかし、なんの天使かを確定させた方が、対策がとれるのであろう？」

「主殿、ここはマモ代の申す通りじゃ」

「この城は最前線にございます。確定させたい気持ちは吾輩らもやまやまですが、降臨を待って準備を始めるようでは、先に城へ攻め込まれてしまいます」

「け、ケンゴー様のお城は神聖不可侵ですからっ」

（ンなバカな、サ藤）

別に攻め込まれていいから、卵が割れるのを待とう——と主張しかけて、ケンゴーは危うく言葉を呑《の》み込む。

サ藤がケンゴーをあまりに神聖視するのは困ったものだが、裏を返せば、みすみす城に攻め込まれた時点でその神聖性が薄れるということ。魔王の権威が落ちるということ。クーデター待ったなしということ。

「あい、わかった。急ぎ指名するとしよう」

鷹揚の態度で首肯したが、内心ケンゴーは弱り果てる。

いきなり誰か選べと言われても、今の会議の流れではあまりに手がかりがなさすぎる。

苦肉の策で諮問《しもん》する。

「率直に言って……おまえたちの中で一番強いのは、誰であろうかな？」

「そりゃもちろん『傲慢』の魔将たるこのアタシでしょ！」

「だーかーらー、ルシ子はいいとこ中の中だって言ってるだろ？」

「ハァァ!?　ケンカ売ってるなら買うわよ、レヴィ山!?」

「おー、いーぜ。オレちゃん、おまえの戦闘力にだけは嫉妬したことねえもん」

「や、やめんか二人とも！」

魔力の込められた視線と視線の鍔迫《つばぜ》り合《あ》いで、比喩《ひゆ》抜きに火花を散らすルシ子とレヴィ山を、ケンゴーは慌てて制止する。

切羽詰まっているのだ。ヘタレチキンであろうと（いや、あるからこそ？）必死である。

「やはり攻防最強の肉体を持つベル乃が、シンプルに強いと考えるべきかな？」

だとすれば今日こそはどんなエサで釣っても、出陣してもらう必要がある。

「……嫌《や》。お腹空いた」

「け、ケンゴー様！　この食べることしか能のないデカ女より、僕の方が絶対に優秀ですっ」

「しかし、戦闘力で言えばサ藤よりベル乃の方が強いと、妾《わらわ》も思うがのう」

「た、単純に戦えばの話でしょう？　ぼ、僕なら強敵相手に、なんの準備もなしに戦うような愚かな真似、しませんからっ。僕のことあんまり侮《あなど》ると、いっ、いっ、いくらアス美さんでも怒りますからねっっっ」

「準備まで言い出したら、罠《わな》や儀式魔法や禁忌《きんき》の武具の持ち出しや、何でもアリアリという話だろう？　それならもうここにいる誰が最強かなどと、ケースバイケースの話でしかなくなると吾輩などは思うが？」

「そ、そのなんでもアリアリなら、僕が一番ケンゴー様のお役に立てるって言ってんですっ」

「それは聞き捨てならんな。なんでもアリなら、吾輩は貴様のような若輩に後れはとらんよ」

「た、試してみますか、ベル原さん？　あまり僕を怒らせない方がいいですよっ」

「だからやめんか二人とも！」

魔力の込められた視線と視線の鍔迫り合いの余波で、なんか怨霊めいた変な非実体存在を無意識に召喚し始めるサ藤とベル原を、ケンゴーは慌てて制止する。

（ダメだ、こいつら。どいつもこいつも我が強くて、議論にならねえ）

だからといって「最強決定トーナメントで本当に誰が強いか白黒つけよう！」なんてことが、できるはずもない。

それこそ余波で魔界が滅ぶ。

（だあもおお天使が攻めてくるまで時間がないって言ったの、おまえらなのにいいいい）

ケンゴーは頭を抱えて悶《もだ》えた。


と――

そんな一向に進まぬ会議の様子に、内心でほくそ笑む者が一人いた。

（クククク。踊れ、踊れ。ろくな対策もできぬまま、リベラ・リタスの餌食となるがよい）

誰あろう、「強欲」の魔将マモ代である。

獅子身中の虫である彼女としては、このグダグダな状況が面白《おもしろ》くて仕方がない。

とはいえ、イニシアティブを貪欲に欲するあまり、会議ではいつも司会進行役を務めるマモ代が、今日に限って大人しくしていては要らぬ疑念を買いかねない。

だから、したり顔になって他の魔将たちを諫《いさ》める。

「いい加減にせよ、貴様ら。我が陛下《マインカイザー》の御前ぞ、下らぬいがみ合いはよせ。建設的な発言を心がけないか」

さらに手本を示すように、さも建設的な議論を皆に振る。

「特定は不可能なりに候補を絞り、ある程度の当たりはつけておくべきであろうと小官は愚考するがな。異存はあるか？　貴様らには難しい話か？」

「それこそバカ言わないでよ、マモ代！　このアタシの頭脳なら、朝飯前よ！」

「さすがはルシ子だ。ちなみに小官の推理では、『火《イグナ・イス》』を司る天使が怪しいと踏んでいる。我が陛下《マインカイザー》が『水《アク・ユア》』を司る天使をお手打ちになったのは、記憶に新しかろう？　ゆえに身の程知らずにも、仇をとりたいと躍起になっておるのではないかとな。その点、貴様はどう思う？」

「へ、へー。マモ代にしてはいい線、行ってると思うわよ。マモ代にしては！」

よく知らないとは認められない性格のルシ子が、目を泳がせながら言った。

「イグナ・イスの翼の数は十三枚だぞ」

即座にベル原にツッコまれて、憮然顔《ぶぜんがお》をさらした。

「そうだったか。すまない、小官も翼の数はうろ覚えだった」

実はバッチリ把握しているマモ代だったが、すっ呆《とぼ》けて非を認めるふりをする。

するとと狙《ねら》い通りに、ベル原がここぞとばかり得意げになって、

「翼五枚の天使で、且つリベラ・リタスには及ばないが、高位であるものというと、『黄金』を司るア・ウルム、あるいは『心臓』を司るカ・ル・ディア、はたまた『哲学』を司るピロソピアなどが思いつくな」

魔界屈指の碩学《せきがく》である彼は、その博識を遺憾なく披露する。

(だが、正解のリベラ・リタスにはたどり着けない)

最初にマモ代がさももっともらしい理屈を唱え、さりげなく否定しておいたからだ。

そして、この手がかりの少なさでは正体を見抜かれる恐れがないとわかっているからこそ、敢えて「正体看破ゲームしようぜ！」と、誤った方向へ会議の舵《かじ》を切ったのだ。時間を浪費させる作戦に出たのだ。

マモ代の企みなどつゆ知らず、僚将たちが侃侃諤諤《かんかんがくがく》の議論を続ける。

「だ、『断罪』を司るダムナ・ティオは、ど、どうでしょうかっ」

「そういや、そいつも五枚翼だったたな。よく思い出した、サ藤。妬けるぜ！」

「フフン、ちょうどアタシもそう思ってたところだけどね！」

「いや、待て待て。ダムナ・ティオは確か、六能天使じゃったろう？」

「アス美の申す通りだ。格で言えば、リベラ・リタスに極めて近しい」

「アタシは最初から違うってわかってたわよ！」

「ルシ子さん、さっきからいい加減にしてください。怒りますよ」

「……お腹空いた」

「おっと、やっべ。そろそろ絞り込まないと、時間がないぞ」

「五枚翼の天使というと他に、『農夫』を司るアグリコラ、あるいは『冗談』を司るヨーカス、はたまた『利益』を司るル・ク・ル・ム……」

「だーかーらー、そんなマイナーな天使なんて知らないわよ、ベル原！」

「逆に混乱するゆえ、やめてたもれ」

「も、もう、絞り込むのは諦めて、ただ誰が出陣するかだけ、急いで決めましょうよっ」

「いや、しかし吾輩としては、思考の放棄は最も忌《い》むべきところで――」

「だったらズバッと答えを出してみなさいってのよッ!!」

「いやなんでそこでルシ子が威張ってんだ……？」

「……お腹空いた」

喧喧囂囂《けんけんごうごう》、みな益体もない意見を出すだけで、一向にまとまる気配がない。

その間にも天井に映る卵は、次から次へと殻の表面に亀裂を走らせる。

もういつ天使が生まれてもおかしくない雰囲気を醸し出す。

皆がますます慌て、議論は空転の一途をたどる。

（クククク。五枚翼の天使は多すぎて、絞り込むだけで難儀よなあ。まさかそれが狙いで、五枚翼のリベラ・リタスを降臨させんと小官が暗躍していたとは、貴様らも夢にも思うまいなあ。何もかも小官の思い通りで笑いが止まらん――と言いたいところだが、うっかり笑うわけにもいかん。ククク、参った参った）

そう思っている端から、マモ代は口元がにやけそうになってくる。

意志の力で引き締めて、

「我が陛下《マインカイザー》、小官はサ藤の意見を支持いたします。ここは拙速もやむを得ぬ局面かと。どうかご決断を」

またしたり顔になって、ケンゴーの判断を急がせる。

「うむむ……」

と困窮するように唸《うな》る今上魔王。

「アタシに任せなさいよ！　大船に乗った気分ってやつ、教えてあげるから！」

あいかわらず根拠のない自信に溢《あふ》れるルシ子。

「オレちゃんに任せてくれてもいいっスよ。万が一に負けたとしても、天使の正体くらいは暴き出してやります。そん時こそ、他の誰かが討ち取ってくれるでしょうよ。妬けますがね」

チャラチャラしているように見えて、要点を押さえた具申をするレヴィ山。

「……お腹空いた」

いつも通り、やる気ゼロのベル乃。

「いいえ、小官にお任せくださいませ、我が陛下《マインカイザー》──」

マモ代も凛然《りんぜん》と挙手をした。

無駄飯喰《ぐ》らいの「暴食」はともかく、常々手柄に貪欲な自分が今回だけ志願をしなかったら、怪しまれてしまう。

(それにどうせ、この男が私を選ぶことはない。いつもそうだ)

内心にんまりとほくそ笑む。

「──この小官こそ、御身の一の忠臣。どうか御身の信頼を、この『強欲』めのものとする機会をお与えくださいませ」

内心と裏腹に、真面目《まじめ》腐った顔つきで訴える。

心にもない美辞麗句をまくし立てる。

するとたちまち、

「ぼ、僕だってケンゴー様への忠義では負けませんよっ」

「前回に続いて妾にやらせてたもれ、主殿」

「このベル原に秘策アリ！」

他の魔将たちも、負けじとオレオレアピールを始めた。

全く以《も》って、マモ代の想定通りの展開。

面白いほどに御しやすい奴らだ。

（さあ、我が陛下《マインカイザー》。ご決断を）

マモ代はもはや完璧他人事《ひとごと》気分で、会議の行く末を傍観する。

（順当に行けば、サ藤かベル乃であろうな。大穴でベル原……レヴィ山もワンチャンあるか？　ルシ子とアス美はまあ、あるまい。大して強くないからな）

そして誰が行こうとも、リベラ・リタスの餌食になるに違いない。対策がしっかりとれる状況なら話は別だが、できないようにマモ代が会議を掻《か》き回してやったのだから。

（サ藤かベル乃かレヴィ山か——さあ、誰が征《ゆ》く？　誰が死ぬ？）

最高の残虐《ざんぎやく》ショーを心待ちにする悪趣味な観客の心地で、マモ代はほくそ笑む。

「……あい、わかった。こたびはおまえに任せよう」

果たして——

魔王ケンゴーは苦渋に満ちた顔で、重い口を開いた。

会議机に居並ぶ歴々の中から一人を、その御手にて指し示した。

「頼んだぞ。『強欲』の魔将マモ代よ」

（——って私いいいいいいっっっ⁉）

ガックーン、とマモ代の顎《あご》が外れる。

一方、ケンゴーはこっちの気も知らずに、一人で悲壮感を漂わせて、

「正直に言って、こたびの事態がそれほど厄介ということなれば、誰に命じるかは迷った。それにおまえたちは全員が優秀で、誰が最強の鬼札たるかと軽々しく判断できなかった」

(正直に言うと、私がこの中で二番目に弱いんですが⁉)

「余は悩んだ。迷った。しかし、余の脳裏を覆った霧を払うように、マモ代の顔が思い浮かんだのだ」

(あああああああああああああっ)

「マモ代——ここ最近のおまえの献身は、本当に余の心に沁《し》みたぞ。いや、そもそも振り返ってみれば、おまえはいつもいつも余のために尽くしてくれていた。一の忠臣だと言ってくれるおまえの自負、決して疑いのないものだった」

(おおおおおおおおおおおおおっ)

マモ代はもはや言葉を失い、机の天板に頭をガンガン打ちつけまくりたい衝動に堪える。

一方、ケンゴーはこっちの気も知らずに、一人で綺麗な笑顔になって、

「おまえたちの誰が最強であるか、判断がつかないのであれば——マモ代の忠義《こころ》の強さに賭けてみよう。余はそう思ったのだ」

まるで感動話かのように締めくくってみせたのだ。

「ああああああああああああああああああっっっ」

──て
私いいいいいい!?

マモ代はもう辛抱できず、机の天板に頭をガンガン打ちつけまくった。

「フン！　よかったわね、マモ代！」

「こやつ自身、感激して堪《たま》らぬようだな」

「見よ、うれしさのあまりか、あんなにも興奮しておる」

「まったく妬けるぜ！」

「あああああああああああああああああああああああああっっっっっ」

僚将に羨ましげにされるたび、微笑《ほほえ》ましげに見られるたび、囃《はや》し立てられるたびに、マモ代は遣る瀬《やせ》無い怒りでどうにかなってしまいそうだった。「憤怒《ふんぬ》」の魔将にクラスチェンジしてしまいそうだった。

しかし全部！　全部！　全部！　自分で蒔《ま》いてきた種だった‼

「頼んだぞ、マモ代。おまえの力を存分に、余に見せてくれ！」

「勅命賜りました、我が陛下《マインカイザー》っ！　このマモ代、身命を賭《と》して御身に勝利を捧げまするっっ‼」

もうヤケクソになってマモ代は叫んだ。

今さら無理ですとは、口が裂けても言えなかった。

第六章 時満ちて卵割れ、天使は孵《かえ》り降臨す

かくして、マモ代《よ》は戦場に赴《おもむ》く。

身にまとうは伝家の重甲冑《じゅうかっちゅう》、マンモン大公の象徴、《白虎ガオガンティス》。

彼女の美貌《びぼう》も抜群のスタイルも、全て兜《かぶと》と装甲で覆い隠す戦士の装束《いでたち》だ。

右手には巨大な鉄槌《てっつい》、《砕神ヴィルゴール》。

左手には長大な薙刀《なぎなた》、《裂天ベヘルメイメス》。

さらにマモ代の周囲を自律して飛び交い、遠距離攻撃から自動的にガードする二枚の大盾《おおだて》、《アモン》と《ウンモン》。

自分の城から召喚魔法で取り寄せた、これでもかという完全武装。

マモ代の臆病の表れだ。

（私は博打《ばくち》はしない――その主義が、よもや裏目に出るとはな）

フルフェイス式の兜の下で、マモ代の表情は強張《こわば》っていた。

最高位の天使《リベラ・リタス》なら、正体が割れていなければ、たとえ相手がサ藤《とう》やベル乃《の》でも討てる。最終的に魔王を弑《たお》し得るかはともかく、彼が頼みとする魔将を一枚、確実に落とすことができる。

きっちりそう計算して立てた計画なのだ。

まさかそのリベラ・リタスと、他《ほか》ならぬこの自分が戦う羽目になるとは。

(皆と違って正体を知っている分、有利なのは間違いないがな……)

背中の剣帯には、一振りの短剣が収まっている。

銘《めい》を《救恤《きゅうじゅつ》を否定するものアンカリテウサ》。

そう、マモン家に代々仇為《あだな》す宿敵を屠《ほふ》るために、先代《ちちおや》が特別に打たせた対リベラ・リタス特化の呪《のろ》いの魔剣だ。

これさえあれば、マモ代が敗れる可能性は万に一つもない。

(ただ、あまりに虚《むな》しい勝利だ……)

細心の注意と少なくない努力を払って成立させた、一種の芸術とさえいえる遠大な策謀を、どうして自分の手で壊さなくてはならないのか。

バカバカしくて泣きたい。

嘆息しながら、眼下を眺めるマモ代。

今――彼女はベクター王城の天辺《てっぺん》、屋根の上に立っていた。

ここで天使の卵が完全に割れるのを、じっと待っていた。

またここからだと、中央広場の様子がよく窺《うかが》えた。

今日も今日とて「白昼の月」は大入りだ。二万を軽く超えるほどの客入りだ。娯楽の乏しい辺境人どもが田舎《いなか》劇団の猿芝居見たさに、押し合いへし合い詰めかけている。

それが天変地異を目《ま》の当《あ》たりにして、上演どころではなくなっていた。

観劇のためのにぎやかな場が、今はそのまま祈禱《きとう》のための厳粛な場に変わっていた。数万人がこぞって、漆黒《しっこく》の空を仰《あお》いで祈りを捧げていた。

ナベルらベクターの軍人たちによる扇動《せんどう》工作が、ここでも上手《うま》くいったということだろう。

(いい気なものだ。己《おのれ》らの無力さを羞《は》じることなく、他力本願で救いを求める。羨《うら》ましいよ)

そうなるよう自分が裏で糸を引いていたことは棚に上げ、マモ代は王都市民を皮肉り、嘲《あざけ》る。

まるで気分は晴れなかったし、溜飲《りゅういん》も下がらなかったが。

(せめてリベラ・リタスを討った大功で、魔王から褒美《ほうび》をたっぷりせしめるか。今回はもうそれでよしとすべきか)

マモ代は消極的モチベーションで、意識を切り替える。

漆黒の空を見上げれば、天使の卵がもうほとんど割れかけていた。

殻全体に亀裂が走り、さらに新たな罅《ひび》が生まれ続ける。不安を誘うような断続音が「バリ……バリ……」と地上まで響く。

中から突き出て、先に姿を覗《のぞ》かせていた五枚の翼が活発に蠢動《しゅんどう》する。

最後は一気だった。

稲妻《いなづま》めいた形の、一際《ひときわ》大きな亀裂が上から下へと走るや、卵の殻は左右に割れ砕けた。

そして、中身が完全に露出した。

均整のとれた青年のような肉体と美貌を持つ天使が、胎児のように膝《ひざ》を抱えている。

ただし天使に性徴はない。男とも女ともつかない。

瞼《まぶた》が開き、深紅《しんく》の瞳《ひとみ》が無感動に周囲を見回す。

同時に、漆黒の空が元の姿を取り戻し、青く青く染まっていく。

卵の後ろの隠れていた、太陽もまた顔を出す。

天使は伸びをするように立ち上がると、五枚の翼をいっぱいに広げ、その日輪を背にして天の頂に留まる。

なんと神々《こうごう》しい姿か！　なんと忌々《いまいま》しい姿か！

（いちいち演出過剰なのだよ。さっさと降りてきて、我が《アンカリテウサ》の錆《さび》になれ）

マモ代は憎々しげに舌打ちする。

茶番はもうウンザリだった。早く城に帰って、不貞寝《ふてね》を決め込みたかった。腰の剣帯から《救恤を否定するもの》を拙速に抜き放ち、苛々《いらいら》して弄《もてあそ》んだ。当然、既に勝った気でいた。

そんなマモ代の心情も知らず、卵より孵《かえ》った天使は二振りの剣を創造する。

大仰に左右の手に構えると、しかつめらしく産声を上げた。

「我は『断罪』を司る者なり！　天の使いダムナ・ティオなり！」

（……………………………………は？）

とマモ代は思わず《アンカリテウサ》を取り落とす。

自分は「救恤《リベラ・リタス》」の大天使を降臨させるため、あれこれと迂遠《うえん》な策略を巡らせてきたのに。

なぜ「断罪《ダムナ・ティオ》」の天使が降臨しているのか。どうして？

（？？？？？？？？？？？？？？？？？？？？？？？）

疑問と混乱で、マモ代の頭が真っ白に染まった。

しかし相手は天使だ。天帝が魔族を滅ぼすために創り出した、殺戮《さつりく》人形だ。天頂からマモ代を素早く見つけるや、斟酌《しんしやく》なく神聖力《まりよく》を漲《みなぎ》らせ、秘蹟《まほう》のための聖句《じゆもん》を唱える。

「傲慢《ごうまん》なる者よ、滅すべし。強欲なる者よ、滅すべし。嫉妬《しつと》深き者よ、滅すべし。憤怒《ふんぬ》する者よ、滅すべし。色欲に乱れる者よ、滅すべし。暴食に溺《おぼ》れる者よ、滅すべし。怠惰なる者よ、滅すべし――」

朗々たる声が天上に響き渡り、七つの輝く幾何学模様《まほうじん》が天使の周囲に展開される。

「――断罪」

各陣それぞれから、七つの光条がマモ代へ向けて一斉に撃ち放たれる。

未《いま》だ混乱の極にあったマモ代の頭では、咄嗟《とっさ》に反応できなかった。

代わりに、彼女の左右に浮遊していた二枚の魔法の盾──《アモン》と《ウンモン》──が自律的に動いて、迫る七つの光条から主を護る。

秘蹟《ひせき》の光撃と魔法の防盾が激しく鬩《せめ》ぎ合い、目を灼《や》くような輝きが燦然《さんぜん》と爆発する。

果たして《アモン》と《ウンモン》は、七条の光撃からマモ代を守り抜いた。

しかし、断罪の光を完全に食い止めることはできず、周囲に撒《ま》き散ったその余波だけで、足場にしていた王城が轟音《ごうおん》を立てて崩壊していく。

「うわあああああああああああっっっ」

おかげでマモ代も我に返ると、大慌《おおあわ》てで飛翔の魔法を用い、空へと退避。

頼もしき《アモン》と《ウンモン》が追従してくる。

一方、城内に誰かいたかどうか、マモ代の知ったことではないが、いたら即死は免れまい。

人族に加護を与えるべき御使《みつか》いが、とんでもない狼藉《ろうぜき》と非道を働いた格好だ。

しかし、ダムナ・ティオは太陽を背負ったまま、声高らかに嘯《うそぶ》いた。

「魔族は皆、滅ぶべし。この国の人族も皆、滅ぶべし。天帝聖下にまつろわぬ愚者どもを、この『断罪』は赦しはしない」

再び周囲に七つの魔法陣を展開し、七条の烈光を撃ち放つ。

天使どもが得意とする《天罰の光《パニッシャー》》という秘蹟を、このダムナ・ティオはさらに強力にして、且《か》つ七発同時光撃にまで昇華する。聖典にいう《光あれ《グレート》、七つの罪源断つべし《パニッシュメント》》の秘蹟だ。

今度はマモ代も高速飛翔で、右に左に回避しようとする。

逸《そ》れた光撃はそのまま地表に着弾し、森林を薙《な》ぎ倒し、住宅街を蹂躙《じゅうりん》し、地上を阿鼻叫喚の焦土と変えるが、マモ代もダムナ・ティオもお構いなし。

というか、仮に「強欲」の魔将に慈悲の心があったとしても、今の彼女に周囲の被害を顧みる余裕などなかった。高速で迫る七条もの同時攻撃は全てよけきれるものではなく、自律的に割って入った《アモン》と《ウンモン》が防いでくれなければ、危ないところであった。

（おのれ……近づくだけで一苦労かっ！）

兜の下で、ほぞを噛《か》むマモ代。

ましてこいつは「断罪」の天使だ。

六能天使という奴《やつ》らは、格としては七大天使に劣るが、こと戦闘力だけなら甲乙《こうおつ》つけ難《がた》い。

魔族殺しの特化個体といっていい相手だ。

マモ代にとっては、リベラ・リタスと戦うより遥《はる》かにキツい。

というか正直、勝てる自信がない。

（なぜ私がこんな化物と戦わねばならないのだ！　いったいどこで計算が狂ったのだ！）

三たび天使の周囲に展開される七つの魔法陣を目にして、マモ代は歯を食いしばった。

†

マモ代が計算違いに慌てふためくのも、無理からぬことだった。

彼女の周到な策略が破綻した原因は、半分は偶然によるものだからだ。

理外の作用だったからだ。

今——上空ではダムナ・ティオを相手にマモ代が苦戦する一方で、地上では劇場前に集まった人々が一心不乱に祈っていた。

「どうか、どうか、王都《まち》を守ってくだせえ……」

「もう一度、あたしたちを助けてください……」

「魔王様……ケンゴー様……」

「あの悪い天使をやっつけてください……」

と、皆が口々に魔王の名を叫び、救済を求めていた。

天に祈りを捧げる者など誰一人いなかった。

さらに舞台の上では、人々の陣頭に立って鼓舞する者がいた。

「大丈夫、魔王様はきっと来てくれる！　あの方はとても立派で凄《すご》い方だって、この私は身を以《も》って知ってるんだから！」

そう声を張り上げるのは、妙齢の美女だった。

一座の看板女優で、芸名も本名もヒルデという。

かつて謎《なぞ》の失踪《しっそう》を遂げ、「白昼の月」の人気を凋落《ちょうらく》させる原因となったが、つい先日に電撃復帰し、この広場に連日二万人もの観客を集めてみせるほどのカリスマだ。

「実は私ね、ひどい病気にかかっていたの！　信じられる？　顔中、体中もう緑のイボだらけだったのよ！　それで二年もの間、お芝居ができる状態じゃなかったの。どんなお医者さんに診《み》てもらっても、匙《さじ》を投げられてたんだけど……わかるでしょう？　そう、魔王ケンゴー様が治してくれたのよ！　おかげで私は舞台に戻ることができたの！」

稀代《きたい》の看板女優はその憂《うれ》い顔と美声で人々の涙と同情を誘い、かと思えば笑顔と魅力で人々の恐怖と不安を取り除き、ケンゴーへの信頼感を喚起したのだ。

「寝たきりだったウチのお母さんも、魔王さまのおかげですっかり元気になったよ！」

「アタシの旦那も骨折した足を治してもらって、仕事をクビにならずにすんだわ！」

「でも天帝は何もしてくれなかった！」

「毎年あんなに、神殿に寄付をせびられただけ！　まるでドロボー！」

二万を超える群衆もまた、こぞって魔王の業績を讃《たた》え、天帝の有名無力を批難した。

「みんなで、大声でケンゴー様を呼びましょう！　今のベクターには頼もしい魔王様がいるんだから。きっとケンゴー様なら、なんとかしてくれるわ！」

魔族を遠い先祖に持つヒルデの髪は、人界には珍しい青色をしていた。

——と、以上がマモ代にとっての計算外の事態である。その真相である。

彼女は非常に頭が切れた。優れた策士だった。

だから、ベクターにリベラ・リタスを降臨させるための、あらゆる手を打った。ケンゴーに副作用のある霊薬を飲ませたのだって善意ではないし、セレモニーで魔王の暴走を止めようとしたルシ子《こ》を邪魔したのだって故意だ。

しかし、そのマモ代でさえ、偶然のいたずらは防ぎようがなかった。

まさか「白昼の月」のカリスマ女優が、不治の奇病にかかっていようとは。その奇病《のろい》をケンゴーが解呪《かいじゅ》し、ヒルデが彼の信奉者になってしまうとは。魔王の人気取りを妨害するために呼び寄せた「白昼の月」が、逆にケンゴーの宣伝媒体になってしまうとは。

もちろん偶然は偶然でも、ケンゴーにとっての降ってわいたラッキーでは決してなく、他ならぬ彼の善意が彼自身を助けたという形ではあるのだが。

とにかく結果として、王都人口の三分の一を超える人々が一所に集まり、天帝ではなく魔王に救いを求めるという事態になってしまった。

こんなザマでは、リベラ・リタスは降臨しない。その「救恤」の精神を以って、救うべき民がベクターにいない。

むしろ「断罪」しなければならない。天帝を見限り、魔王を崇拝する咎人《とがにん》どもなど、皆殺しにしなくてはならない。

ゆえに天使の卵から、ダムナ・ティオが降臨したのである。

ゆえにマモ代は、魔族殺しの特化個体と戦う羽目になったのである。

それが彼女の大誤算。策士、策に溺れるとは、まさにこのことだろう。

†

マモ代の苦戦は続いていた。

七条の光撃から身を守るのに必死で、未だ一度もダムナ・ティオに接近できていなかった。

右手の《砕神》と左手の《裂天》が泣いていた。

もっと速度を出して飛ぶか、もっと巧《たく》みな回避軌道をとらなくては、この《光あれ《グレート》、七つの罪源断つべし《パニッシュメント》》を完璧《かんぺき》に掻《か》い潜るのは難しかった。

しかし、マモ代の飛翔魔法はこれが限界。彼女の魔法技術は水際立っているが、さりとて極限レベルの中で語れば、どうしても得手不得手というものがある。

瞬間移動魔法もそうだ。ダムナ・ティオのすぐ傍《そば》まで転移すること自体は可能だが、その後の姿勢制御に自信がなかった。断罪の天使の方が反応が早く、斬り捨てられる恐れがあった。

マモ代は博打をしない主義だった。

ならばと、得意の幻影魔法を用いる。

自分そっくりな幻の像を二十体作り出して、一気に四散させたのだ。これにより七連光撃の狙《ねら》いが、全て幻像の方へ向かってくれればよし、また分散されるだけでも回避が容易に——

「ふぉっ⁉」

——なると計算したのに、ダムナ・ティオは確実にマモ代本体へ光撃を集中させた。幻像の方など全く見向きもしなかった。逡巡《しゅんじゅん》すらしなかった。

「なんだと⁉」

「罪の臭いがしないのだ。貴様自身以外からはな」

ダムナ・ティオは面白《おもしろ》くもなさそうに鼻を鳴らす。

(正直、泣きたい……逃げたい……。こんな魔族絶対殺すマンと戦うのもうヤダ……)

普段はクールなマモ代が、重圧のあまり幼児退行を起こしかける。

しかし、彼女は腐っても七大魔将の一角なのだ。送還魔法を用いると、両手の武器を手品のように消す。代わりに召喚魔法を用いて、一張の弓を虚空から手元に取り出す。なんたる魔導の冴《さ》えか！　この間、一秒とかかっていない。

マンモン大公国の彼女の城には、魔界屈指の宝物殿がある。代々の「強欲」が蒐集《しゅうしゅう》した、秘蔵の武具や魔道具が唸《うな》るほど眠っている。

マモ代はこれらを状況に応じて召喚し、また不要になったら宝物殿へ送還し、多数のマジックアイテムを臨機応変に使い分けて、戦うことを得手としていた。

今、マモ代が召喚した一張は、《雷弓デンオウヤ》という。胴が長く細く波打つ瀟洒《しょうしゃ》な長弓で、何も番《つが》えずとも弦を強く引けば、烈《はげ》しく瞬く紫電の矢がそこに顕現《けんげん》する。

マモ代は飛翔魔法で《光あれ、七つの罪源断つべし《グレートパニッシュメント》》を回避しつつ、狙いを定める。

その目付は正確無比。ひょうと放てば、紫電の矢は過たず天使の胸元《むなもと》へと飛んでいく。

「小癪《こしゃく》！」

ダムナ・ティオは忌々しげに、右の剣で紫電の矢を斬って落とす。

非実体のはずの稲妻を断つ——さすがは「断罪」の天使が、その秘蹟で作り出した聖なる刃。霊験灼《あたら》かなることこの上なし。

だがマモ代も遮二無二《しゃにむに》、次の弓箭《いかずち》を番えて見舞う。

結果は同じ、断罪の天使は斬り払って防ぐ。

その攻防を五度、六度と無為にくり返して、しかしマモ代は内心しめしめだった。

(どうやらある程度、集中できねば、七発同時光撃はできぬようだな)

紫電の矢を防ぎながらでは、《光あれ、七つの罪源断つべし《グレートパニッシュメント》》の魔導を全うできないらしい。

マモ代が《デンオウヤ》で遠距離戦を挑んで以降、すっかり立場が逆転していた。最初はこちらが防戦一方だったのに、今はダムナ・ティオをその状況に追い込んでいた。

そして、今度はあちらが業を煮やす番だった。

左右の剣を構え直し、飛翔の秘蹟を用い、高速で突撃してくる。

あたかも神に成り代わったが如《ごと》く天頂から微動だにせず、傲岸不遜《ごうがんふそん》に太陽を背負っていたダムナ・ティオが、あちらの方からマモ代のところへ降りてくる。

（ククッ。会議だろうと戦だろうと、主導権をにぎってこそ「強欲」よな）

だんだんと調子が出てきた。

マモ代は再び送還魔法と召喚魔法を駆使。掌中から《雷弓》が消えた瞬間にはもう、右手に破壊の鉄槌《ヴィルゴール》と左手に切れ味抜群の薙刀《べヘルメイメス》が顕《あらわ》れている。

「断罪ッ」

「ハハッ」

迫るダムナ・ティオを、マモ代は薙刀のリーチを活かして寄せ付ける前に迎撃する。

断罪の天使も右の剣を振るって応じ、刃と刃が交錯する。

「天をも裂くもの」の異名を持つ《べヘルメイメス》は、ダムナ・ティオの得物の刀身を逆に斬り飛ばした。鋼《やいば》と鋼《やいば》がぶつかる瞬間の衝撃など、ほとんど感じさせなかった。まさに身の毛もよだつ切れ味であった。

「どうした？　小官の罪を断つのではなかったか？」

「無論、そのつもりである。それが天帝聖下の御心《みこころ》でもある」

右の剣を放り捨てたダムナ・ティオが、平然と突撃を続行する。

マモ代が薙刀を振りきったその隙《すき》に、リーチの懐《ふところ》へ飛び込んで左の剣を振るってくる。

一言、凄《すさ》まじい太刀筋《たちすじ》だ。

ダムナ・ティオが純粋な武術の技倆《ぎりよう》においても、卓越しているのがよくわかる。さすがは武力を以って天帝の威光を体現する、六能天使の一角。

しかし、マモ代とて七大魔将の一角だ。

今度は先ほどと逆、相手の斬撃にこちらが《砕神》で応じる。「断罪」の天使の聖剣と、「強欲」の魔将の鉄槌が正面衝突する。そして、「神さえ砕くもの」の異名を持つ《ヴィルゴール》は、ダムナ・ティオの得物の刀身を真っ向から粉砕した。聖別された鋼が木端微塵《こっぱみじん》となって派手に散った。

「ハッ。貴様、口ばかりか？」

「焦《あせ》るな、魔族。罪を受け入れ、心静かに裁断の時を待つがよい」

ダムナ・ティオは再び二本の剣を創造し、両手に構えて斬りかかってくる。

結果は同じ、《ベヘルメイメス》はその刃を逆に断ち切り、《ヴィルゴール》はその刀身を粉砕する。遠距離戦に続き、白兵戦闘においてもマモ代の武具は断罪の天使を圧倒した。

ダムナ・ティオはそれでもめげず、諦《あきら》めず、新たに聖剣を創造して躍りかかってくる。

互いに飛翔魔法を使い、王都上空を高速で飛び交い、その交錯ざまに斬り結ぶ。

そのたびにダムナ・ティオの剣は破壊され続ける。《ベヘルメイメス》を受けては両断され、

《ヴィルゴール》に受けられては砕かれる。

対し、《裂天》は刀身に刃毀《はこぼ》れ一つ、《砕神》は平頭部に歪《ひず》み一つ生じていない。

「我が父祖らが代々その『強欲』にかけて奪い、盗み、贖《あがな》い、作らせ、蒐《か》り集めた秘宝の数々、天使風情《ふぜい》に断ち切れるものかよ」

マモ代は挑発するとともに、嵩《かさ》にかかって攻勢に出る。


このまま断罪の天使の、両の剣だけを破壊しまくる戦況が続いてもよし。そう、ダムナ・ティオ自身へは、一刀も浴びせることができないままでよし。

相手とて新たに一振り聖剣を創造するたびに、少なくない魔力を消費している。ナマクラ一本、作り出すのとはわけが違う。

そして真実、魔力無尽蔵の者など存在しない。それはあのケンゴーでさえそう。歴代最強の魔王だとて例外ではない。

つまりはダムナ・ティオの剣を破壊するだけでも、いつかは魔力を枯渇させることができるということ。確実に損耗《そんもう》を強《し》いているということ。着実に勝利へ向かっているということ。

マモ代が嵩にかからない理由はない。

言葉責めまで交え、総じて気位の高い天使の精神的余裕まで削り取っていく算段だ。

――算段だったのだ。

「我が断つは汝《なんじ》が罪なり。咎人が用いる武具に罪はなし。断てぬは道理である」

ダムナ・ティオが一向に焦る様子がないのを見て、マモ代の方が不気味さを覚えるまでは。

「ハッ、減らず口を！　貴様、ルシ子の親戚か？」

せせら笑って見せるが、むしろこの皮肉こそが強がりだった。

（何を企《たくら》んでいる？　それとも私の勝算に誤りがあるのか？）

アグレッシブだったマモ代の脳裏に、一転して弱気がかすめる。元々、相手が六能天使という極限のレベルになれば、戦闘能力に自信が持てないのだ。

そして実際、彼女は見落としていた。

《ベヘルメイメス》で景気よく斬り飛ばしていた、ダムナ・ティオの剣――十幾本と斬り落としたその刀身がどこへ行ったのか、はっきり行方《ゆくえ》を確認していなかった。てっきり眼下の王都へ墜落していったものだとばかり思い込んでいた。

その錯誤が、死角からの奇襲を招いてしまう。

斬って捨てたはずの刀身の一本が、まるで生き物のように自律的に、あるいは矢のような動きでマモ代の背後から飛来し、その切っ先を向けてきたのだ。

飛び道具に対して万全の守りとなる、《アモン》が割って入って防いでくれなかったら、マモ代は背中を刺されていたかもしれない。

（む……？）

遅れてマモ代も、そのバックアタックに気づく。

フルフェイス式の兜で身を固めた今、どうしても視界が犠牲になっている。仕方なく魔力の一部を探知魔法に回し、周囲全域の状況把握に努める。

そして、ようやく気づいた。

斬り捨てたはずの刀身そのものが、砕き散らしたはずの刀身の残骸が、聖剣だったものの成れの果てが、全て宙を漂い、マモ代たちの戦いを遠巻きにしていたのだ。

これぞ断罪の天使の、刀身乱舞の秘蹟。

「かかれ」

ダムナ・ティオの高圧的な号令で、十数本の刃が一斉に襲いかかってきた。

たちまち《アモン》と《ウンモン》も動き、忠実に主を守ってくれるが、二枚の盾でその総攻撃を食い止められるものではない。

十本以上の刀身が、そのまま矢のように飛んでくる。

「チィッ」

マモ代は舌打ち一つ、飛翔魔法を駆使してかわす。

だが、刀身もまた軌道を変えて、高速で追尾してくる。

とうとう一本避けきれず、肩口へ斬りつけられる。そこを覆う甲冑の表面を刀身が削り、火花が散る。キナ臭い匂《にお》いが立ち込める。

マモ代自身は事なきを得たが、楽観はできなかった。なにしろ《白虎ガオガンティス》は、硬さでは魔界随一とされているのに、傷物にされたのだ。成れの果てとはいえ、断罪の天使が作り出した聖剣に伊達《だて》はなかった。

やむなく《裂天》で斬り払い、《砕神》で打ち払おうとするが、自律する刀身どもはまるで嘲るような動作で薙刀の下をぐり抜け、鉄槌をひらりとよける。

また間髪入れずに襲い来る。

これではまるで十数人の刺客が現れ、ダムナ・ティオに加勢しているような戦況。

（孤軍奮闘など、私の性に合わん！）

マモ代は《裂天》と《砕神》を手放した。

無論、「強欲」な彼女が捨てるわけがない。《不可視の兵士《インヴィジブル　ソルジャー》》の魔法をかけて、こちらも武具に自動的に戦わせるのだ。

さらに矢継ぎ早に召喚魔法を用い、長剣、短刀、投槍《なげやり》、戦斧《せんぷ》、大鎌、丸盾――等々、計十個の秘宝にも《不可視の兵士《インヴィジブル　ソルジャー》》をかけて、聖剣の成れの果てどもへ応戦させる。

これでマモ代は、ダムナ・ティオ本体との戦いに集中できる。

左右の籠手《こて》を軽く振ると、刃渡り一メートル、幅二十センチほどの仕込み刀が手首の部分から跳び出る。《白虎》の「隠し爪《づめ》」と呼ばれる機能だ。

両の爪を新たな武器に、マモ代は断罪の天使へラッシュをかける。

最硬の鎧《よろい》に仕込まれた刃は、切れ味の点でも――《ベヘルメイメス》には遠く及ばぬものの、十二分に――優れていた。両の爪でダムナ・ティオが受けに使った両の剣を、両断する。

ただし、これは良し悪《あ》しというものであった。斬り飛ばした聖剣の先は、またも乱舞する刃と化してマモ代の包囲網に加わるからだ。ダムナ・ティオが聖剣を創造して補充するたびに、それをこちらが破壊するたびに、敵の陣容が厚くなるのでは堪《たま》ったものではない。

(では、ほどほどの切れ味の武具を使うか?)

マモ代は自問し、すぐに否定した。勝利はあくまでダムナ・ティオを討ち滅ぼしてこそ。敢《あ》えて殺傷力を抑えた武具を使って戦うなどと、本末転倒も甚《はなは》だしい。


実際、マモ代のその思考法に間違いはなかった。

戦法に間違いがあるとすれば、もっと別の問題だった。

マモン家の宝物殿には、それこそ無数の武具がひしめいている。ならばマモ代は十個といわず大量の刀剣を召喚し、《不可視《インヴィジブル》の兵士《ソルジャー》》をかけて、刀身乱舞の秘蹟に応戦させればよいのではないか？　なぜしないのか？

それはマモ代の魔法技術を以ってしても、同時に使用できる《不可視《インヴィジブル》の兵士《ソルジャー》》の数は、十体が限界だからだ。もっと増やせないこともないのだが、《兵士》を操《あやつ》る精度がガタ落ちする。

すると武具の扱いまで稚拙になり、また雑になってしまう。

そのせいで乱舞する刀身どもに後《おく》れをとり、最悪、秘蔵の武具が破壊されるようなことになれば目も当てられない。「強欲」の性分としてあり得ない。

——と、ここがマモ代の考え違いであった。

刀身乱舞の秘蹟を遠ざけ、ダムナ・ティオとの戦いに集中したいだけならば、何も強力な秘宝を召喚する必要はなかったのだ。数打ちの刀剣を適当に選び、大量に召喚して、多数の《兵士》に雑に扱わせればよかったのだ。壊れようが喪《うしな》われようが惜しくもなかったのだ。

マモ代は狡猾《こうかつ》な女だが、その才知は長考や深謀遠慮でこそ発揮される。

強敵との戦闘という極限状態で、咄嗟に最適解をつかみとるような、どちらかというと動物的嗅覚や勘と紙一重な知恵の持ち主ではなかった。

（長期戦になればなるほど、私が不利ということか……）

錯誤に気づけぬまま、焦りを覚えるマモ代。

自分でも知らず知らずのうちに早期決着を求め、ダムナ・ティオと斬り結ぶ太刀筋に最初のころのような余裕がなくなっていく。フェイント等の小技が減り、代わりに大振りや急所を狙った攻撃が増える。

それこそ断罪の天使にとって、思うツボだと気づかぬままに！

（死ねい……っ）

マモ代はダムナ・ティオが構える左右の剣を斬り払うと、ギラリ、双眸《そうぼう》に殺意を漲らせた。

断罪の天使が補充の聖剣を創造する前に、その心臓へ目掛けて右の「爪」で刺突を放つ。

それは素晴らしく鋭い一撃だった。ただあまりに性急すぎた。

武術を極めた断罪の天使は、その短絡を見逃さなかった。

体を右へわずかにずらすだけで必殺の刺突を回避すると同時に、マモ代が伸ばした右腕を左脇に抱え込んで、固める。

（私の関節でも極《き》めるつもりか⁉　悠長な！）

いくら《ガオガンティス》が最硬であろうと、確かに関節技は防げない。

しかし、たとえ折られたとして、骨折程度なら治癒魔法ですぐに完治できる。

それもわからぬほど愚鈍ではあるまいと、抜ける努力をしつつもマモ代は訝《いぶか》しむ。

ところが、断罪の天使はさらに意味不明な行動に出た。

左脇にマモ代の腕を抱えて固定したまま、右腕を振り上げ、手刀の形を作ったのだ。

（重甲冑を着た私相手に、徒手空拳《としゅくうけん》でなんとする！）

戦いの最中にもかかわらず、思わず失笑するマモ代。

い、い、い、い、い、い、

紛れもない油断であった。

「――断罪」

ダムナ・ティオが抱えたマモ代の右腕へと、手刀を振り下ろす。

《白虎》の装甲の上から、躊躇《ちゅうちょ》なくだ。

そしてただの手刀が、魔界最硬の鎧ごとマモ代の右腕を斬り落とした。

「ああああああああああっ」

マモ代は苦悶《くもん》の叫びとともに後ろへ仰《の》け反《ぞ》る。

（ハメられた！）

遅まきながら己が一杯食わされたことと、油断してしまった愚かを悟る。

武器に頼らぬダムナ・ティオの手刀こそが、どんな名刀よりも切れ味優れた、まさに「断罪」の象徴だったのだ。

ただし普通の剣を用いるのと比べ、当然そのリーチは短い。

だから確実にマモ代を間合いに捉《とら》えるまで、まさに奥の手として隠し持っていたのだ。

これみよがしに聖剣を創造し、破壊されるたびにすぐ補充して、「二刀を使うのが断罪の天使の白兵戦スタイル」だとマモ代に印象付けて、罠《わな》を張っていたのだ。

一枚、上手《うわて》だったのだ。

（これが六能天使の恐ろしさか……！）

こと戦闘においては七大天使にも劣らぬ、殺戮の特化個体ども。

天使の中には持って生まれた魔力や特殊能力が強いだけで、実戦経験の乏しい――要するにチョロい奴らもいるが、こいつらには当てはまらない。

むしろマモ代の方こそ才能はあれど、修羅場をくぐった数の少なさを露呈してしまっていた。

(どうする⁉　どうする⁉　どうする⁉)

右腕を喪った不利と痛みで、混乱するマモ代。

無論、治癒魔法を使えば再生は可能だ。ただし、腕一本の完全蘇生となると時間がかかる。

魔力もバカみたいに食われる。骨折などとは話が違う。

戦闘中にそんな余裕があるだろうか？　それとも腕を喪《うしな》ったまま戦うハンデよりはマシか？

痛みも邪魔して、咄嗟に判断がつかない。

しかも、ダムナ・ティオもここぞとばかりに、一気呵成《いっきかせい》に攻めかかってくる。

まずは刀身乱舞の秘蹟を行使。

これまで断たれた切っ先のみを操っていたのが、粉々に砕かれた破片の方も同時に使う。

輪切りにされたマモ代の右腕は今、当然、その根本部分が甲冑に守られていない。そこから粉砕された聖剣の破片が、まるで害虫の大群のように侵入してきたのだ。《白虎》の内側で暴れ、マモ代を切り刻み、苛《さいな》んだのだ。

「ぎっ――あああああああああああああああああああああっ」

あまりの苦痛に絶叫し、飛翔魔法のコントロールもままならず、王都上空でのたうち回る。

そこへダムナ・ティオが無手のまま、襲い来る！

忠実な《アモン》と《ウンモン》がすかさず阻んでくれようとするも、断罪の天使が振るった左右の手刀で真っ二つにされてしまう。

ただ、幾ばくかの時間を稼いでくれた。

マモ代は激痛で集中力を削がれる中、いつもの三十倍以上の苦労——すなわち三秒かけて、召喚魔法をどうにか成功させる。

ガーネットでできた心臓めいた秘宝を、ダムナ・ティオに投げつける。

千年以上もかつての話だ。マモ代の祖父が、火と水の両天使と干戈《かんか》を交えた。

激闘の末、祖父はア・キュアを生け捕りにし、イグナ・イスを討ち取った。

そして、屠った「火」の天使から心臓をえぐり出すと、素材に使って秘宝を作らせた。

それがこの、《炎心バーデンスヴァイズ》である。

魔力で着火し、起動してやると、後は独りでに火炎放射を乱発し、周囲を激しく攻撃しながら最後は自らも燃え尽きる。

強力だが、一度きりしか使えない秘蔵の品だ。

それを「強欲」なマモ代が、惜しむことなく投入した。いや、彼女は「強欲」だからこそ、自分の命以上に大切なものなどなかった。

宙の一点に留まった《炎心》は、すぐさま攻撃を開始する。強烈な火を噴いて、四方八方、手当たり次第に焼き払い、大気を焦《こ》がす。

ダムナ・ティオへの牽制《けんせい》と、目くらましになるはずだった。

そう、マモ代は《炎心》を囮《おとり》にして、一目散に逃げ出したのだ。

（もはや私の負けでよい！　恥も外聞も知らん！　命あっての物種だ！　あのお優しい魔王陛下なら、責任とって死んで詫びろとか言わぬだろうよ！　あとはサ藤やベル乃に任せた！）

飛翔魔法に全力を注《そそ》いで、高速で戦場から離脱しようとしたのだ。

ひたすら真《ま》っ直《す》ぐ、一秒でも早く、一メートルでも遠くへと急ぐ。

瞬間移動魔法が使えれば一番よかったのだが、激痛に邪魔されながらあの高度で繊細な魔導を完成させるのは不可能だった。

だから、尻尾《しっぽ》を巻いて遁走《とんそう》を図る。


——そのマモ代の背中は、ダムナ・ティオにとっての格好の的。

断罪の天使は《バーデンスヴァイズ》の火炎放射を意に介さず、身を焼かれるに任せて聖句を唱える。

「傲慢なる者よ、滅すべし。強欲なる者よ、滅すべし。嫉妬深き者よ、滅すべし。憤怒する者よ、滅すべし。色欲に乱れる者よ、滅すべし。暴食に溺れる者よ、滅すべし。怠惰なる者よ、滅すべし――」

炎に包まれながらも祈るその姿は、まるで殉教者めいていた！

そしてダムナ・ティオの聖句《こえ》は、マモ代にも聞こえた。

ゾッとなって振り返る。

断罪の天使が、再び七つの魔法陣を展開していた。

しかも周囲七か所にではなく、七つを完全に重ね合わせた上で、前後に伸ばして展開。

あたかも長大な砲身の如く、その砲口をマモ代へ向ける。

（マズいマズいマズいマズい！　あれはマズい！）

もはや悪寒どころの話ではなく、マモ代の脳裏で警鐘が鳴り響く。

一発一発でさえ恐るべき威力の光撃を、七条全て一点に纏《まと》めて放つその一撃は、いったいどれほどの破壊力になろうか。

いや、本当にただ火力を収束させるだけのものだろうか？

ダムナ・ティオの聖句に合わせ、七つの魔法陣が奇妙な運動を開始していた。その場で歯車のように回転していた。それも七つ全てがバラバラに。あるものは右回り、またあるものは左回り。あるものはゆっくり、またあるものは忙《せわ》しなく。

その不気味な動きに比例して、マモ代のうちで警鐘が激しくなっていく。

しかし、今さらまともに回避もできない。全速力で真っ直ぐ飛んで逃げているこの状態で、且つ激痛で魔法のコントロールも上手くできない中、いきなり複雑な軌道を描いて飛ぶような真似《まね》は難しい。

《アモン》と《ウンモン》も既に破壊された。

せめてダムナ・ティオが狙いを外してくれることを祈るしかないが、あの戦闘特化個体に限って、それを期待するのは虚しいだろう。

(死ぬのか⁉ この私が⁉ こんなところで⁉)

マモ代は恐怖に駆られるまま、魔力を振り絞ろうとした。飛翔速度を上げようとした。

しかし、人族が野生動物より速くは走れないように、限界を超えて飛ぶことはできなかった。

にもかかわらず、マモ代は死から逃れたい一心で速度を求め、右手を前へ前へと伸ばす。

その無意味な行為を、悲愴《ひそう》な姿を――

「断、罪」

ダムナ・ティオは嘲るように、収束させた列光を撃ち放った。

「あ……っ」

寸分の狂いなく己へと迫る光条を振り返って、マモ代は死を覚悟する。

不思議と、恐怖がすっと消えた。

生に執着し、浅ましいまでの逃げっぷりをさらしていた「強欲」な自分が、事ここに至って諦観の境地を拓《ひら》いていた。

（いや、私が「強欲」だからこそ、か……）

マモ代は悟りきった笑みを浮かべると、ゆっくりと瞼を閉じていく。

この死は、断罪の天使による断罪は、まさに自業自得の結果である。

ケンゴーを魔王の座から引きずり下ろすために、画策と暗躍をした応報である。

けれどもそれを、マモ代は全く後悔していなかった。

（恐らく他の魔将たちの方が賢明なのだろう。歴代最強の魔王を戴《いただ》く幸運を喜び、あの男に仕える代わりに庇護《ひご》を受け、君臣の交わりの中に平凡な幸福を見出すべきだったのだろう）

しかし、そんな生き方はマモ代の性分ではない。

そしてだから、志尊の座を「強欲」に求めた結果、力不足で果てるのならば――それはなんとも自分らしい死に様だと思えたのだ。満足のいく末路だと思えたのだ。

（だったら、私は、もう、静かに――）

「マモ代おおおおおおおおおおおおおおおおおおおおおおおおッ!!」

(――ここで終わりを迎え……ってえええええええええ⁉)

マモ代はほとんど閉じかけた瞼を、カッと見開いた。

そのガン開きになった目で、信じられないものを見た。

今日はもう数えきれないほどに、読み予測や計算を裏切られ続けた自分が、最後の最後でまた裏切られる羽目になった。

まさか、ケンゴーがこの場に現れるとは！

まさか、断罪の光へと自ら飛び込んでいくとは！

まさか、身を挺して庇《かば》ってくれるとは！

(乳兄妹《ちきょうだい》のルシ子ならともかく、なぜ私を助ける⁉　しかも体まで張って！)

こんなものは予想も計算もしていない。

裏切られた。卑怯《ひきょう》だ。

時は少し遡る――

マモ代《よ》が刀身乱舞の秘蹟《ひせき》に対し、《不可視の兵士《インヴィジブルソルジャー》》で応戦を始めていたそのころ。

城下の至るところで、地獄絵図が繰り広げられていた。

断罪の天使が七条の光撃を放ったたび、その流れ弾がいくつもいくつも地上に降り注《そそ》ぎ、木々を焼き、家々を焼き、人々を焼き、都を灰燼《かいじん》へと変えていったのだ。

「この世の終わりだ！」

「ついに魔王軍が攻めてきたぞ！」

「バカ言えっ。あれのどこが魔王軍だよ!?　どう見たって天使だろうが！」

「ようやく理解できた！　天帝《かみ》が人族《ひと》を救うはずがなかったんだ！　最初から滅ぼすつもりだったんだ！　ずっと信じてたオレが間抜けすぎた!!」

人々は悲嘆に暮れ、また天を呪《のろ》いながら、逃げ惑う。

当《あ》て所《ど》もなく、破壊の光が自らの上に落ちてこないことを、ひたすら祈り続ける。

そんな群衆たちが行き交う姿を尻目《しりめ》に、トリシャは懸命になって瓦礫《がれき》を撤去していた。

同志であるナベルを救助するためだ。

住居の倒壊に巻き込まれた彼は、胴の半ばまでを瓦礫の下に埋もれさせていた。その状態でヒステリックに、口汚くわめき散らしていた。

「クソ！　クソ！　ヴァネッシア、あのあばずれめ！　よくも俺《おれ》たちをだましたな‼」

周囲にトリシャ以外の仲間もおらず、もはや助からないと考えているのだろう。騎士の体面を剝《は》ぎ取り、知性と品性をかなぐり捨てた、見苦しい姿をさらしていた。

「何が聖女だ！　何が〝白の乙女《おとめ》〟だ！　結局、神殿の奴《やつ》らはどいつもこいつも信用ならない！　天帝《かみ》も天使もクソ喰《く》らえだ！」

「もうやめてください、ナベル……。今、助けますから……どうか、自棄《やけ》にならないで……」

トリシャは涙ながらに懇願《こんがん》する。ナベルが他者に責任の全てを転嫁し、八つ当たりじみたことを叫ぶごとに、よけいにみじめになってくる。

工具を使わず素手で瓦礫を撤去するのは、大変な苦痛を伴った。トリシャの掌《てのひら》は傷だらけで、爪《つめ》は割れて剝げ落ちそうになっていた。この上、気力まで萎《しお》れてしまったら、この場でうずくまって泣きたくなってくる。

だというのに、ナベルは呪詛《じゅそ》を吐くのをやめてくれなかった。

「さりとて魔王軍もクソ喰らえだ！　俺もようやく理解したぞ！　つまりこの世には救いなどなかったのだ！　最初からそもそもなかったのだ！　この世こそが地獄だったのだ‼」

「もうやめて、ナベル……。本当にやめて……」

これ以上、辛《つら》い現実を突きつけて欲しくなかった。

耳を塞《ふさ》いでしまいそうになった。

女手一つで、一向に進まぬ撤去作業。終わりの見えない苦行。それでもトリシャがナベルを見捨てなかったのは、一種の代償行為だった。

ヴァネッシアにだまされたとはいえ、あの凶悪な天使を降臨させてしまった自責の念と、王都にこの地獄絵図を招いてしまった罪悪感を、せめてもの和らげなくては自決を選んでしまいそうだった。こんなことでは何も罪滅ぼしにならないとわかっていても、人助けという善行に逃げなくては心が壊れてしまいそうだった。

だがしかし、彼女の努力と献身虚《むな》しく状況は悪化の一途をたどる。

断罪の天使による光撃は、しばらくやんでいたのに。今度は真《ま》っ赤《か》な心臓のような何か、宝石細工のような何かが上空に現れ、辺り構わず炎を噴いて暴れ出したのだ。その火柱が地上にまで降り注いで、王都のあちこちに広がる火災をさらに燃え広げさせたのだ。

（ここもすぐに火の海になるかもしれない）

あとは運不運の問題だと、トリシャは思った。

（その方がいっそ、楽になれるかもしれない）

暗い目をして、トリシャは思った。

でも、すぐに気力を振り絞り、その悲観を横にどけた瓦礫とともに否定する。自分が焼かれるのは因果応報だが、周りには逃げ惑う罪なき人々がいる。彼らが巻き込まれるのは、絶対に嫌だった。

「誰でもいいわ……助けて頂戴……」

素手で瓦礫を掘り、剝げかけた爪の間から血を流しながら、トリシャはぽつりと呟《つぶや》いた。

「私はどうなってもいい……。だから、皆を助けて……」

虚しい台詞《せりふ》だと自分でもわかっていて、それでも呟かずにいられなかった。

どうせ天帝《かみ》も魔王《あくま》も助けてくれない。アベルの言う通りだ。

虚しくて、悲しくて、涙があふれて止まらなかった。

だから、本当に驚いた——

「それはできぬ相談だな、トリシャ卿」

——自分の独り言に、返事があった時は。

「……え?」

聞き覚えのある声だった。

瓦礫を掘る手を止めて、トリシャはその声の主を目で捜す。

いた。

魔王だ。ケンゴーだ。

瓦礫の山となった住居の頂に立ち、まるで天をつかみとらんとするように広げた右の掌を頭上へ伸ばしていた。

「……なぜ、貴様がここに……？」

「遅参、許せ――などとは言えんな。ともかく防御魔法で屋根を張った。目には見えぬだろうが、この一帯はもう安全だ。だから自分はどうなってもいいなどと、哀しいことは申すな」

「まさか……まさか……私たちを助けるために……？」

信じられない想《おも》いでトリシャは問いかける。

ナベルも目を剝《む》き、魔王の横顔を凝視している。

果たして、答えたのは魔王ではなかった。

「いやいやいや、それはちょーっと自意識過剰かなあ」

如何《いか》にも軽薄そうな青年が、チャラい口調で揶揄《やゆ》した。

トリシャたちは知らなかったが、「嫉妬《しっと》」の魔将レヴィ山《やま》だった。

「いと慈悲深き魔王陛下は、ベクターの家畜を一匹でも多く救うために、御自ら火消しして回ってらっしゃるわけよ。おたくらがそこにいたのは、たまたまよ。た・ま・た・ま」

「それでもいい！　民を救ってくれるなら、なんでもいい！　お願いいたします、魔王陛下!!」

トリシャは乞わずにいられなかった。虫が良い話だと自分でもわかっていた。それでもこの惨状が救われるのなら、悪魔に魂を売ることだってできた。

果たして、答えたのは魔王だった。

「後はあの心のない天使をどうにかするだけだ。余はマモ代の助太刀《すけだち》にゆく。トリシャ卿らを任せてよいか、レヴィ山」

「御意《ぎょい》です、我が君。そして、ご武運を」

レヴィ山がおどけた仕種《しぐさ》で一礼する。

魔法で上空へと翔けていく魔王を、ひらひら手を振って見送る。

それからこっちへ向き直り、

「そいつ助けるから、ちょっーっとどいてくれる、トリシャちゃん？」

「は、はい。よろしく頼みます」

トリシャが言う通りにすると、レヴィ山はへらへら笑いながら口笛を吹く。ただそれだけでナベルを埋めていた大量の瓦礫が、綿埃《わたぼこり》のように吹き飛んでいく。

さらには、助け出されたナベルとトリシャのそれぞれに掌をかざす。するとそこから、何か温かい力が伝わってくる。傷ついた二人の体が急速に癒《いや》されていく。

どちらも魔法の仕業《しわざ》だろう。

「あ、ありがたい……。なんとお礼を言ってよいか……」

「礼なら今度、我が君に言ってよ。助けようと思ったのはオレちゃんじゃなくて、あのお方だしね。きっとお喜びになるしね」

トリシャは深々と頭を下げたが、レヴィ山は感謝を受けとらなかった。

一方、ナベルは助けてもらっておきながら、やさぐれた顔つきのまま、

「こんな奴らに礼など要るか！　どうせまたぞろ何か企《たくら》んでいるだけだろう！　後でまた俺たちを裏切るんだろう！」

「あのさあ」

レヴィ山は軽薄な笑みを口元に張りつかせたまま、言った。

「企んでるのはおたくらもだろ？　じゃあお互い様じゃん」

「なんだと⁉」

「一度しか言わないから、よく聞きなよ？」

レヴィ山はへらへらと警告してくる。

だが、トリシャは気づいた。この男の目は、微塵《みじん》も笑っていなかった。

「おたくらも含めたベクターの民はさ、みーんなさ、我が君の家畜として慈悲で生かされてるんだよ。今後はそれを肝《きも》に銘《めい》じて、絶対に忘れちゃダメだぜ？」

軽薄な口調の中に潜む、得体の知れない「凄味《すごみ》」が、トリシャを慄然《りつぜん》とさせた。

ナベルも気づいたのだろう。もう顔面蒼白《そうはく》になっていた。

レヴィ山は最後までチャラい態度のまま言い残した。

「そりゃ家畜風情《ふぜい》のおイタに目くじらを立てるほど、ガキじゃないけどさ。おたくらがあんまりにも我が君の優しさを無下にするようなら、たとえあのお方が許しても――オレちゃんが殺すよ？」

†

ルシ子《こ》は中央広場にいた。

ヒルデら役者陣を差し置いて簡易舞台に立ち、腕組みしてふんぞり返っていた。ケンゴーの頼みで、いの一番にここへ来て、防御魔法の天蓋《てんがい》を作り、二万を超える人々を守っているのだ。

またルシ子の顔はヒルデが憶《おぼ》えていてくれて、観衆たちに説明と紹介もしてくれたので、面倒なく受け容れられた。

この場に集まった全員で、上空の戦いを見守った。

さらにアス美《み》もやってくる。やはりケンゴーの命で、別の場所の消火活動をしていたのが終わったのだ。他《ほか》の魔将たちとも役割分担をし、各自片付き次第、ここで合流する手筈《てはず》だった。

「くく、妾《わらわ》が一番乗りか。後で主殿《あるじどの》に褒《ほ》めてもらおう♥」

「そうね、こういうの『アタシの次に』得意なマモ代が、あそこで戦ってるものね」

「後はそのマモ代が勝てば、一件落着かの」

「さあね、そう上手《うま》くは行かないんじゃない？」

ルシ子のこれは、いつもの憎まれ口とは言いきれなかった。マモ代は断罪の天使相手に、明らかに苦戦していた。そして、とうとう尻尾《しっぽ》を巻いて逃げ出す始末だった。

「あのバカッ」

とルシ子は叫ぶ。

それはよけい悪手よ！　と内心では案じての発言だ。ツンデレ発言だ。

敵前逃亡は確かに恥だが、恥を忍ぶのは勇気というもの。無駄死にするくらいならば、生還してまた後日、ケンゴーの役に立って汚名を雪《そそ》げばいい。それこそマモ代の取り柄《とえ》は、戦闘以外のところにあるのだから。なので遁走《とんそう》を図ったこと自体は、ルシ子も責める気はない。

「ふむん。妾が言えた口でもないが、マモ代は本当に戦下手じゃのう」

アス美も呆《あき》れた、問題はそこ。

瞬間移動魔法も使えなくなるくらい状況が悪化してから、逃げの一手を打っても遅いのだ。

敵《かな》わぬと判断して撤退するのならば、もっと早い時点で確実にしておくべきだった。

そして実際、背中を見せたマモ代に対し、ダムナ・ティオは大技を準備する。七つの魔法陣をまるで長大な砲身の如《ごと》く前後に並べ、魔力を充填《じゅうてん》していく。

「あれはもしや、《かくて地上より《パニッシュメント》一切の罪は消え去り《コンプリート》》ではないか？」

任務を終えたベル原《はら》が、顔を出すなり得意げに語った。

「知っておるのか、ベル原？」

「かつて三代目マルコシアス侯や六代目アスタロト大公爵といった傑物《けつぶつ》たちをして、一撃で葬り去ったと伝えられる極大魔法だ。断罪の天使の切り札だ」

「マモ代がヤバいじゃないのよ！」

恐ろしい話を平然とするベル原とは対照的に、ルシ子は素《す》っ頓狂《とんきょう》な声を上げる。

だがそのベル原もすぐに、他人事《ひとごと》みたいな態度ではいられなくなった。

ケンゴーが——地上の都から空の戦場へと、グングンと翔け上がっていく姿が見えたからだ。

「ナニ考えてるわけ、ケンゴー⁉」

「ま、まさか……っ」

「マモ代を庇《かば》うおつもりか⁉」

ケンゴーの身を心配して、今度はアス美とベル原まで素っ頓狂な声を上げる。

しかし、そのまさかだった。

断罪の天使が撃ち放った、一際烈《ひときわはげ》しい光条。

三代目マルコシアス侯の時代から語り継がれるという伝説の、必殺の一撃。

それに向かい、あのヘタレチキンのケンゴーが真正面から飛び込み、体を張って食い止め、マモ代を庇ったのだ！

「ケンゴオオオオオオオオオオオオオ⁉」

「主殿おおおおおおおおおおおおおお⁉」

「陛下ああああああああああああああ⁉」

ルシ子、アス美、ベル原がそろって絶叫する。

この世界の終焉《しゅうえん》の瞬間を、目にしてしまったかのような表情になる。

だが――

しかし――

ダムナ・ティオの絶対断罪の一撃を、真っ向から浴びてなお――

「ファファファファファファファファファファファファファファファファファファファ！」

ケンゴーは平気な顔で笑っていた！

魔王風をびゅんびゅん吹かせていた！

「わ、我が君が伝説を超えたあああああああっっっ」

ベル原がもう感激のあまり滂沱《ぼうだ》の涙を流している。

「くくく……つまり妾らは歴史の証人、目撃者か」

そういうことに興味のなさそうなアス美まで、武者震いしている。

（はぁ……よかった……。マジ死んだかと思った……）

ルシ子など腰を抜かして、その場にへなへなと崩れ落ちた。

「あんまりびっくりさせないでよね、バカケンゴー」

いつもの憎まれ口も、安堵《あんど》の笑み混じりではキレがなかった。

†

「ファファファ！　ファファファファファファファ！」

王都上空に、魔王然とした哄笑《こうしょう》が響き渡る。

しかし内心でケンゴーは、

（セ、セーーーーーーーーーーーーーーーーーフ！）

もうビビりまくっていた。権威的な意味でも公序良俗の意味でも他人にはお見せできないが、金玉も縮み上がっていた。

確かにマモ代を助けたい一心で駆けつけたが、決して無鉄砲で体を張ったわけではない。解呪魔法《ディスペルマスター》の第一人者たる彼は、ダムナ・ティオが《かくて地上より一切の罪は消え去り《パニッシュメントコンプリート》》を準備する、長い魔導を「眼」で精査した上で、その性質を見破っていた。

この極大魔法は標的が過去に犯した罪が重ければ重いほど、また善悪の資質が悪へと傾けば傾くほど、その身を強烈に焼き滅ぼすというものだった。ゆえにマモ代が浴びればひとたまりもないものだが、自分だったらそこまで痛くないのではないかと計算していた。

（とはいえ、俺だって自分がまさか聖人君子だと思ってはないしな……）

悪いことだってちょこちょこしてきた。例えば幼稚園の時、さくら組のせいなちゃんを泣かせてしまったアレは、何ダメージに相当するのだろうか。中学の時、大好きだった深夜アニメの最終回をリアタイ視聴したいばかりに、翌日大遅刻してしまったアレは何ダメージか。そういう罪が積もり積もって、実は大ダメージを受けるんじゃないかと、ヘタレチキンは足の震えを隠しながら飛んできたのだ。

ともあれセーフ！　負ったのはかすり傷程度！　断罪の天使の切り札はもう恐くない！

「マ、我が陛下《マインカイザー》……どうしてこちらに……っ」

背後に庇うマモ代が訊《き》いてきた。申し訳なさや忸怩《じくじ》たる想いを声ににじませつつ、どこか拗《す》ねるような口調でもあった。

「無論、おまえのような忠臣を喪《うしな》うのは、余の損失だからだ」

「っ……。し、しかし小官はこの天使に敵し得ず、おめおめと生き恥をさらそうとした、役立たずにございまするっ」

「ファファ、勝つも負けるも兵家の常よ。誰も百戦して百勝というわけにもいくまい」

ケンゴーはマンガの影響を受けまくった、男の子なら一度は言ってみたい台詞トップランカーを口にした。ちょっと照れながら！

「安全なところまで下がり、回復に専念せよ」

「……もったいなき……お言葉……っ」

マモ代は噛《か》みしめるように言うと、ケンゴーの勧めに従う。

すると――

「みすみす逃がすと思うか、魔王？」

ダムナ・ティオが尊大に嘲笑《あざわら》った。

同時に刀身乱舞の秘蹟を用い、ケンゴーともどもマモ代を包囲しようとした。

「逃げられぬ道理があるか、天使？」

ケンゴーも対抗して魔王然と嘲笑った。

同時に解呪《かいじゅ》魔法を用い、その包囲網を薙《な》ぎ払った。

そう、右腕で一払いするだけの簡単な魔導で、乱舞する刀身も、宙に散乱する破片の一欠けらさえも、尽《ことごと》く消滅させたのだ。

「何⁉」

「折れた剣を無数に操《あやつ》る魔法は見事よ。生半《なまなか》には解呪できぬ術式よ。だが剣を創造する方はお粗末だな。大方、使い捨てなら術式も乱雑でよいと、タカを括《くく》ったのだろう？」

だから魔法で創造した剣自体を消滅させるのは、ケンゴーならば造作もなかった。

――と、その様を中央広場から観戦していた魔将たちが、やんやと喝采《かっさい》する。

「陛下KAKEEEEEEEEEEEEEEEE《かっけええええええええええええええええ》!?」

「颯爽《さっそう》たるディスペルも、毅然《きぜん》たる挑発も、さすがは主殿よのう。男振りよのう」

「――大方、使い捨てなら術式も乱雑でよいと、タカを括ったのだろう？（口真似《くちまね》）」

「抱いてっっっ」

「……お腹空《なかす》いた」

「そう？　ただムカツクだけじゃない？」

いつの間にかレヴィ山やサ藤《とう》らも合流して、舞台の上で大騒ぎする。


一方、ケンゴーは油断なく断罪の天使と対峙《たいじ》する。

「装着《カモン》」

短音節の呪文《じゅもん》で召喚魔法を完成させ、真紅《しんく》の甲冑《かっちゅう》を装備する。

魔界に四鎧《しがい》ありと謳《うた》われるその一つにして最優、《朱雀《すざく》ナイアー・アル・ツァラク》だ。城の宝物殿に安置された、歴代魔王の蒐集物《しゅうしゅうぶつ》だ。

「顕現《サモン》」

また召喚魔法を完成させ、金属とも鉱石とも植物とも人骨ともとれない、奇妙な材質でできた一本の霊槍《れいそう》を手にする。雲を衝《つ》き、天界を貫き、天帝の心の臓を穿《うが》つ――その精神を象《かたち》にした、魔王の武具たる武具。

ただし、至宝目録上《カタログ》の分類は、強力な魔導の媒体である「杖《つえ》」。

かつて〝暗黒絶対専制君主〟と畏《おそ》れられ、退位後には新たな魔将家を興した偉大な先祖がいた。その没後に彼の血と骨を素体に混ぜて鍛えた、魔遺物《レリキアエ》。

銘を、《王杖《おうじょう》ダークリヴァイアサン》。

構えて、ケンゴーは魔王然と嘯《うそぶ》く。

「行くぞ、天使」

「来い、魔王」

そして、戦いの幕が切って落とされた。

「傲慢《ごうまん》なる者よ、滅すべし。強欲なる者よ、滅すべし。嫉妬深き者よ、滅すべし――」

ダムナ・ティオが得意の呪文を唱え、周囲に七つの魔法陣を展開する。切り札の方ではなく、

《光あれ《グレート》、七つの罪源断つべし《パニッシュメント》》を使うつもりだ。

（あっちは俺でも喰らったらマズい……）

ケンゴーは飛翔魔法を駆使し、一旦《いったん》は回避に専念。

撃ち放たれた七条の光撃の間を縫うように、クネクネ、ウネウネ、複雑な軌道を描いて避け、また次弾の狙《ねら》いを絞らせないようにする。

解呪、防御、治癒の三魔法ほど網羅も徹底もしてはいないが、移動魔法も回避や遁走につながるものはケンゴーは鍛えていた。ヘタレチキンなので！

──と、その様を中央広場から観戦していた魔将たちが、またやんやと喝采する。

「み、見てください、皆さん！　ケンゴー様のあの雄姿を！」

「マモ代でも七つ全ては、回避しきれなかったものを」

「おするすると、まあ見事なものじゃな」

「いやー妬《や》ける妬ける」

「そう？　なんかクネクネ動いててキモくない？」

舞台の上ではしゃぎ回る。

一方、ダムナ・ティオは一向に直撃させられぬことに、業を煮やしたようだ。

遠距離戦より得意な白兵戦でこちらを仕留める腹積もりか、突撃してきた。

ケンゴーも遠距離戦（というか攻撃魔法は）苦手なので、望むところ。《王杖》を携え、斬り結ぶ。

ダムナ・ティオが振るう手刀は、「断罪」の象徴。その切れ味は、防御魔法を究めたケンゴーとしても警戒すべきもの。

一方、リーチは極めて短いので、杖を槍代《やり》わりに使うこちらが有利。へっぴり腰になりつつも、得物の長さで牽制《けんせい》しつつ、接近戦も互角以上に戦う。

確かにダムナ・ティオの武術は達人の域を凌駕《りょうが》しているし、対するケンゴーは素人レベル。それでも勝負になっているのは、ケンゴーが解呪魔法なら超人の域に到達しているからだ。ディスペルを成功させるためには、前提として術式が読み取れなくてはならない。そして、魔族や天使の戦いでは、魔法で身体能力を強化するのが前提である。これは己《おのれ》の全身に魔力や術式を巡らせるということ。ケンゴーはその磨き抜いた「眼」を以《も》って、相手の全身を走る魔力の流れを読み取り、相手の一挙手一投足をあらかじめ読んでいるのである。尋常の武術の達人が相手の微細な筋肉の動きを「観て」、読み予測を研ぎ澄ますように！

無論、ダムナ・ティオとて殺戮《さつりく》の特化個体だ。幾多の大魔族を屠《ほふ》った猛者《もさ》だ。それら前提を当然理解した上で、対策もしている。右腕に走らせる魔力を高め、そちらで斬りかかると見せかけ、左の手刀で攻めるといったフェイントを駆使する。

だが、ケンゴーの「眼」はその上を行く。

ダムナ・ティオの右腕に走った魔力の、わざとらしさを見破る。左の手刀を使う寸前の、爆発的に高まる魔力を見逃さない。ゆえにフェイントにも引っかからない。

――と、その様を中央広場から観戦していた魔将たちが、またまたやんやと喝采する。

「ヤべえ……ヤべえすぎるよ、我が君！　断罪の天使と平気で斬り合っちゃってるよ」

「この間のア・キュアとは、そも格が違うはずなのだがな。陛下にかかれば大同小異か」

「さすゴー！」

「そう？　なんかへっぴり腰で情けなくない？」

「さ、さっきからツッコミがうるさいですよ、ルシ子さん！　お、怒りますよ！」

「ぬしも本当は主殿の雄姿に、惚《ほ》れ直しておるのじゃろ？　たまには素直になりゃ」

「ほ、惚れ直してなんかないわよ！」

ルシ子は真っ赤になって「傲慢《ツンデレ》」を炸裂《さくれつ》させるが、僚将たちは誰も聞いていない。

もうケンゴーの戦いぶりに大興奮。しまいには舞台前に集まった人族と一緒になって、魔王様の応援を始める。レヴィ山の音頭で、二万人が即興のチャントを大合唱する。皆で心を一つにして拍手喝采する。

「オ～～～～、ケンゴ～～～～～～！」

「「「ハイ！　ハイ！　ハイ、ハイ、ハイ、ハイ！」」」

「「「ケンゴ～～、ケンゴ～～、ケンゴ～～～～～～～！」」」

「オ～～～～～、ケンゴ～～～～～～！」

「「「ケンゴ～～、ケンゴ～～、ケンゴ～～～～～～～～！」」」

「「「ハイ！　ハイ！　ハイ、ハイ、ハイ、ハイ！」」」

もはやお祭り騒ぎである。

そしてそのバカ騒ぎは、上空で戦うケンゴーたちのところにも届いていた。

（励まされるような、ムズ痒《がゆ》いような……）

ケンゴーは激闘の最中にもかかわらず、くすぐったさを堪《こら》える変顔にさせられていた。

「断罪する！　魔族も人族も愚者どもは全て断罪するッ‼」

煽《あお》り耐性が低いらしいダムナ・ティオは、怒り心頭の様子だった。

一方、ケンゴーはその台詞を聞いて、すっと真顔に戻る。

「貴様らには一度、訊いてみたかったのだがな……」

体を右に捌《さば》き、断罪の天使の手刀をかわしながら、押し殺した声で問答する。

「貴様らは大きな力を持っていながら、なぜ救いを求める人々を見殺しにできる？　まさか、助けるだけの力が天帝とやらにはないと、そうは言うまいな？　そういうことならば仕方がないし理解もできるが、まさかな？」

「妄言《もうげん》もたいがいにせよ、魔王！　言うまでもなく天帝聖下は全知全能であらせられる！　だが聖下は、軽々しく人に御手を差し伸べはなさらない！　なぜならば、自助努力の精神を貴ばれておるからだ！　人が自分の足で立つ方法を、忘れぬようにというご深慮とご慈悲だ！」

「本当に全知全能ならば、人族を救いつつ独立独歩の精神も育てられるのではないか？」

「その不敬な発言を断罪する！」

思わず失笑してしまったケンゴーに、ダムナ・ティオは憤怒《ふんぬ》の手刀を見舞ってくる。

そのミエミエの一撃を余裕で回避しつつ、問答を続ける。

「百歩譲って、深慮と慈悲だとしよう。ならばなぜ信仰を蔑《ないがし》ろにしたというだけで、人族を虐殺《ぎやくさつ》しようとする？　それもまた一つの独立心ではないか。自分の足で立ち、生き方を選択した、素晴らしい結果ではないか。親心があるのなら、巣立ってゆく子を応援すべきではないか」

「是非もなし！　生きとし生けるものは全て、天帝聖下の所有物である！　物が主を裏切ることは決して許されぬ！　この我が断罪する！」

「よくもまあ、そんな身勝手なことを言えるな……っ」

「否《いな》！　これぞ真理なり！　節理なり！」

「だから、それを身勝手というのだ！」

こいつらには恥というものがないのか？　ケンゴーの方こそ苛々《いらいら》させられながら、《王杖》で足払いを仕掛け、ダムナ・ティオの攻勢を牽制する。

「最後の質問だ！　生きとし生けるものは全て、と言ったな？　では貴様らにとっては、我ら魔族も天帝の所有物か？　だから人族を見捨てることは平気でも、我らの跳梁《ちようりよう》は許せぬのか？　断罪すべき裏切りか？」

「そうは思っておらぬ！」

「ほう？」

「貴様ら魔族は、生きている資格がない！　天帝聖下がご所有なされるには、あまりに汚らわしい！　ゆえに貴様らを断罪する！　息をしていることそれ自体が貴様らの罪だ！」

「よくわかった」

ケンゴーは素の口調に戻って言った。

魔王然としゃべるのがもう億劫《おっくう》だった。

い、怒りで呂律《ろれつ》が回りそうになかった。

そう、ヘタレチキンの自分でさえ、天使の傲岸不遜《ごうがんふそん》な物言いにはカチンと来ていた。

(俺の望みは世界平和だ。人族との講和だ。……でも、い、い、い、よくわかった。おまえらとは無理だ)

ケンゴーが天界の住人と決別した瞬間だった。


魔王の自覚に近づいた、最初の一歩であった。


静かに、だが怒気も露《あら》わに、《王杖》を送還魔法で城へ戻す。

代わりに、右腕に膨大な魔力を漲《みなぎ》らせる。

握り締めた拳《こぶし》から肘《ひじ》にかけて、複雑精緻《せいち》な術式が青白い光となって浮かび上がる。

「理解できたか？　ならば死して罪を償え」

真っ向勝負なら受けて立つとばかり、ダムナ・ティオもまた右の手刀に魔力を漲らせた。

憤りに燃える魔王の眼差《まなざ》しと、侮蔑《ぶべつ》に満ちた天使の眼差し。

互いにぶつかり、火花を散らす。

だが、それもわずかのこと――

ケンゴーとダムナ・ティオは同時に突進し、同時に右腕を振りかぶる。

そして、拳と手刀を正面から打ちつけ合う。

結果は一方的であった。

ケンゴーの右腕を覆う術式は、解呪魔法の粋を集めたもの。ダムナ・ティオの手刀に宿った、断罪の秘蹟そのものを無効化《ディスペル》して、さらにそのまま拳打の威力で相手の伸びきった五指をへし折る。

「ぬうっ⁉」

天使の形相が苦痛に歪《ゆが》んだ。一瞬、怯《ひる》んだ。

その隙《すき》にケンゴーは畳みかける。

断罪の天使へ向けて、広げた左手。

その掌にはやはり、光で描かれた複雑精緻な術式が浮かび上がっていた。

敢《あ》えてこれみよがしに右腕に魔力を集め、ダムナ・ティオの注意を惹《ひ》いておいて、一方で隠し持っていたまさに奥の手だ。

ダムナ・ティオは右腕と右腕の真っ向勝負だと勘違いしていたが、ケンゴーにはそんなつもりはさらさらなかった。そんな安っぽい「男らしさ」など持ち合わせていなかった。この殺戮

の天使を撃退するためなら、手段を選ぶ気などなかった。

かつてルシ子が言った通りだ。魔王の絶大な力にヘタレチキンの人格が伴うことが、実はどれほど恐ろしいことか、またも証明していた。

「しまっ――」

ダムナ・ティオが目を剝き、しまったと叫びかけた時にはもう遅い。

ケンゴーはその左掌で、天使の胸に軽く触れる。

そこに用意しておいた解呪魔法で――ダムナ・ティオの飛翔魔法を、ディ、ス、ペ、ル、す、る。

「あっ――」

天使の形相が絶望で彩《いろど》られた。

その時にはもう、ダムナ・ティオの体が凄《すさ》まじい速度で墜落していく。

「天の使いたる我を、地へ堕《お》とすというか魔王おおおおおおおおおおっ」

これ以上の屈辱はないとばかりに、断罪の天使は絶叫した。

「あんたのお気持ちとか、知るかよ」

ケンゴーはまだ怒り冷めやらず、吐き捨てた。

実際、地上に叩《たた》き落してやったら、そこにいるルシ子たちが手ぐすね引いて、生け捕りにしてくれるだろうという算段だった。

ただ、そこで計算違いが起きてしまう。

「ほざけ、殺し屋。小官が受けた屈辱こそ、倍返しにしてやる」

響くマモ代の声。安全な地上まで逃げた後、半壊した住居の陰に隠れていた彼女こそが、この好機を手ぐすね引いて待っていたのである。

回復に専念させたおかげか、右腕は既に再生していた。甲冑を脱ぎ捨て、その右肩に担ぐように構えた強大な秘宝は、銘を《魔砲マゲドン》という。

その砲口を、墜落していくダムナ・ティオへと向けるマモ代。

長い長い砲身には既に、圧縮した魔力がこれでもかと充填されている。

それをドス黒い砲弾に変換して撃ち放つと、優れた偏差射撃の腕前で命中！　恐るべき威力にダムナ・ティオの肉体は耐えきれず、一撃で吹き飛んだ。その魂は天界へと還っていった。

マモ代は見事、意趣返しを果たしたのである。

満足そうに《魔砲》を所領の宝物殿へ送り返すと、さらにケンゴーの隣まで魔法で瞬間移動してくる。

「我が陛下《マインカイザー》！　お陰様で、この『強欲』めは命拾いいたしました。慎んでお礼申し上げまする」

「よい。いちいち気にするな。臣下を守るは王の務めである」

ケンゴーは魔王然と答えながら、太陽のある天上をいつまでも憮然顔《ぶぜんがお》で見上げる。

マモ代がその視線の意味に気づいたか、

「口惜しいことに、天使どもは天帝が在る限り不滅。何度でも蘇《よみがえ》ります。とはいえ、『断罪』が再びこの地上に受肉できるようになるのは、数百年後の先か、はたまた数千年後の先でありましょうか。そう思えば、少しは溜飲《りゅういん》が下がる想いでございますな」

「……そうか。……そういうものか」

ケンゴーは力なく相槌《あいづち》を打つ。

(民を皆殺しにするとまで言った奴だ。自分がちょっと痛い目に遭うくらい、文句ないよな)

マモ代が言うようには、ちっとも溜飲が下がらなかった。

勝っても負けても別に気持ちよくない。戦いというものは、やっぱり度し難《がた》い。平和こそが一番いい。

ヘタレチキンはそう思わずにいられなかった。

「戻るぞ。皆が待っておる」

「御意」

ケンゴーは飛翔魔法を使ってマントを翻《ひるがえ》す。地上では未《いま》だレヴィ山が音頭をとり、自分を讃《たた》えるチャントが続いている。早くやめさせなくては。恥ずかしすぎて死ぬる。

マモ代もすぐに追従してきて、

「しかし、我が陛下《マインカイザー》はさすがでいらっしゃるというか、お強うございますな。このマモ代、改めて感服仕《つかまつ》りました」

「いや、先にマモ代が奴と戦い、手の内を暴いていてくれたからこそだ。そうでなければ、勝てたかどうか甚《はなは》だ疑問だ」

「ハハハハ！」

何が愉快なのか、マモ代が声に出して笑う。

首だけで振り返ると、彼女はもうおかしくて堪《たま》らぬとばかりに目尻を拭《ぬぐ》い、

「やはり我が陛下《マインカイザー》はご謙遜《けんそん》がすぎるかと」

憑《つ》き物が落ちたような、釈然としてないような、曰《いわ》く言い難い苦笑いになっていた。

それがケンゴーの目には、ひどく印象的に映った。

エピローグ

あちらこちらが焼け野原となった王都ベクターだが、その復興は急速に進んでいた。

魔界から呼び寄せた象のような魔物の、ジャガーノートたちが巨大な犂《すき》を牽《ひ》いて瓦礫《がれき》をどかし、地均《じなら》ししていく。そのパワフルさはブルトーザーを彷彿《ほうふつ》させる。

また住居を建て替えるため、ドヴェルグたちが石を切り出し、トロールたちが木を伐り出す。

何しろ手つかずの自然が山ほど残った田舎《いなか》なので、建材の調達には事欠かない。

要となる都市計画には、専門家のサブナック侯爵以下、一族郎党に集まってもらっている。

とにかく焼け出された民の、住まいを確保するのが先決だ。崩壊した王城の再建などは、後回しでよい。

またブエルの診療所も拡張し、怪我《けが》人の収容と治療体制もバッチリ。

魔法文明の発達した、魔界の技術を惜しみなく投入させていた。

「感謝の言葉もございません、魔王陛下」

そう言って深々と頭を下げたのは、トリシャだった。

　隣には男爵家当主にして中年騎士のジェイクスがいて、同じく腰を折っている。

　ケンゴーは鷹揚《おうよう》の態度を作り、笑ってみせると、

「感謝は不要である。この都はもう余のもの、余の財産であるゆえ、余の力で再建するのは当然のこと。それに最初に約束した通り、余の民には幸福で健康的な生活を送ってもらおう」

「……私は御身《おんみ》のことを、ずっと誤解いたしておりました。魔王であるからには悪《あ》しき者に違いない、聖女であるからには民の味方に違いない、そう思い込んで、ひどい過ちを犯してしまいました。頼るべき相手を間違えました。己《おのれ》が不明に、ただただ恥じ入るばかりです」

　トリシャは決して頭を上げようとしなかったが、ケンゴーは大きくかぶりを振り、

「それもよい。薬の発作のせいとはいえ、余は二度もそなたに粗相をした。誤解されても致し方ないことである。いや、よくぞ許してくれた、誤解を解いてくれたと、それこそ感謝すべきは余の方だな」

「何を仰《おつしや》いますやら……。私は魔王陛下を恐れるあまり、数々の画策をして御身を陥《おとしい》れようといたしました。にもかかわらず、陛下は私を許すと仰ってくださいました。その大海の如《ごと》き度量をお示しになった後で、私があの程度のトラブルを許すも許さないもありましょうか」

「うむ、そこだ。トリシャ卿」

　ケンゴーは口調こそ魔王然と飾りつつ、本音トークで言う。

「一切《いつさい》の過ちもミスも許されない世界など、窮屈で堪《たま》るまい？　肝要なのは、互いに許し合え

る精神だ。そこに魔族も人族もない。余が望むのは、そんな優しい世界だ」

「まさに高邁《こうまい》なる理想であらせられるかと。私も望んでやみません」

（や、別にそんな大それた話じゃないんだよね。一切ミスが許されない社会とか、それこそ俺《おれ》が真っ先に淘汰されるってだけなんだよね）

無論、魔王の権威が落ちるので、本音のそのまた本音の部分までは呑《の》み込んでおく。

「改めまして、魔王陛下――このトリシャ・フラムラムの、今度こそ本当の忠誠をお受けとりいただけますでしょうか？　私は御身の手足となり、またベクターの民との懸け橋となり、この国の新生と発展に尽くしたく存じます。それが『断罪』の天使を降臨させてしまった私の、せめてもの贖罪《しょくざい》です」

「こちらこそ、願ってもないことだ。頼んだぞ、トリシャよ」

ケンゴーは今度こそ彼女に顔を上げさせて、固い握手を交わす。

また、娘の目を治した一件以来、とっくに味方になっていたジェイクスが、「ようございましたな」と、トリシャの肩を叩《たた》いて喜ぶ。

なお、ナベルはここにはいない。彼はやはり魔族は信用できないとのことで、郎党とともに姿を消してしまった。

ケンゴーとしても、それは別に構わない。自分は天帝ではない。従わない者は皆殺しだなどと狭量な――否《いな》、おぞましい考え方など持ち合わせていない。思想や信条は、個人個人で違っていて然《しか》るべきだ。乾健剛《いぬいけんごう》はかつて生まれた国でそう教わったし、それが正しいとも思う。

「さ、堅苦しい話はここまでとしようぞ」

「はい、魔王陛下」

「観劇のお供をさせていただきます」

ケンゴーが話題を変え、トリシャとジェイクスが一礼する。

三人は今、王都の中央広場にいた。「白昼の月」の上演は連日、中断されることなく続いている。焼け出された民の慰撫《いぶ》のために、ケンゴーの財布で依頼してある。

聞けばトリシャもジェイクスも一度も観ていない、観る余裕などなかったというので、誘ったのだ。かくいうケンゴーも観客を驚かせるのが嫌で、今まで憚《はばか》っていた。

（こっちの人族の娯楽に触れるのは、初めてだからなあ。楽しみだなあ）

などと浮かれていたのだが――

「こっちじゃこっちじゃ、主殿《あるじどの》」

「陛下の御《おん》ため、特等席をご用意いたしておりまするぞ！」

「早く来なさいよ、バカケンゴー！」

「……お腹空《なかす》いた」

ルシ子《こ》以下、魔将たちがそろって激しく手招きしていた。

バカみたいにデッケー山車《だし》の上に。

アホ丸出しのド派手な櫓《やぐら》を三段に組んで。

さらにその上に玉座付きの神輿《みこし》を用意して、レヴィ山《やま》たちで担いで。


「これではどちらが見せ物か、わからぬわ！」

俺は高いところ大好きなサルかよ！　とケンゴーは盛大にツッコんだ。

それで観劇のために集まっていた民が、一斉に笑い出す。

舞台にいたヒルデら役者陣も、お腹を抱える。

思いきり笑われて、ケンゴーは渋い顔になった。

でも、言うほど気分を害してはいなかった。みんなの笑顔は屈託《くったく》のないものであったし、何より民に畏《おそ》れられる魔王よりは、愛される魔王になりたい。

それがヘタレチキンの理想だった。

†

ケンゴーたちが観劇に興じていたそのころ――

一人、マモ代《よ》だけは「戦傷の療養」という名目で、所領に引き籠《こも》っていた。

マンモン大公国にある城の、代々の当主が使う寝室。

まさに「強欲」を司るマモン家の面目躍如という風情《ふぜい》の、調度から小物から全てが国宝級という豪奢《ごうしゃ》な部屋。

中でも最たる至宝であるかの如き輝かしい女体を、マモン代は寝台にしどけなく横たえていた。

サイドテーブルには、五枚の翼を持つ小さな天使像が置いてある。

「救恤《リベラ・リタス》」を司る大天使像だ。

その魔法の像を介して、遠くマイカータの都にいる王女の声が運ばれてくる。

『では――魔王討伐は失敗に終わったということなのでしょうか？』

ヴァネッシアの声は、悲しみと驚きで震えていた。

マモン代は分別臭い口調を作り、リベラ・リタスのふりをし、

「私がこの手でベクターを救う予定だったのですが、ダムナ・ティオが何を思ったのか横から割って入り、代わりに地上へ降臨してしまったのです。抗議もできないではありませんでしたが、私は口論というものを好みません。我らは等しく天帝聖下の所有物であり、使い同士で相争えば主がお悲しみになるからです」

『ああ、リベラ・リタス様……っ。いと思慮深き、『救恤《きゆうじゆつ》』の大天使様！　まさに御身が体現なさる思い遣《や》りのご精神に、わたくしは感動いたしました』

ヴァネッシアが本当に感激した様子が、像を通して伝わってくる。

「ともあれ魔王を討つため、また別の手を案じ、機が熟するのを待つことといたします」

『はい、大天使様。ダムナ・ティオ様の敗戦は残念でなりませんが、他《ほか》ならぬ御身がこの地上の安否をお気にかけてくださっている限り、正義のなんたるかは遠からず示されるであろうことを、わたくしも信じております。もちろん、また御用の折にはなんなりと、このヴァネッシアにお申し付けくださいませ』

「ええ、頼りにしておりますよ、王女ヴァネッシア」

マモ代はほくそ笑みながら、通話を打ちきった。

「クククククククク……」

静まり返った寝室で、独り不気味に笑った。

「このマモ代――まだ魔王の座は諦《あきら》めておらぬ。機が熟せば、次こそクーデターを果たしてみせる。ククク……ククク……ケンゴー様は甘い。本当にお甘い。私であればダムナ・ティオ討伐をしくじった女など、絶対に見殺しにする。おかげで御身は獅子《しし》身中の虫を、そうと知らぬまま生き永らえさせてしまいましたぞ？　まったく魔王とは思えぬ、お優しいことだ。ククク、お甘い、お甘い。お優しい、お優しい――」

独り言を続けるその口調が、どんどん熱っぽくなっていく。

「――ケンゴー様ってば本当にお優しいんだからっ♥♥♥♥」

ぎゅうううう♡♡

仕舞いには堪らぬ様子で、隣に置いていた巨大抱き枕《まくら》にしがみつく。

その表面には、やたらイケメンにリファインされたケンゴーの勇姿が描かれていた。

「違うのよっ、違うのよっ。一回命を助けてもらったくらいで、ケンゴー様のことを好きになったりなんかしてないの！　私はそんなチョロい女じゃ絶対ないの！　そうよ、私を救うために必死になってくださったケンゴー様を、『かっこよかった♥』なんて思ってないのよっ。

私の名を叫ぶケンゴー様に、決してトキメいたりなんかしてないのよっっっ」

口では否定をくり返すが、ケンゴー枕をぎゅっと抱きしめ、身悶《みもだ》え、あるいはキスの雨を降らせながらでは説得力皆無だった。

「別に恋なんかじゃないのよ！　私は『強欲』なんだから、魔王の椅子《いす》ごとケンゴー様のことを欲しくなっても、それはサガなの～♥♥♥　ケンゴー様をベッドに押し倒して跨《また》がって『夜のクーデター』だなんてフシダラなこと、ちらっとでも考えたことないの～♥♥♥♥」

マンモン大公国にその人ありと謳《うた》われる鉄の女の――紛《まご》うことなき処女《ヴァージン》の、あられもない嬌声《きようせい》が寝室に響き渡る。

隣室に控える侍女たちの方が、赤面させられるレベルの大声で。

恥ずかしくて死にたくなるほど、いつまでも。いつまでも。

あとがき

皆様、お久しぶりです。あわむら赤光《あかみつ》でございます。

2巻も手にとっていただき、本当にうれしいです。

（ここから本文のネタバレ）1巻では各魔将たちの視点によるシーンが随所に挿入され、主に彼らのケンゴーに対する想いがそこで語られていたのですが、唯一、マモ代のシーンだけが存在しなかったその理由が今巻に帰結しますというか、伏線だったわけですが、皆様に楽しんでいただけたら幸いです。

もちろんヴァネッシア姫もどれだけヤベー奴か、世界を巻き込むレベルのトラブルメーカーであるか、まだまだこんなもんじゃないので今後ともご期待ください！（ネタバレここまで）

それでは謝辞に参ります。

まずは、1巻に続いて心が点火するような熱量でケンゴー軍団を描いてくださいました、イラストレーターのkakao様。表紙イラストのケンゴー&ルシ子ペアも最高です！　二人の親密さというか、ヘタレチキンのケンゴーでさえルシ子となら安心しきってドヤ顔をカマしている感が素晴らしいです！　ありがとうございます！　マモ代のバスタオル姿もすこ。

担当編集のまいぞーさん。ついに山籠もり修行の目に見える成果を出すことができました。これをぜひＧＡ文庫の伝統にしていきましょう（ムチャブリ）。

編集部と営業部の皆さんにも今シリーズのお引き立てのほど、よろしくお願いいたします。何卒！　何卒！

明月さん、鳥羽さん、海空さん、大森さん、サトウさん、山下さん、徳山さん、１巻の重版祝いをしてくださった皆様、その節は大変ゴチになりましたウヘヘ。

そして、勿論、この本を手にとってくださった、読者の皆様、一人一人に。

広島から最大級の愛を込めて。

ありがとうございます！

２巻までは人界や天界の事情とトラブルに主に触れてきましたが、３巻では魔界にも目を向ける予定です。つまりケンゴーの周りはどっちを向いてもトラブルの種だらけ！　勝ちたくないのに勝ちまくるヘタチキ魔王のサクセスストーリーの行方と、七大魔将たちの大暴れっぷりに乞うご期待であります！

ファンレター、作品の
ご感想をお待ちしています

〈あて先〉

〒106－0032
東京都港区六本木2－4－5
ＳＢクリエイティブ（株）
GA文庫編集部 気付

「あわむら赤光先生」係
「kakao先生」係

本書に関するご意見・ご感想は
右の QR コードよりお寄せください。

※アクセスの際や登録時に発生する通信費等はご負担ください。

https://ga.sbcr.jp/

転生魔王の大誤算 2
～有能魔王軍の世界征服最短ルート～

発　行　　2021年1月31日　初版第一刷発行
著　者　　あわむら赤光
発行人　　小川　淳

発行所　　SBクリエイティブ株式会社
〒106－0032
東京都港区六本木2－4－5
電話　03－5549－1201
　　　03－5549－1167（編集）

装　丁　　AFTERGLOW

印刷・製本　中央精版印刷株式会社

ISBN978-4-8156-0923-8
Printed in Japan　　GA文庫

第14回 GA文庫大賞
GA文庫では10代～20代のライトノベル読者に向けた
魅力あふれるエンターテインメント作品を募集します！
イラスト／ニリツ
輝く場所はここにある!!
大賞賞金300万円＋ガンガンGAにてコミカライズ確約！
◆募集内容◆
広義のエンターテインメント小説（ファンタジー、ラブコメ、学園など）で、日本語で書かれた未発表のオリジナル作品を募集します。希望者全員に評価シートを送付します。
※入賞作は当社にて刊行いたします。詳しくは募集要項をご確認下さい。
応募の詳細はGA 文庫公式ホームページにて
https://ga.sbcr.jp/